KB261425

이사부전

Isan Cruate

이소 퓨전 판타지 소설
FUSION FANTASTIC STORY

이사부전 1

이소 퓨전 판타지 소설

초판 1쇄 찍은 날 § 2010년 7월 26일
초판 1쇄 펴낸 날 § 2010년 7월 30일

지은이 § 이소
펴낸이 § 서경석

편집팀장 § 서지현
편집 § 주소영 · 어정원

펴낸곳 § 도서출판 청어람
등록번호 § 제1081-1-89호
등록일자 § 1999. 5. 31
어람번호 § 제1-1165호

주소 § 경기도 부천시 원미구 심곡2동 163-2 서경B/D 3F (우) 420-822
전화 § 032-656-4452 팩스 § 032-656-4453
http://www.chungeoram.com
E-mail § chungeoram@chungeoram.com

ISBN 978-89-251-2239-7 04810
ISBN 978-89-251-2238-0(세트)

Story of Master ISAN

이사부전

Isan
Graduate

1

FUSION FANTASTIC STORY

이소 퓨전 판타지 소설

도서출판 청어람

Contents

  * 이 글은 모두 가상이며 허구의 세계이니 현실 세계의 어떤 시대, 역사와도 관련이 없음을 밝혀둡니다. 다만 편의와 필요에 의해 현대의 시간과 길이와 부피, 무게 등 여러 가지 단위 같은 기본적인 사항들은 차용했으니―무협 부분은 기존 무협에서 쓰는 대로―또한 오해없으시기 바랍니다.

Chapter 01

운명(運命)의 서곡(序曲)

이사부전

똑똑.

일정한 간격을 두면서 두어 번 가볍게 문을 두드리는 것으로 먼저 자신의 기척을 알린 석잠(石쪽)은, 그러고도 얼마간의 시간을 기다렸다가 가만히 문을 열었다.

방 안은 암흑천지가 따로 없었다. 바로 눈앞에 제 손을 들어 올려도 아무것도 보이지 않을 정도로 캄캄했다. 안 그래도 그믐의 한밤인데다 작은 불씨조차 없는 방 안이었으니 당연한 일이다.

그러나 석잠은 구애받지 않았다.

여느 날과는 달리 바깥 역시 등불 하나 밝혀진 것이 없는
칠흑 같은 상태였으므로 이미 어둠에 익숙해졌기 때문만은
아니었다. 그는 이런 것에 장애를 느끼기에는 너무나 높은 경
지의 고수였다.

"……!"

방으로 들어선 석잠이 움직임을 멈추며 시선을 둔 곳은 입
구에서 대각선으로 맞은편에 자리한 침상이었다.

침상은 긴 벽의 삼분지 일을 차지할 만큼 큰 창문과 약간의
간격을 두고 나란히 놓여 있었는데, 거기에 한 사람이 등을
보인 채 창을 향해 걸터앉아 있었다.

드러난 음영으로는 많이 봐줘야 열두세 살이나 되었을까
싶을 정도로 작고 왜소한 인영이었는데, 그는 석잠의 기척과
등장에도 아무런 움직임을 보이지 않았다. 시선조차 돌리지
않았다, 마치 정물처럼. 그리고 그렇게 어둠의 한 자락으로
동화되어 버리기라도 한 양 일체의 미동도 없이 앉아서는 창
밖의 하늘만 하염없이 바라보고 있었다.

하늘도 어둡기는 매한가지였다.

조금 전부터 밀려오기 시작한 먹구름이 하늘의 태반을 덮
으며 별빛마저 가리고 있었으니 그럴 수밖에 없었다.

석잠은 그의 그러한 태도에 전혀 개의치 않고 묵묵히 자세
를 바로잡더니 예부터 취했다.

　결코 아무렇게나 적당히 취하는 형식적이거나 의례적인 예가 아니었다. 한 치 앞도 분간하기 어려운 어둠 속임에도, 나아가 상대가 자신에게 시선조차 돌리지 않고 있음에도 불구하고 그러했다.

　포권을 취하는 가운데 가볍게 상체를 숙여 보이는 단조로운 행위에 불과했지만, 그 속에는 더할 수 없는 복명의 자세와 마음에서 우러나는 것이 분명한 경의가 깃들어 있었다. 더불어 예를 마치고는 하명을 기다리듯 가만히 시립하는 모습과 태도 역시 마찬가지였고.

　석잠이 이러한 예와 공경을 바치는 대상은 세상에서 오직 한 사람뿐이었다.

　바로 눈앞의 인물.

　십오 년 전, 진흙탕 같은 하류 인생들의 밑바닥 세계에서 벗어나지 못한 채 참담할 지경으로 뒹굴며 죽지 못해 하루하루를 연명할 뿐이었던 석잠을 완전히 다른 세상으로 이끌어 낸 구세주가 그였다. 게다가 흉신악살이 따로 없을 정도로 흉측하게 포장된 겉모습 속에 감추어져 있는 진가와 재질을 용케 알아보고는 꿈에서도 그려 마지않던 진정한 무공까지 가르쳐 주었을 뿐만 아니라 단기간에 절세고수로 탈바꿈시켰고, 더불어 당금 강호를 떨어 울리는 고인들 중에서도 정점을 달린다는 천하삼검(天下三劍)의 하나인 무정마검(無情魔劍)으

로 불리게끔 만들어준 은인이기도 했다. 그리하여 그 본인은
결코 원하지 않았음에도 석잠 스스로가 평생의 수족을 자처
하며 충심으로 섬기도록 만들었고.

  이산(李山).
  그의 이름이었다.

  그는 먼 선대가 바다 건너 해동에서 이주해 온 것으로 인해
해동(海東) 이가장(李家莊)이라 불리기도 하고, 또 태산 인근
에 자리 잡은 탓에 태산(泰山) 이가장이라 불리기도 하는, 나
름대로 유서 깊은 무가(武家)의 소가주이지만, 그러나 그런
것보다는 강호상에서 병천재(病天才)라는 별호로 더 잘 알려
져 있는 인물이었다.
  한마디로 그는 천재 중의 천재였다.
  남들은 입문이나 할 일고여덟의 나이에 이미 사서삼경과
제자백가(諸子百家)를 비롯한 갖가지 학문을 두루 섭렵하고는
그 진의까지 논할 정도였고, 무엇이든 한 번 보면 잊지 않는
기억력에 더해, 단번에 사물이나 현상의 본질과 흐름을 꿰뚫
어 보는 놀라운 오성과 혜안까지 지니고 있었다.
  더구나 단지 학문에만 국한된 것이 아니었다.
  강호의 근간이라 할 수 있는 무(武)에 있어서도 마찬가지였

다. 그는 그 어떤 종류의 무공이든 간에 두어 번 시연과 설명을 듣는 것만으로도 그에 깃든 오의(奧義)와 장단점을 정확하게 파악했고, 또 순식간에 뜯어고치고 다듬어서는 월등한 상승의 공부로 만들어냈다. 오죽하면 태산 인근에서나 알아주던 작은 무가에 불과했던 이가장을 불과 십수 년 만에 산동제일가(山東第一家)로 올려놓았을 뿐만 아니라 다시 얼마 지나지 않아 천하삼대세가(天下三大世家)의 하나로 당당히 발돋움하게 만들어놓았겠는가.

게다가 석잠의 일도 있었다.

진흙 속의 진주처럼 숨겨진 석잠의 비범한 재질을 단번에 알아본 것은 그럴 수 있다 치더라도, 십대 후반까지 내공이 무언지도 모를 정도로 무공에 문외한이던 그를 십오 년 남짓의 짧은 시간에 누구도 범접하기 힘든 고수로 만들어낸 것은 불가사의라고밖에 할 수 없는 일이었다.

무릇 뼈가 굳기 전인 어린 시절부터 고련(苦練)을 시작하지 않고는 대성하기가 불가능하다고 알려진 것이 무공이 아니던가. 그런데 그 시기를 놓쳐도 한참을 놓친 그를 그렇게 만들었으니. 그 아닌 다른 사람은 생각조차 못할 일이었다.

그리하여 이산 본인은 전혀 무공을 익히지 않았고, 또 익힐 수가 없는 신세였음에도 불구하고 사람들은 그를 일컬어 고금일절(古今一絶) 병천재라 추어올리며 혀를 내두르기를 주저

하지 않았다.

하지만 그의 그러한 역량과 능력은 부러워할지언정 누구도 그의 삶을 부러워하지는 않았다.

하늘의 시샘인지 그는 정상인으로 태어나지 못했기 때문이다. 비록 어디 한곳이 모자라거나 잘못된 불구는 아니지만, 오히려 그것이 훨씬 나을 지경인 불치의 천형(天刑)을 가지고 있었다. 손발처럼 외부로 드러나는 신체를 움직일 때는 말할 것이 없고, 먹고 마시는 것에 더해, 말하고, 호흡하고, 심장이 박동하고, 심지어 혈관에 피가 흐르는 것에서도 억겁 같은 고통을 느껴야 하는, 고금에 유래가 없는 괴이한 절증(絶症)이 그것이었다.

한번 상상해 보라.

사람이 살아 있다는 증거이자 보통 사람은 아무런 인식 없이 자연스럽게 행할 뿐인 숨을 쉴 때마다 가슴이 찢어질 것 같은 고통이 밀려오고, 또 심장이 박동할 때마다 심장은 물론이고 온 전신 혈관을 바늘로 찌르고 후벼 파는 듯한 고통을 느껴야 한다면 과연 어떻겠는지. 치료할 방법도 없고, 고통을 감소시킬 약조차도 없는 그 고통을 살아 있는 동안 끊임없이 겪어야 하고, 또 그러한 삶조차 결국은 길어야 약관을 넘기지 못하는 시한부 인생이라고 진단받았다면.

그것은 참으로 가혹한 운명이었다.

물론 그것을 벗어나고자 애를 쓰지 않은 바는 아니었다.

부모와 가문, 그리고 이산으로부터 은혜를 입은 석잠을 비롯한 다른 여러 사람들이 한 것은 차치하고라도, 지금까지 행해온 이산 본인의 처절한 노력만 해도 벌써 태산이라도 여러 번 옮기고 남았을 터였다.

많은 것을 바라는 것도 아니었다.

그의 소원은 오직 하나였다.

'잠시라도 남들처럼 육신의 고통이 따르지 않는 삶을 살아봤으면. 그리하여 다른 사람들이 느끼는 기쁨과 행복을 나도 만끽해 봤으면……'

그러나 그것은 이룰 수 없는 소망이었다.

세상을 덮을 지식과 지혜와 의지를 가지고 있건만 정작 자신의 절증만은 어찌할 도리가 없었던 것이다.

하기야 대가가 아주 없던 것은 아니었다.

스물다섯이나 된 지금까지도 살아남았으니까.

그렇지만 그것이 다였다.

이산은 이미 한계에 이르러 있었다.

의원들의 예언대로 점점 시간이 지나면서 나타나기 시작한 병증(病症)으로 인해 십여 년 전부터 모든 육체의 성장과 발육이 멈춘 데 더해, 삼 년 전부터는 발끝에서부터 서서히 신체가 굳어오며 피골이 상접해지기 시작하더니, 이제는 하반신 전체가 거의 마비 괴사된 상태였다.

아마도 다른 여느 사람이 이런 지경에 처했다면 그 고통과 절망으로 인해 오래전에 벌써 스스로를 포기하고 말았을 테지만 이산은 아니었다.

그는 조금도 흔들리지 않았다.

모르는 사람이 본다면 그가 겪는 불행을 전혀 짐작조차 못할 정도로 표시조차 내지 않았다. 하기야 가장 가까이 있는 석잠이나 이산의 부모조차도 그가 시시각각 끔찍한 고통에 시달리고 있는 병자라는 사실을 잊어버릴 때가 있을 지경이니 말해 무엇 하겠는가.

네 살 즈음부터 그랬다.

그전부터 기미가 없었던 것은 아니지만 정확히는 천하제일기인이며 도선(道仙)이자 신의(神醫)이기도 한 태허상인(太虛上人)이 소문을 듣고 방문한 그때가 계기였다. 그로부터 많은 이야기와 가르침을 들으며 자신의 신세를 이해하고, 받아들였으며, 나아가 극복하고자 하는 의지를 불태운 결과였다. 또 결정적으로 그로부터 최고의 마음공부라는 도가비전(道家秘傳)이자 비인부전(非人不傳)의 일인전승(一人傳承)으로 내려오는 현현심결(玄玄心訣)을 전수받아 무한한 정신력을 갈고닦기 시작한 때문이기도 했다.

현현심결은 이산에게 감로수였다.

　가장 큰 문제인 육신의 아픔을 참고 견디어낼 정신력을 키
워주었을 뿐만 아니라, 그것으로 하여 고통에 파묻혀 사장되
어 가고 있던 제 본래의 타고난 천재성과 창의성을 서서히 드
러나게 만들었고, 나아가 유감없이 발휘할 수 있게 해주었다.
그것을 익힌 이후로 이산은 사람들 앞에서 단 한 번도 스스로
의 아픔을 겉으로 드러낸 적이 없었다.
　그런데 어떤 사람들의 경우에는 그러한 것이 더욱 안타까
움으로 다가오는 일일 수밖에 없었는데, 석잠도 그런 사람 중
하나였다. 그래서 그는 더더욱 이산의 곁을 지켰고, 진심으로
그가 나아지기를 기원하고 또 기원했다.
　'내 한목숨으로 공자님을 구원할 수만 있다면, 몇 번이라
도 기꺼이 죽음을 맞이하련만…….'
　심지어 이렇게까지 소원하면서.

　시립한 채 한참을 있어도 이산에게서 아무런 반응이 없자
석잠이 조심스럽게 입을 열었다.
　"준비 끝났습니다."
　"……."
　"하인들을 비롯한 별원(別院)에 거주하는 모든 인원은 벌
써 초저녁에 바깥으로 내보냈고, 별원을 둘러싼 죽림에 설치
해 두었던 삼십육변미환진(三十六變迷渙陣)도 발동을 시켰습

니다. 이제 적어도 삼 일 동안은 밖으로 나가는 것은 상관없지만 세상 누구라도 절대로 안으로 들어올 수는 없을 것입니다. 그리고 그전에 공자님의 지시대로 별원 지붕 위에 따로 펼쳐 놓은 진을 이루는 수십 개의 철봉과 또 그것을 연결하여 지하석실의 철궤(鐵櫃)로 모아 뽑아놓은 철선(鐵線)도 다시 한 번 하나하나 다 점검하고 확인해 두었고요."

"……"

"공자님."

복잡한 표정을 하고는 무언가 달리 할 말이라도 있는 듯 입을 열락 말락 망설이는 빛을 보이며 한참이나 기다리던 석잠이 이윽고 다시 말을 꺼낼 때였다.

"길게 기다리지 않아도 되겠어."

침묵을 고수하던 이산이 불현듯 입을 열었다.

"길어야 반 시진쯤? 그쯤이면 비가 올 것 같아."

고저가 없고, 얼마간 삭막하고 메마른 음성이면서도 병중의 영향인지 어딘지 힘이 없고 어눌했다. 시선은 여전히 하늘을 향한 채였고.

그가 말을 이었다.

"그러면 뇌전도 칠 테지."

"……!"

뇌전이란 소리에 경기라도 들린 것 같은 모습을 보이며 입술을 짓깨물던 석잠이 이내 결연한 얼굴을 했다.

"드릴 말씀이 있습니다."

"……?"

"이 일, 재고하실 수 없겠습니까?"

이산이 처음으로 석잠을 향해 고개를 돌렸다. 어눌한 말만큼이나 느릿하고 무언가가 빠진 듯한 움직임이었다.

"재고라니? 이제껏 말없이 잘 따라와 놓고는, 목전에까지 와서 갑자기 그게 무슨 소리야?"

"소를 돼지라고 하고, 콩을 팥이라고 해도 공자님이 말씀하시면 다 믿겠습니다만, 그러나 아무리 생각해도 이번 일만큼은 아닌 것 같습니다."

이산이 의아한 눈을 했다.

"뭐가 아니라는 거지?"

"다른 것은 다 좋습니다. 공자님이 건강해질 수 있는 유일한 방법이 환골탈태(換骨奪胎)란 것도, 또 무공을 익힐 수 없는 공자님으로서는 달리 환골탈태할 방도를 찾지 않으면 안된다는 것도. 그렇지만 세상에 뇌전이라니요? 그것을 맞고 사람이 어떻게 멀쩡할 수 있단 말입니까? 순식간에 재가 되지 않으면 다행이지요."

"뇌령신공(雷靈神功)이 있잖아."

"그것이 더 문제란 말입니다."

재빨리 석잠이 말꼬리를 잡았다.

"세상에 뇌전을 맞아서 연성하는 공력이라니! 어떤 사람이 있어 뇌전이 치는 그 찰나의 순간에 그것을 끌어들여 운공을 할 수 있단 말입니까! 더구나 그것으로 환골탈태를 한다니! 환골탈태는 고사하고 당장 목내이(木乃伊)가 되든지 통구이가 되어버리고 말 것입니다! 누군가 이룬 사람이 있어 검증이라도 되었다면 또 모르겠습니다! 더군다나 공자님은 뇌령신공의 연성은 고사하고 다른 기본적인 운공조차 한 번도 해보지 못한 분이 아닙니까!"

석잠의 언성이 조금씩 높아지고 있었다.

"아니, 그전에 뇌령신공을 창안한 뇌정자(雷霆子)가 이백여 년 전 전무후무한 고수로 불렸다고는 하지만, 그것은 어디까지나 무공에 대해서일 뿐! 활동할 당시에도 미친놈 소리를 들을 정도로 과대망상과 헛소리가 심했고, 그래서 다른 인사들에게 경원시 당했다고 알려진 인물입니다! 더구나 제 자신도 시험해 보지 않았으면서 비급에다가 말년의 심득이니 뭐니 하며 써갈겨 놓은 말을 어찌 믿는단 말씀입니까! 하물며 그조차도 낙타가 바늘구멍을 통과하는 것처럼 확률이 희박하다고 해놓은 것을!"

"너무 염려 마."

이산이 태연히 말을 받았다.

"그의 이론 약간과 뇌령신공을 빌리기는 했지만 전혀 새롭다고 할 만큼 훨씬 완성도를 높인 거야. 만약 뇌정자가 보았다면 당장 자신이 실험을 해보겠다고 덤볐을걸? 너도 잘 알잖아. 번개를 끌어들여 단번에 뇌령신공을 대성하고 환골탈태한다는 발상만 같을 뿐, 끌어들인 뇌전을 당시의 뇌정자로서는 생각도 못했던 특수 처리한 은편(銀片)을 채운 철궤를 통과하게 하여 그 기운을 순수하게 만들면서 속도를 지연시키고, 그리하여 사람 몸에 집약되게 하면서도 뇌령신공 운공의 순서대로 타혈을 하게끔 만드는 등의 진과 기구를 고안하고 개발해 놓은 것을. 더구나 뇌령신공 자체도 긴 시간 손을 봐서 더욱 완벽하게 만들어놓았고. 이런 나를 못 믿겠단 말이야? 내가 어떤 사람인지 몰라?"

"아니까 지금까지 잠자코 따랐지요. 하지만."

반박하려던 석잠이 돌연 장탄식을 터뜨렸다.

"휴, 제가 죽일 놈입니다. 오 년 전 우연히 경사(京師)의 고서방(古書房)에 들렀다가 잡서 꾸러미들 틈에서 그것을 발견하는 것이 아니었는데. 아니, 발견했더라도 끝까지 다 보지도 않고 공자님께 가져다 드리는 것이 아니었는데. 그 미친 뇌정자가 그런 헛소리를 늘어놓았을 줄이야……."

"그런 소리 말아."

잠시 석잠을 응시하던 이산이 말했다.

"그것은 나에겐 그야말로 천신의 보살핌과도 같은 다시없을 행운이자 기연이야. 네가 그것을 가져옴으로써 내가 얼마나 큰 기쁨과 희망을 가질 수 있었는지 잘 알면서 그래? 그조차 없었다면, 어쩌면 지금까지 버티지도 못하고 쓰러지고 말았을지 모르는 것을."

"그, 그렇지만……."

석잠이 말을 잇지 못할 때 이산이 불쑥 물었다.

"내가 얼마나 더 살 수 있을 것 같아?"

"……!"

석잠이 한순간 얼어붙었다.

하지만 이내 억지로 입술을 열고, 또 쥐어짜 내는 것이 분명해 보이는 음성으로 말했다.

"그, 그런 말씀 마십시오. 공자님은 저보다도 더 오래 사실 것입니다. 그렇게 사셔야 합니다. 만약 안 되면 제가 그렇게 만들 것입니다. 어떻게 해서라도."

"억지소리하지 말고."

이산이 머리를 저었다.

"네 생각을 알아. 내 생명이 적어도 이삼 년은 남았으리라고 보는 게지? 부모님이나 다른 사람들도 그럴 테고? 하반신이 완전히 괴사되는 데 걸린 시간이 그 정도이니 상반신도 그 정도는 걸릴 것이라고 말이야. 그래서 너는 어떻든 당장 뇌전

에 사그라질 위험이 높은 이번 일을 끝까지 추진하는 것보다
는 일단은 살아 있는 게 중요하다고 생각하는 것이고? 그사이
다른 방도를 찾거나 혹시 기적이 생길지도 모르는 일이니까.
또 뇌전을 이용하더라도 후일 마지막에 가서 하는 게 옳다고.
그렇지?"

"……!"

석잠은 아무 말 하지 못한 채 당황한 얼굴을 할 뿐이었다.
내심으로는 생각하고 있으면서도 누구도 절대로 입에 올리지
않는 금기나 마찬가지인 사실을 태연히 까발리고 드는 이산
의 태도에 어찌할 바를 몰라서였다. 하지만 이산은 거기서 멈
추지 않았다.

"내 말이 맞지?"

그는 기어이 대답을 듣고자 했다.

결국 석잠은 시인할 수밖에 없었다.

"그, 그렇습니다."

"너는 잘못 알고 있어."

석잠의 눈이 둥그레졌다.

"예……?"

"내가 이 방법을 생각하고 정리해서 완성해 둔 것이 벌써
이 년 전이야. 그런데 지금껏 기다려 놓고 왜 이제 와서 일을
벌일까? 어째서?"

“……!”

석잠이 흠칫하는 사이 이산이 말을 이었다.

“내게 남은 시간이 없기 때문이야. 더 머뭇거리다간 그나마 발견한 현재로썬 유일한 방안이자 마지막 방법인 이것조차 시도해 볼 기회가 없을 테니까 말이야.”

“대, 대체 얼마나……?”

석잠의 음성이 덜덜 떨리고 있었다.

“어, 얼마나 남았기에……?”

“불과 서너 달이야.”

석잠의 얼굴이 흙빛으로 변했다.

“서, 설마, 그럴 리가……!”

이산이 한숨을 내쉬었다.

“그것도 최대한 많이 잡아준 거야. 빠르면 한 달을 못 넘길 수도 있어.”

“아……!”

“내가 내 몸에 대해서 얼마나 잘 알고 있는지 알지? 괴사가 점점 빨라지고 있어. 그리고 상반신은 하반신과 많이 다르다는 것을 알아야 해. 괴사가 복부까지만 올라와도 끝이야. 내부 장기가 하나라도 제 기능을 잃으면 사람은 살 수가 없어. 창자 없이, 심장 없이, 간 없이 살 수 있겠어?”

이산의 시선이 다시 하늘로 향했다.

“나로서는 최선의 선택이야. 어쩔 수 없는 선택이고, 또 그래도 그나마 가능성과 희망이 조금이라도 있는 마지막 도박이기도 하고.”

“……”

“날 편하게 해줘.”

“……!”

석잠은 더 이상 아무 말도 할 수가 없었다.

누가 봐도 가만히 앉아서 서너 달 후에 말라죽는 것보다는 그 확률이 어떻든 간에 그나마 희망이 조금이라도 있는 당장의 도박을 행하는 것이 옳을 터였다.

“일반적으로 아이가 태어나면 일부러 엉덩이를 때려서라도 첫 울음을 터뜨리게 한다는 것 알지? 기도를 틔우는 동시에 첫 호흡을 제대로 하게 만들기 위해서 말이야.”

예상치 못했던 너무나 큰 충격에 어찌할 바를 모르고 망연히 서 있을 따름인 석잠의 귓전으로 어느 순간 마치 책이라도 읽는 듯한 이산의 이야기가 담담한 음색으로 나지막하게 흘러들었다.

“하지만 나는 전혀 그럴 필요가 없었다나 봐. 머리가 밖으로 나오고 난 다음부터는 아예 한시도 쉬지 않고 몸서리쳐지도록 자지러지게 울다 기절하고 또 울다 기절했다고 하니 뭐. 그 후로 젖이나 다른 무엇을 먹이는 것도 기절했을 때나, 아니면 혈을 짚어 목 안으로 넘기고는 강제로 삼키게 하는 수밖에 없었다고 하고. 잠도 마찬가지였고. 거의 이 년간을 꼬박 그러했다더군."

회상하듯 이산이 잠시 시간을 두었다.

"아무리 부모라지만 기가 막히고 선뜻 손이 안 가는 것은 어쩔 수가 없었을 거야. 그래서 처음엔 거의 유모에게 맡기고는 기절해서 울음을 멈추는 경우에나 겨우 얼굴을 보러 갈 수밖에 없었고. 사실 어쩔 수 없는 일이잖아. 누구라도 그럴 수밖에 없을 테니. 오히려 더하면 더할 일이지. 그런데 아직도 당신들은 그것을 마음속의 앙금으로 간직하고 있는 것 같거든. 그러니 나중에 혹시 내가 석실에서 나오지 못하는 만약의 경우가 생기거든, 부모님께 내가 지금 시도하고 있는 이 일의 모든 전말을 자세히 고하면서 말씀드려. 정말이지, 항상 감사하고 있었다고. 조금도 원망하지 않았다고. 절중만 아니라면 다음 생에도 두 분의 자식으로 태어나고 싶다고. 그러니 지나간 일은 가슴에 남겨두지 말고 모쪼록 편히 사시라고 말이야. 알았지?"

"……."

석잠은 대답을 할 수가 없었다.

충격의 여운이 채 가시지 않은 탓도 있었고, 마치 남의 일을 말하듯 하는 이산의 이야기를 들으며 목을 꽉 매우며 올라

오는 참기 힘든 어떤 감정의 격랑 때문에도 그랬다. 또한 그것이 임종을 앞둔 사람의 마지막 유언이나 다름없이 느껴졌고, 그래서 갖은 불길한 상념이 꼬리를 물고 일어났기에 더욱 그럴 수밖에 없었다.

그러나 이산은 석잠이 그런 상념에 길게 빠져 있을 시간을 주지 않았다. 슬쩍 하늘을 일별하더니 말했다.

"때가 되었군."

"……!"

흠칫 놀란 석잠의 시선도 하늘로 향했다.

하늘은 이제 완전히 먹구름으로 덮여 있었다. 그리고 멀리서 은은한 뇌성(雷聲)이 울리면서 희미하게 섬전이 번쩍거리고 있었다. 머잖아 이곳도 비가 시작될 터였고, 동시에 뇌전도 떨어질 터였다.

"나를 석실로 데려다 줘."

그때까지도 마음을 추스르지 못한 석잠의 얼굴에 당황과 혼란이 어렸지만, 그러나 그것은 잠시였다. 이내 몸을 움직였고, 이산의 곁으로 다가섰다.

어차피 해야 할 일이라면 지체할 까닭이 없었다.

워낙에 가볍고 작은 몸인지라 보통 사람이라도 이산을 드는 것은 일이랄 것도 없을 터였지만, 그럼에도 석잠은 너무도 조심스럽게 주의를 기울이며 안아 들더니 행여 이산의 몸이 흔들리기라도 할세라 천천히 걸음을 옮겼다. 아주 작은 움직임조차 이산에게는 어마어마한 고통으로 다가온다는 것을 알기에 그러했다.

석실은 이산이 거처하는 방 아래에 있었다.

방을 나와 대청 밑의 계단을 내려가자 바로 석실 문이었다. 문을 열자 이제까지의 암흑천지를 밀어내며 빛이 확 쏟아져 나왔다. 사십 평쯤의 석실 천장 중앙에 박혀 있는 꽤 큰 야명주에서 발산되는 빛이었다.

그 빛에 처음으로 드러나는 이산의 모습은 강인하고 험악한 인상에 칠 척의 건장한 체격을 자랑하는 석잠과는 너무도 대비되었다. 안길 때 밀려 올라간 옷 사이로 노출된 발목으로 미루어 짐작되는 하반신은 말할 것이 없고, 상반신과 얼굴조차 피골이 상접한 참담한 몰골이었다. 마치 마른 나뭇가지에 옷을 입혀놓은 것 같았다. 게다가 그 윤곽만 놓고 보면 아이가 분명한데 드러나는 얼굴의 외양은 쭈글쭈글하고 파리한 것이 초로의 노인이라고 해도 무리가 없을 정도로 부조화의 극치를 보여주고 있었다.

석실은 이산의 연구실이었고, 또 비고(秘庫)라고도 할 수 있는 곳이었다. 지난 세월 동안 자신의 병 때문에, 그리고 주변 사람들을 위해 필요했던 의학과 무공을 비롯한 갖가지 학문의 연구와 탐구가 이루어진 장소였으니 말이다. 자연 그를 위해 수집하고 해독하고 창작한 서책들과 온갖 기이한 도구, 기구, 재료들이 사방 벽면을 막고 늘어선 붙박이장을 모두 채우고 있었고.

"……!"

석실로 한 발 들어서던 석잠이 문득 걸음을 멈추더니 움직일 줄을 몰랐다. 그런 그의 시선은 석실 중앙에 놓인 마치 십자(十字)의 형틀같이 생긴 기구에 못 박혀 있었고, 그것 때문이었다.

이제 거기에 이산을 눕히고, 지붕 위의 진으로부터 시작해서 십자 틀 곁의 밀봉된 커다란 철궤를 통과하여 빼놓은, 수십 가닥의 철선 끝에 연결된 은침(銀針)을 정해진 순서대로 이산의 혈도에 꽂으면 모든 것이 끝이었다. 그러니 석잠으로서는 심정이 복잡하고 착잡하지 않을 수 없었고, 그래서 선뜻 행동을 취하지 못하는 것이다.

"계속 이렇게 있을 셈이야?"

이산의 말에야 석잠은 다시 움직였다.

이산을 기구 위에 안치하고는 하나하나의 철선 가닥을 확인하면서 전신 대혈에 침을 꽂기 시작했다. 안 그래도 조심스러운 손길인데다 순서와 꽂는 깊이까지 유의하다 보니 꽤 많은 시간이 흘러서야 끝이 났다.

그렇게 다 꽂아놓고도 재차 침의 순서와 위치를 확인하는 석잠을 향해 이산이 말했다.

"구전환혼보단(九轉還魂補丹)도 줘."

구전환혼보단은 한 가지만 해도 누구나 입에 거품을 물고 달려들 정도로 희귀한 영약들과 갖가지 약재를 모아 이산이 직접 비방을 만들어서는 석잠으로 하여금 연단하게 한 것이었다. 그 이름은 석잠이 간절한 소망을 담아 붙인 것이고.

기실 절증 탓에 이산은 그 어떤 영약도 복용할 수가 없었지만 이번에는 반드시 필요했다. 뇌전이 원체 강한 극양의 기운이기에 그것을 어느 정도라도 중화시키지 않으면 정말 순식간에 재가 될지도 몰랐다.

석잠은 품에서 작은 옥함을 꺼냈다.

안전하게 그가 보관하고 있었던 것이다.

옥함을 열자 말할 수 없이 그윽한 향기가 먼저 사방으로 퍼져 나왔다. 옥함 안에 있는 작은 밤톨만 한 둥근 단환이 근원이었다.

그것을 떨리는 손길로 가만히 집어 든 석잠은 벌써부터 벌리고 있는 이산의 입 안에 살며시 넣어주었다.

이산은 그것을 바로 삼키지 않고 혀 밑에 갈무리했다.

삼키면 곧 약효가 발동되기에 시간을 맞추기 위함이었다. 너무 빨리 복용했다가 정작 뇌전이 오는 중요한 순간에 뇌령신공을 운용해 보지도 못하고 기절한 채 맞는 수가 있었다.

영단의 강력한 약효가 퍼지면 절증으로 인해 온몸을 찢어발기는 듯한 참을 수 없는 고통이 수반될 터였고, 그것을 이산 스스로도 견뎌낸다고 장담할 수가 없었던 것이다. 여덟 살쯤, 그때까지도 누누이 당부하던 부모와 의원들의 충고를 무시하고는 우연히 수중에 들어온 백 년 된 하수오(何首烏)를 시험 삼아, 정말이지, 딱 손톱만큼 떼어 먹었다가 현현심결로도 어찌할 수 없는 끔찍한 고통으로 인해 그대로 기절하고 말았던 뼈아픈 기억이 있었다.

이산이 눈짓하며 말했다.

"이제 너도 그만 나가봐."

영단 탓에 더욱 웅얼거리는 음성이었다.

"별원 밖에서 대기하고 있겠습니다."

지금까지와 달리 선선히 대답하는 석잠이었다.

얼굴과 눈빛도 그랬다. 이제는 아무런 의심도, 불안도 떠올라 있지 않았다. 단지 결연함만 있었다. 마음을 다잡은 것이다. 차라리 성공을 믿고 기원하자고. 그것이 이산을 조금이나마 돕는 길이라고.

더불어 어차피 이곳에 있을 수는 없었다.

지붕에 설치된 진이 뇌전을 유도하고 빨아들이는 것이라고는 하지만, 아무리 그래도 찰나의 순간에 떨어지는 낙뢰였다. 무엇이 어떻게 될지 몰랐고, 또 어디로 어떻게 튀어 주변을 위험하게 만들지 몰랐다.

물론 그런 위험이야 얼마든지 감수할 용의가 있는 석잠이었다. 하지만 자신이 있어봐야 아무런 도움이 되지 못할뿐더러, 오롯이 집중해도 모자랄 이산의 신경을 오히려 분산시키는 일이 될 가능성이 다분했기에 끝까지 이산의 곁을 지키고 싶은 마음 자체를 접어둘 수밖에 없었다.

그렇지만 아무리 마음을 굳게 먹어도 몸은 그렇지가 못한 듯, 떨어지지 않는 발걸음을 억지로 옮기던 석잠이 석실 문 앞에서 문득 잊었다는 듯이 돌아서더니 깊이 예를 취했다.

그런 그를 향해 이산이 불쑥 말했다.

"이거 알아?"

"예?"

"네가 없었다면 나는 많이 힘들었을 거야. 어쩌면 지금까지 살아 있지도 못했을 테고, 또 무림을 이 년간이나 그토록 편안하게 여행해 보는 것도 꿈도 꾸지 못했을 것이고. 정말이지, 고맙게 생각해."

"무, 무슨 그런 말씀을!"

황망한 얼굴로 펄쩍 뛰는 석잠이었다.

하지만 그뿐, 더는 말을 잇지 못했다.

이산이 눈을 감는 것을 보았기 때문이다.

석잠은 영단 탓이란 것을 대번에 직감했다.

삼키지 않았다고는 해도 조금씩 약효가 흘러나오며 이산을 고통으로 몰아넣고 있는 것일 터였다. 그렇지 않다면 어지간한 고통에는 털끝만 한 변화도 보이지 않는 이산이 그렇게 눈을 감을 일도, 또 살짝 찌푸려진 미간과 눈썹을 파르르 떨일도 없을 테니까.

자신이 고통이라도 당하듯 어금니를 짓깨물며 한참이나 안타까워하던 석잠은 이윽고 다시 한 번 길게 읍을 취하고는 조용히 석실을 빠져나갔다.

지체할 시간이 없었던 것이다.

뇌성이 점점 크게 들려오고 있었다.

석잠이 사라진 지 오래지 않아 이산이 눈을 떴다.

그리고 석실 문을 일별하더니 중얼거렸다.

"이제 다른 아무것에도 구애받지 말고 네 뜻대로 마음껏 날개를 펴고 살아, 석잠. 그동안 나 때문에 정말 고생 많이 했어. 저 세상에 가서도 내 부모 형제와 함께 너만은 절대로 잊지 않을게."

그랬던 것이다.

세 방에서 석잠에게 했던 말과는 달리 이산은 이번 시도가 성공을 거두기는 참으로 지난하고 요원한 일이라고 보고 있었다. 사실 천에 하나, 만에 하나의 가능성도 있을까 말까였다. 달리 방법이 없기에 지푸라기라도 잡는 심정으로 행하는 것일 뿐이었다. 찰나지간에 내리꽂히는 자연의 불가해한 현상인 뇌전이 아니던가. 신이 아닌 한 그것을 의도대로 다스릴 수는 없었다. 다만 자신이 할 수 있는 최선을 다했으니, 기적을 바랄 따름이었다.

우르릉, 꽈꽝!

뇌성이 지척에서 들렸다.

"드디어 운명의 시간이 다가오는군."

철선을 통하여 지붕의 진과 자신의 전신 대혈이 연결된 상태인지라 현현심결의 공능(功能)으로 인해 이산은 굳이 벼락 소리에 귀를 기울이지 않더라도 바깥의 상태를 충분히 감지할 수 있었다.

이미 비는 거세게 내리고 있었다.

"진인사대천명(盡人事待天命)이라……."

진언과도 같은 한마디와 함께 그는 곧 영단을 삼켰다.

영단의 약효가 발휘되면서 대번에 온몸을 산산이 찢어발기는 듯한 고통이 밀려왔다.

하지만 이를 악물고 참을 수밖에 없었다.

그러면서 그동안 인이 박히도록 수천 번도 더 외워두었던 뇌령신공을 운기법문대로 풀어나가기 시작했다. 영단의 기운에 정신을 잃지 않고 버틸 수 있는 시간은 짧다면 짧고 기다면 긴 반 식경가량이었다. 예상대로라면 그 안에 뇌전이 쳐

줄 터였고, 그러면 처음 단추는 잘 꿰는 셈이었다.

다행히 예상은 빗나가지 않았다.

꽈르릉, 꽈꽝, 꽝.

오래잖아 뇌전이 별원을 강타했다.

그런데 전혀 예상치 못한 문제가 발생했다.

뇌전이 하나가 아니라는 것이었다. 두 개도 아니었다. 무려 다섯 개나 되었다.

본래 지붕의 진은 주변 백여 장 안의 낙뢰를 강력한 힘으로 끌어들이는 것이었다. 이가장이 있는 곳이 뇌전이 많이 떨어지는 지역도 아닌데다, 사방 백여 장이라고 해봐야 뇌전의 시작점인 하늘에서 보자면 그리 큰 넓이가 아니기에 그럴 수밖에 없었다. 모든 것을 고려하고 계산해서 진을 설치했으면서도 오히려 그 태두리 안에서 뇌전이 발생하지 않는 경우가 생기면 어쩌나 하는 우려의 마음까지 가졌을 정도로.

물론 그 반대의 경우를 상정한 안전장치도 있었다.

진의 효과가 단 한 번뿐이라는 것이다. 즉, 한 번만 뇌전을 끌어들이고 나면 자동적으로 진이 해체되도록 해놓았다. 그래야 혹시라도 연이어 뇌전이 별원에 떨어지는 천만뜻밖의 일이 생기고, 그리하여 그것이 고스란히 이산 자신에게 전달되는 불상사가 생기는 것을 막을 수 있으니까.

한데 그러한 계산과 계획들을 비웃기라도 하듯이 하필이

면 오늘 따라 별원을 중심으로 백여 장 안에서 동시에 다섯 개나 뇌전이 생성되었던 것이다. 그것들은 당연히 한꺼번에 진으로 스며들었고.

아니, 스며든 것이 아니었다.

너무도 강한 힘이었기에 처음에는 스머드는 듯했지만 이내 진을 파괴하며 고스란히 별원을 직격했다.

결과는 상상을 초월할 지경이었다.

잠시간 뇌전에 휩싸여 빛을 뿜어내는 듯 보이던 별원이 순식간에 쾅, 하고 폭발하면서 허공으로 산산이 비산되더니 불타거나 그을린 잔해만 사방에 떨어뜨리고 있었다. 거센 빗줄기는 곧 그러한 모든 것을 삼켜 버렸고.

완전한 소실이었다.

남아 있는 것은 아무것도 없었다.

별원도, 석실도, 이산의 모습도.

단지 충성심에 더해 마음의 불안을 이기지 못하고 죽림 밖에서 서성거리던 석잠의 경악과 비통으로 가득 찬 울부짖음만이 남았다.

"공—자—님—!"

Chapter 02

듀라노 크루이트

"으아악! 이게 뭐야!"

듀라노 크루이트는 제대로 나오지도 않는 목소리로 통한에 찬 외침을 토해내며 절규했다. 무려 삼십여 년간이나 한마음으로 노력하고 준비한 끝에 실행한 일생일대의 중요한 일이 물거품이 되어버렸으니 어찌 그렇지 않겠는가.

"대체 왜? 왜, 이런 게 튀어나온 거야! 으아아!"

듀라노는 흑마법사였다.

그렇지만 대다수의 흑마법사들이 그렇듯이 그 역시 처음

부터 흑마법사였던 것은 아니다. 어릴 적 마법에 입문한 이래로 삼십여 년 전까지만 해도 그는 정상적인 마법의 길을 걷는 자였다. 그것도 당시 불과 서른 후반의 나이에 3서클에 접어들었을 만큼 천재적이었고 전도양양했다. 만약 그의 인생을 송두리째 뒤집어엎는 충격적인 사건이 발생하지 않았더라면 그는 여전히 그 길을 가고 있었을 터다.

하지만 사람의 일이란 한 치 앞도 내다보기 힘든 법.

정말이지, 어느 날 갑자기 닥친 일이었다. 악독하고 추악한 음모에 희생되어 가문이 하루아침에 역적으로 몰려 풍비박산 나면서 부모형제를 비롯한 식솔들은 물론이고 집안의 개미새끼 한 마리 남지 않고 모조리 처참하게 죽음을 맞이하는 참화가 일어난 것이다.

오직 그만이 살아남았다.

그 역시 하늘의 도움이 따르지 않았다면 죽음을 피하지 못했을 터다. 천신만고의 도주 끝에 간신히 흉수들의 집요한 추적에서 목숨을 건진 그는 당연한 수순으로 피눈물을 흘리며 복수를 맹세했다.

그러나 현실적으로는 가능한 일이 아니었다.

새 발의 피가 따로 없었다. 원수들은 개개인 자체의 실력도 비교가 되지 않을 정도로 강했고, 세력도 컸으며, 막강한 권력까지 거머쥐고 있었다.

반면에 듀라노는 철저히 혼자였다.

도움을 받을 만한 크루이트 가와 가까웠던 가문들 역시 한 날한시에 똑같은 겁난을 당했기에 그러했고, 나아가 마법 스승을 비롯해 몇몇 평소 교분을 나누던 마법사들조차 흉수들의 교활한 술책에 속아 등을 돌렸을 뿐만 아니라, 오히려 듀라노가 탈출의 와중에 어렵게 행한 구원 요청을 흉수들에게 고스란히 넘겨주어 그의 생존 사실과 도주로까지 알려줄 지경이었으니 그럴 수밖에 없었다.

그렇다고 스스로가 월등한 능력을 지닌 것도 아니었다.

그나마 듀라노에게 남아 있는, 또 희망을 품어볼 만한 것이라고는 겨우 3서클에 이른 보잘것없는 마법이 전부였으니 말이다.

물론 그 정도에 이른 마법사도 흔히 볼 수 있는 것은 아니었다. 마법의 특수성을 뺀 일반적인 비교만으로도 어지간한 엑스퍼트 초급의 정식 기사보다 더 뛰어난 전력이라고 평가받고 있으며, 실지로도 어딜 가나 그러한 대접을 받는 것이 3서클 마법사였다. 마나를 느끼고 마법사의 길로 들어선 사람들 중 평생 3서클에도 올라보지 못하고 죽는 경우가 거의 대다수라고 해도 과언이 아니었으니 두말할 필요가 없었다.

하지만 상대도 상대 나름이었다. 고작 그 정도의 마법으로 복수를 꾀하는 것은 그야말로 저 죽을 줄 모르고 불을 향해 무작정 달려드는 불나방의 행동과 조금도 다를 것이 없었다. 상대의 진영에는 그 정도가 아니라 그보다 상위의 마법사와 기사들마저 차고 넘칠 정도였으니까.

그렇지만 하늘은 시련만 주지는 않았다.

뜻밖에도 하나의 선택할 길을 내려주었다.

흑마법이었다. 운 좋게도 도주의 끝에 발견한 것이 흑마법사의 유적(遺跡)이었던 것이다. 하물며 그것도 다름 아닌 수백 년 전에 사상 최악이자 최강의 흑마법사라고 불리던 샤이언 테세우스가 남긴 것이었다.

지금 그가 있는 바로 이곳이다.

당시 듀라노로서는 고민하고 말고 할 것도 없었다. 당장 유적에 머무르지 않으면 안 되고, 또 다른 곳으로 마음대로 움직일 수도 없는 상황이라는 것은 둘째 문제였다. 기연이 따로 없었고, 무엇보다 중요한 것은 복수였던 까닭이다.

그리하여 듀라노는 아무런 거리낌도, 망설임도 없이 곧장 흑마법으로 전향했다. 3서클에 갓 오른지라 속성의 인이 완전히 박히지는 않은 상태였기에 비록 얼마간의 어려움을 겪기는 했지만, 이제까지 모아온 마나를 버리고 새로 시작해야 한다거나 하는 최악의 사태에 이르지 않고 무사히 전향할 수 있었다. 다만 흑마법으로 바꾸었다고 해도 그 성취가 아무런 노력이나 대가없이 저절로 이루어지지는 않는다는 것이 남은 문제라면 문제였다.

듀라노는 할 수 있는 모든 것을 다 했다.

유적 주변의 마기가 뭉친 곳을 기를 쓰고 찾아다녔고, 각종 사체(死體)로부터 사악한 기운을 흡수하는 일도 마다하지 않았으며, 다른 생명체의 생명을 빼앗아 그 피를 대가로 마계로부터 마력을 받는 것도 주저하지 않았다. 스스로의 수련과 연구로 경지를 높이는 정상적인 마법과는 달리 흑마법은 그러한 것으로 마법 능력을 증진시키고, 그래서 일정 서클까지는 단기간에 올라설 수가 있는 것이다.

동시에 죽어라 공부하고 연구했다.

그가 주력한 것은 소환진이었다.

마왕을 소환해서 단번에 원수들은 물론이고 그들의 터전에 더해 그들의 행동을 용인한 왕국까지도 모조리 초토화시켜 버릴 생각에서였다.

가장 현실적이고 현명한 방안이라 할 수 있었다.

어차피 마법으로밖에 복수할 방법이 없는 듀라노였다. 하지만 아무리 흑마법에 기대어 속성으로 경지를 끌어올린다고 해도 일신의 마법만으로 복수를 꿈꾸기는 사실 요원하기만 한 일이었다. 상대가 상대인지라 일반적인 방법으로는 인간이 오를 수 있는 최고 경지인 7서클 대마법사는 되어야 원하는 대로 통쾌하게 원수를 갚을 수 있을 터인데 세상을 통틀어도 한 세대에 적게는 아예 없거나 많아봐야 불과 몇 명밖에 나오지 않는 그것을 무슨 수로 이룬단 말인가.

노력만 하다가 끝내 이루지 못하고 죽을 공산이 십중팔구였고, 만에 하나 혹여 이룬다고 해도 그때는 아마도 원수 본인들은 세상에 하나도 남아 있지 않을 터였다.

당연한 것이, 마법의 단계는 올라갈수록 들어가는 노력과 시간이 기하급수나 마찬가지로 늘어나기 때문이다. 즉, 1서클을 가지는 데 5년의 시간과 노력을 들였다면, 2서클은 보통 그 두 배인 10년의 시간과 노력이 들어가고, 3서클에 들기 위해서는 3, 40년 이상의 투자가 이루어져야 하는 것이 상식이었다. 당연히 그만큼 마법의 위력에서도 차이가 있을 수밖에 없고. 더불어 실제로 이것이 마법사들의 일반적인 사례이자 한계였다. 그래서 거의 대부분이 평생을 다 바쳐도 3서클에 겨우 들거나 아니면 그 아래에서 끝나고 마는 것이고.

그러니 비록 듀라노가 서른 중반에 3서클에 들 정도로 다른 사람에 비해 마법적 재능이 뛰어나다고는 하지만 그래봐야 오십보백보였다. 육칠십에 불과한 인간의 평균 수명으로 볼 때 그로서는 아무리 많이 잡아주어도 4서클이 한계였다.

물론 이것은 통상적이고 일반적인 잣대에 비춘 이야기일

뿐, 가능성이 희박하기는 하지만 듀라노라고 어떤 특별한 도움이나 깨달음을 얻어 5서클에 오르지 말란 법은 없을 터였다. 그리고 거기서 한 발 더 나아가 6서클 마스터에 들어 수명을 연장하고 노화를 지연시키지 말란 법도 없고. 또 그것을 기반으로 더욱 정진해서 육체를 재구성하는 7서클의 최고 경지에 진입하지 말란 법도 없을 터였다. 문제는 그것이 절대로 실현 가능한 일이 아니라는 것을 떠나 설사 우연과 횡재에 더해 하늘이 돕고 또 도와서 거기까지 어찌어찌 간다 하더라도 얼마나 많은 세월을 잡아먹어야 할지 도무지 짐작조차 가지 않을 일이란 것이다. 복수할 힘을 얻었다 한들 원수들이 모두 세상에서 자취를 감추고도 오랜 세월이 지난 다음이라면 무슨 소용이 있겠는가.

하물며 흑마법이었다.

듀라노가 서슴없이 선택한 이유이기도 한 5서클까지는 일반 마법과 비교도 할 수 없을 정도로 훨씬 빠르고 쉽게 가는 장점이 있는 반면에, 6서클부터는 일반 마법보다 몇 배의 시간과 노력을 기울이지 않으면 안 되는 반대급부적인 단점이 있었다. 오죽했으면 아득하게 긴 마법 역사를 다 뒤져 보아도 흑마법으로 7서클에 오른 이가 샤이언을 비롯해, 겨우 서너 명뿐이겠는가. 그것도 완벽하게 7서클을 정복하고 마스터에 이른 것은 샤이언이 유일했고.

그뿐이 아니었다.

듀라노에게는 스승이 없었다.

아무리 샤이언 테세우스의 유진이 고스란히 남아 있다고 해도 스승이 곁에서 직접 하나하나 지도하고 가르쳐 주는 것과는 천양지차였다. 성취도도 성취도지만 일단 마법을 익히는 속도에서 커다란 차이가 있을 수밖에 없었다. 게다가 글과 그림은 글과 그림일 뿐이었다. 조금이라도 그 뜻을 곡해하거나 잘못된 방법으로 수련하는 상황이 생기면 최악의 경우 목숨마저 위태로울 수 있었다.

그래서 소환진을 택했고, 훌륭한 대안이었다.

7서클에 목을 맬 필요도 없었고, 굳이 스승을 찾아다닐 까닭도 없었다. 비록 샤이언이 직접적으로 마왕을 불러보았던 것은 아니지만 그가 남긴 소환진의 자료들 중에는 그에 대한 여러 가지 단서와 언급이 있었고, 그래서 홀로 실험하고 연구해도 크게 문제 될 일도 없었다. 무엇보다 소환에 성공하기만 하면 대마법사도 비교가 안 될 정도로 막강한 파괴력을 구현할 수 있다는 것도 큰 매력이었다.

하기야 애초부터 듀라노의 생각은 그것에 못 박혀 있었다. 그로서는 그것만큼 가능성이 크고 또 확실하면서도 통쾌하게 복수할 수 있는 방법이 없었으니까.

그래서 서슴없이 흑마법으로 전향했던 것이고.

그렇지만 이것 역시 쉬울 리는 없는 일이었다.

다른 것도 아닌 마왕의 소환이었다.

하급의 마족을 소환하는 데에도 때로는 자신의 영혼과 목숨까지 저당 잡혀야 할 경우가 있을 정도인데 하물며 그들의 군주였다. 매우 특별한 조건과 대가가 있어야 할 것은 인지상정이었다. 더욱이 수천 년 전 어떤 대마법사의 호기심과 실수가 겹쳐 불의 마왕이 소환되었고, 그리하여 세상의 절반이 박살 났다는 전설 이래로 강림한 적도 없었고 소환할 엄두를 낸 이도 없었던 마왕이 아니던가.

듀라노 역시 샤이언의 유진 중에서 그에 대한 자료를 발견하지 못했다면 상상조차 하지 못했을 일이다.

자연 마련하고 준비해야 할 것만 해도 엄청났다.

우선 소환자가 갖추어야 할 최소한의 조건이 있었다. 다른 것은 몰라도 가진 바 마나가 완벽한 5서클 마스터에 이르러야 하고, 또 소환진에 대해서만큼은 7서클 못지않은 이해가 있어야 된다는 것이 그것이었다.

그 때문에 듀라노가 흑마법으로 전향한 후 줄곧 기를 쓰고 마력과 시클을 높이는 데 힘쓰면서, 또 악착같이 연구와 공부에 매달려야 했던 것이고.

다음으로 마법진을 생성시키고 그것에 마력을 제대로 공급하기 위해서는 최상급의 마나석에 더해 미스릴과 아다만 티움 등과 같은 희귀하고 비싸기 그지없는 금속과 보석들의 가루가 상상을 초월할 정도로 많이 필요하다는 것이었다.

하지만 듀라노가 가장 쉽게 구한 것이 이것들이었다.

거의가 유적에 있었기 때문이다. 만약 유적이 없었다면 듀라노로서는 이것들을 준비하는 데만도 아마 평생을 다 바쳐도 모자랐을 터다. 모두 합치면 웬만한 왕국의 수년 예산보다 많은 금액이었고, 또 돈이 있다고 해서 쉽게 구입할 수 있는 물건들도 아니었으니 말이다.

마지막으로는 일종의 제물이자 매개체로 쓰이는 것들이 있었다. 실지 듀라노를 가장 어렵고 난감하게 만든 것은 다름 아닌 바로 이것이었다.

소환자의 영혼이 마왕이 유혹을 느낄 정도로 분노와 절망과 피의 갈구에 절어 있어야 하는 것은 둘째 문제였다. 공포로 죽어가는 처녀의 피, 타락한 엘프의 심장, 눈물 흘리는 하피의 간 같은 참으로 기이하고 난해하며 구하기 어려운 특수한 재료들이 수십 종이나 되었다.

소환진을 생성시킨 다음에는 소환자가 모든 마나를 쏟아 부으면서 이것들로 만든 마법 용액을 진에 흘려 넣어야만 하기 때문에 필요한 것들이었다. 그것은 마왕과 소환자의 영혼이 공명하도록 만드는, 반드시 필요하고 또 가장 중요한 매개

물이었다. 그것이 이루어져야만 비로소 마왕이 소환자의 마법진에 나타날 수 있는 기반이 갖춰지는 것이다. 물론 그렇게 해서 소환되었다고 해도 소환자의 청에 응해 그의 몸을 장악하면서 진실로 인세에 강림하느냐 마느냐 하는 것은 전적으로 마왕의 마음에 달린 일이지만.

물론 선택의 여지는 없었다.

듀라노의 지난 삼십여 년 중 마법과 소환진 수련에 걸린 기간을 제외한 모든 시간을 이것들을 구하기 위해 힘쓰는 데다 소비했다고 해도 과언이 아니었다. 오죽했으면 십수 년 전 5서클에 올라 텔레포트를 쓸 수 있게 되면서 유적을 자유롭게 출입할 수 있게 된 이래로 딱 한 번 원수들에 대한 소식을 모은 외에는 완전히 등한시할 정도였겠는가. 기실 별다른 변동도 없었고, 또 힘부터 갖추지 않으면 원수들의 소식을 알아봐야 아무 소용이 없다는 것을 자각하고 있었던 탓도 있지만, 무엇보다 재료들을 구하기가 그만큼 힘든 때문이 가장 크다고 할 수 있었다.

그렇게 갖은 고난과 우여곡절 끝에 결국 그는 얼마 전에야 모든 짓을 갖출 수 있었다. 그리고 얼마간의 기다림 끝에 이 세상의 밤을 밝히는 두 개의 달이 모두 붉게 변하는 레드문의 계절이 오고, 거기서도 제일 마기가 성해지는 오늘을 택해 소환진을 실행에 옮겼고.

장소는 유적에서 가장 큰 공간인 지하 광장이었다.

어떠한 방해도 없어야 할 뿐만 아니라 소환진의 크기도 만만치 않았기에 택한 장소였다.

시작은 훌륭했다.

육망성과 마법 언어를 조합한 까다로운 소환진을 수십 번의 수정 끝에 완벽하게 만들어내고, 정밀한 계산하에 마나석과 재료들을 꼼꼼하고 정확하게 배치한 후, 제물들로 만든 용액을 흘려 넣으며 자신의 마나를 마지막 한 오라기까지 쏟아부은 결과 소환진에서 눈을 뜨고 바라볼 수 없을 정도로 휘황찬란한 빛무리가 쏟아져 나올 때까지만 해도 듀라노는 성공을 믿어 의심치 않았다.

비록 자신은 과다한 마나의 소모가 불러온 마나홀이 깨져 버리는 충격 속에서 칠공에 피를 흘리며 쓰러졌을지언정 이제 마왕이 나타나 자신의 심장을 취하며 강림하고, 그래서 대가로 복수를 해준다는 맹약만 받으면 된다는 생각에 모든 것을 기쁘게 감수하며 기다렸다.

그런데 이게 웬일인가.

빛무리가 가시며 드러난 소환진의 중앙에는 그토록 고대하던 마왕과는 어디 터럭 하나라도 닮은 데가 없는 괴상한 생명체가 널브러져 있는 것이었으니.

사지가 있고, 얼굴이 있고, 오관과 그 외 달려 있어야 할 것도 모두 제자리에 달려 있는 것이 구조와 형상은 인간과 상당히 비슷했다.

하지만 닮은 것은 그뿐이었다.

뼈밖에 남지 않은 바짝 마른 하반신에, 그나마 좀 나은 상체도 뼈에 가죽만 근근이 덮여 있을 정도였고, 게다가 마치 불구덩이에 빠졌다 나오기라도 한 것처럼 심하게 타고 그을려진 피부는, 또 세상 다 산 노인의 그것처럼 쭈글쭈글하기까지 했다. 머리칼은 물론이고 눈썹조차 하나도 없었다. 이미 한참 오래전에 죽어서는 미라로 변하다가 만 형상이라고 하는 것이 보다 정확한 설명일 터였고, 실제 그 외의 다른 것으로는 보이지가 않았다.

그렇지만 미라도 아니었다.

분명히 숨을 쉬고 있었다.

그것도 사람이라면 도저히 그럴 수 없을 정도로 가늘고 긴 호흡이었다.

듀라노가 아는 한 이런 형상과 호흡을 지닌 인간은 이 세상에 존재하지 않았다. 유사인종도 아니었다. 몬스터까지 합친 중간계의 모든 생물체를 다 떠올려 봐도 마찬가지였다. 그가 아는 다른 계를 더듬어봐도 한 가지였고.

기다리던 마왕일 가능성도 없었다.

그 어떤 마왕도 이런 형상을 하고 있지는 않았다. 아니, 그전에 이렇게 널브러져 있을 수가 없었다. 나타나자마자 벌써 주변을 모두 장악하고 지배했을 터였다. 그다음에야 무슨 이야기를 나누어도 나누려들었을 터였고.

그렇다고 마족이나 마졸이 잘못 불려온 것도 아니었다.

하급 마졸이라 하더라도 마계 특유의 마기와 존재감을 뿌리는 것이 당연지사인데, 그런 것이 전혀 없었다.

듀라노로선 절망하지 않을 수 없는 일이었다.

그래서 조금 전의 비명도 흘러나온 것이고.

"왜! 왜 이런 일이 벌어진 거야? 대체 뭐가 잘못된 거야?"

여전히 비통하고 통한에 찬 음성을 토하며 듀라노는 소환진을 향해 몸을 움직이기 시작했다.

이미 탈진했고, 더불어 마나홀까지 부서진 듀라노로서는 불과 일 미터인 그 거리를 이동하는 것조차 쉬운 일이 아니었다. 조금씩 조금씩 꿈틀거리며 기어가는 수밖에 없었다.

그런데 한참의 시간이 지난 후, 듀라노가 막 소환진에 다다를 무렵이었다.

우우웅.

갑자기 기이한 음향이 들리는가 싶은 다음 순간, 이내 다시 소환진이 가동되는 것이 아닌가. 마나석들이 반짝이면서 한순간 찬연한 빛이 솟아올라 소환진을 가득 채우더니 휘감고도는 것이었다.

"뭐, 뭐야?"

듀라노의 눈이 경악으로 부릅떠졌다.

그러다 급히 주변을 둘러보았다. 혹시 다른 자가 있어 진을 다시 발동시키나 해서였다. 하지만 다른 사람이 있을 턱이 없었다. 더구나 그가 만든 소환진은 소환자의 피와 마나가 아니면 가동되지 않는 것이 아니던가. 설령 다른 무언가가 있다 해도 운용은 절대로 불가능한 일이었다. 그런데 소환진이 제멋대로 가동되고 있었으니.

그러나 그것이 다가 아니었다.

놀라운 일은 다음에 벌어졌다.

소환진을 휘감고 돌던 빛무리가 서서히 괴 생명체(?)의 몸으로 유입되어 들어가는 기사(奇事)가 일어나고 있었다. 처음에는 분간하기 힘들 정도로 조금씩 천천히 흡수되던 것이 시간이 지날수록 빨라지더니 종내에는 걷잡을 수 없는 속도로 유입되는 것이었다.

결국 오래잖아 빛은 모두 흡수되고 말았다.

아니, 빛만이 아니었다.

소환진 자체도 사라졌다.

진을 형성하던 보석과 광석 가루, 그리고 마법 용액까지 흔적조차 없었다. 남은 것은 마나석뿐이었다. 아니, 마나석도 그렇게 부를 수가 없게 된 상태였다. 제 빛깔과 마나를 완전히 잃고는 성질마저 변해 보통의 돌멩이나 다름없게 되어버린 것을 어떻게 마나석이라고 부를 수 있겠는가.

그렇지만 듀라노는 그것에 길게 주의를 기울일 겨를이 없었다. 더욱 놀라운 변화가 괴 생명체에게서 일어나고 있었던 까닭이다. 모든 것을 흡수할 때까지만 해도 나타났던 그대로의 모습으로 죽은 듯이 널브러져 있던 그것에서 돌연 소환진과는 또 다른 은은한 빛무리가 새어 나와 감싸는 속에 뿌드득, 뿌득, 딱, 꽈직 하는, 몸을 이루는 뼈와 살이 이탈하고, 찢어지고, 부러지고, 바스러지는 듯한 소리가 들리더니 뒤이어 피부가 고목의 껍질처럼 쩍쩍 갈라지면서 떨어져 나오고 그 사이로 참을 수 없는 악취와 함께 시커먼 진물 같은 것이 흘러나오는 것이었다.

"……!"

듀라노가 멍하니 바라보는 가운데 그것은 그리 빠르지는 않지만 꾸준히 진행되었다. 그리하여 허물을 벗듯이 온몸의 피부가 완전히 한 겹 벗겨져 내리고 나서야 멈추었다. 그러자 빛무리도 가셨고.

"사, 사람이었잖아……!"

듀라노의 입에서 경악에 찬 음성이 신음처럼 새어 나왔다.

한 겹 허물이 벗겨지고 나자 놀랍게도 조금 전까지의 미라

와 다름없는 괴상한 존재라고는 믿을 수 없을 정도로 백옥 같
은 피부에 검은색 머리칼과 눈썹이 짧기는 해도 어느새 구분
할 수 있을 만큼 자라 있는, 그리고 인간으로서는 더없이 이
상적이라고 할 만한 근육과 체격을 지닌 열너덧 정도의 미소
년이 나타난 것이다.

환골탈태이자 육체의 재구성이었다.

그렇지만 변화는 그것으로 끝난 것이 아니었다.

곧이어 소년의 몸에서 다시 은은한 서기가 뻗쳐 나오더니
어느새 휘황찬란한 빛무리가 되어서는 밖에서는 음영밖에 보
이지 않을 정도로 소년의 몸을 완벽하게 감싸는 것이었다. 더
불어 빛무리 주변으로 빠직, 빠지직 하는 소리와 함께 작은
번개가 무수히 형성되었다 사라지면서 그 섬광과 소음이 보
는 이를 현혹시키는 데가 있었고.

놀라운 현상은 그뿐만이 아니었다.

소년의 몸이 마치 아무런 무게도 없는 양, 혹은 공중에서
무언가가 끌어올리기라도 하는 양 허공으로 거의 3미터나 떠
오르더니, 두 손을 배꼽 주변에 놓고 양 다리를 접어 반대편
의 무릎에 올리는 괴상한 자세를 취하고는 그대로 머물러 있
는 것이 아닌가.

부공삼매(浮空三昧)였다.

내공과 정신이 경지에 들어 탈각(脫却)에 이르지 않고는 나

올 수 없는 것이자, 육체가 환골탈태를 이룬 것과 비견되고도 남을 만한 내부의 또 다른 탈피라 할 수 있었다.

하지만 듀라노로서는 듣도 보도 못한 현상이었다.

"이, 이게 무슨 조화지? 분명히 마법은 아닌데, 사람이 허공에 뜨고, 또 라이트닝 실드가 저절로 쳐지다니……?"

라이트닝 실드란 6서클을 이루어야만 가능한, 그것도 뇌전의 속성을 가진 자가 아니면 결코 발현할 수 없는 고난도의 마법이었다. 일반적인 방어 개념은 말할 것도 없고, 무엇이든 실드에 닿기만 해도 감전시키면서 태워 버리거나 고사시켜 버리는 무서운 마법이었고.

어리둥절하고 황망해하는 가운데서도 듀라노는 제 눈앞에서 벌어지고 있는 소년의 출현부터 시작된 일련의 일들에 대해 판단하고 이해해 보려고 골머리를 앓았지만, 그 어느 하나에 대한 실마리조차 잡을 수가 없었다.

다만 자신의 일이 실패했으며, 무언가 잘못되어도 단단히 잘못되었단 사실만 떠오를 따름이었다.

더불어 한 가닥 작은 희망도 발견할 수 있었다.

자신이 아는 한 소년의 변신은 육체의 재구성이자 생명의 연장이 틀림없었고, 그것은 소드 마스터 중의 마스터라는 하이 마스터에 오른 이들이나 7서클 대마법사가 되지 않으면 찾아올 수 없는 것이며, 그렇다면 비록 마왕의 소환은 실패했지만 이대로 복수의 꿈을 접지 않아도 될지 모른다는 것이 그 것이었다. 물론 눈앞의 사람이 정신을 차린 다음의 상황 여하 에 따라 다르기는 하겠지만.

그리하여 그에 대한 처음의 분노와 원망은 온데간데없이 사라지고 오히려 그와의 대면을 기다리는 신세가 된 듀라노 는 먼저 억지로 몸을 일으켜 앉았다.

첫 대면을 그대로 엎어진 채 치를 수는 없었던 것이다. 또 기대를 품고 있는 만큼의 불안감과 초조함도 같이 느끼고 있 었기에 그러했다.

그렇지만 대면은 쉽지 않았다.

부공삼매는 거의 몇 시간이나 지속되었다.

듀라노에게는 그 어떤 때보다 지리하고 긴 시간이었다.

그러다 어느 순간 서기와 번개의 잔상이 소년의 몸으로 다 시 스며들며 잦아들기 시작했다. 동시에 소년의 몸도 가부좌 를 튼 그대로 내려앉았고.

이윽고 서기가 완전히 가셨다.

그리고 오래잖아 소년이 눈을 떴다.

특이하게도 머리칼과 같은 색인 흑안이었다.

그 눈에 떠올라 있는 것은 의문이었고.

"……?"

이산은 어리둥절했다.

당시, 폭발하듯 밀려오는 너무도 강한 뇌전의 힘을 견디지 못하고 온몸이 방전 현상을 일으키면서 타들어갔고, 그 고통을 고스란히 느끼며 몸부림치던 와중이었다. 갑자기 그의 몸을 투과한 뇌전이 눈앞에서 엉키고 충돌하더니 허공이 찢어지며 시커먼 공간이 열렸고, 순식간에 자신을 빨아들였으며, 그 순간 정신을 잃었다.

이것이 죽음이구나 하는 생각을 마지막으로 가지면서.

그러나 그럼에도 계속해서 습관적으로 현현심결을 펼친 상태에서 뇌령신공을 되새기며 운용하는 것을 멈추지 않았고.

그런데 뜻밖에도 다시 멀쩡하게 정신이 돌아온 것이 아닌가. 게다가 자신이 있던 별원 석실과는 전혀 다른 뜻밖의 환경이 펼쳐져 있는 것이었으니.

더구나 느닷없이 눈앞에 자리하고 있는 사람은 더욱 그랬다. 온몸을 두르고도 모자라 발끝까지 완전히 덮은 생전 처음 보는 형태의 칙칙한 검은색의 장포를 걸치고, 하얗다 못해 푸르도록 창백한 피부에, 노란색의 머리카락, 움푹 파인 두 눈에 푸른 눈동자, 그리고 매부리코와 입과 코에서 흘러내리다가 흉측하게 말라붙은 핏자국으로 인해 더욱 음산하고 기괴하게까지 보이는 비쩍 마른 인물.

아는 사람이 아닌 것은 말할 것이 없고, 아예 접해본 적도 없는 인종이었다. 사람의 형상만 같을 뿐 지금까지 겪어본 사람의 모습과는 거의 모든 것이 달랐다. 말로만 듣던 서역인 중에서도 괴인이 틀림없을 듯싶었다.

그러니 더욱 어떻게 된 영문인지 알 수가 없었던 노릇이고.

하지만 이내 그는 그에 대해서 더 숙고하지 않았다.

훨씬 중요한 다른 것에 생각이 미친 탓이다.

'아프지가 않다……!'

그랬다. 아프지가 않았다.

언제나 고통을 달고 살던 그가 아닌가.

그런데 새로 정신을 차리고 난 뒤에는 전혀 아프지가 않았다. 숨을 쉬고 있고, 심장이 박동하고 있는데도 그랬다. 입을 열어보았지만 마찬가지였다. 평소의 습관대로 현현심결과 함께 고통을 받아들일 만반의 준비를 하면서 조심스럽게 입술을 움직여 봤는데, 아니나 다를까,

조금도 아픔이 느껴지지 않았다.

게다가 지난 세월 동안 단 한 번도 느껴본 적 없는 활기 넘치는 충만한 기운과 날아갈 듯한 가벼움과 개운함이 온몸을 감싸고 있었다. 마치 자신이 아닌 듯했고, 참으로 신기하고 생경하기 그지없었다.

하지만 그것은 약과였다.

그러한 변화에서 자연스러운 연상에 의해 자신의 몸으로 시선을 돌리던 그는 곧바로 너무 놀라서 얼빠진 상태가 되면 사람이 어떻게 되는지를 참으로 순차적이면서도 극명하게 보여주기 시작했다.

입을 헤 벌린 채 도무지 믿어지지 않는다는 눈길로 온몸을 이리저리 훑어보더니, 이내 떨리는 손길로 얼굴을 비롯한 몸 이곳저곳을 조심스럽게 만져 보고 쓰다듬었으며, 또 한참이나 팔과 다리를 접었다 폈다 하면서 마치 그런 것을 처음 해 보는 사람마냥 굴었고, 종내는 그럴 수 없이 기쁨에 겨운 음성으로 부르짖듯이 중얼거리는 것이었다.

"꿈이 아니구나! 성공이야! 환골탈태를 했어!"

그렇게 보기 싫고 왜소하고 허약하기만 하던 몸은 간 곳이 없고, 꿈속에서나 그려보곤 하던 아름답고 미끈하며 건강한 육체로 탈바꿈했으니 어찌 그렇지 않겠는가.

비록 본 나이에는 훨씬 못 미치는 열너덧 정도의 몸으로밖에 바뀌지 못했지만 이것에 대해서는 터럭만큼도 불만이 없었다. 애초의 몸은 더했고, 또 생각하기에 따라 오히려 더 나을 수도 있는 문제였으며, 어쨌든 바라 마지않던 소원 성취를 한 셈이었기에 더 이상 원도 한도 없었던 것이다.

그런데 그렇게 기쁨을 주체하지 못하고 중얼거리던 이산은 불현듯 자신도 모르게 벌떡 일어섰고, 다음 순간 경악성을 흘려내야 했다.

"헉!"

단지 조금 빠르게 일어났을 뿐이건만 그의 몸이 공중에서 무언가가 끌어올려도 그럴 수 없을 만큼 자연스럽게 족히 반 장은 허공으로 솟아올랐기 때문이다. 마치 유영이라도 하는 것 같았다.

Chapter 03

다른 세상

이사부전

환골탈태와 탈각의 결과였다.

더불어 십성의 벽을 넘어 완성에 다다른 뇌령신공 덕분이었다. 기실 듀라노가 라이트닝실드라고 오해한 것도 다름 아닌 뇌령신공이 십성에 이르면서 자연스럽게 유형화된 뇌전의 기운이었던 것이다. 또한 갑작스럽게 이룬 성취인지라 익숙지가 않아서 생긴 현상이기도 했고.

이산은 곧 깨달을 수 있었다.

과거에는 전무했던 단전이 커다랗게 자리 잡고 있으며, 상상하기 힘들 정도로 강력하고 막대한 기운이 그것을 가득 채우고 있다는 것을. 또 일반 대혈들은 물론이고 생사현관을 비롯한 전신의 세맥까지도 막힘없이 소통되고 있으며, 그저 생각만 했을 뿐인데도 단전의 내기가 순식간에 그것들을 타고 흐르며 만반의 준비가 이루어진다는 것을. 그리고 그 기운을 바깥으로 쏟아내는 것 역시 굳이 시험해 볼 필요도 없이 마음먹은 대로 될 것임을 확연하게 느꼈고.

적어도 내공에 있어서만큼은 완전히 꿈과 같은 경지에 접어들었다는 증거였다. 자연 다른 공부도 익히기만 하면 순식간에 그와 한 가지로 될 터였고. 이미 무리와 원리는 물론이고 변화까지도 꿰고 있다고 해도 과언이 아닌 그가 아니던가. 굳이 각고의 수련이니 할 것 없이 적응과 운용과 숙련과 실전의 과정만 거치면 될 일이었다. 물론 그렇다고 해서 아무런 노력 없이 이루어지지는 않겠지만.

이산으로서는 더 바랄 것이 없었다.

과거 얼마나 부러워했고 익혀보고 싶었던 무공인가.

그런데 하루아침에 상상해 본 적도 없는 고수가 된 것이다.

"나도 이제 사람이다! 뛰고, 걷고, 말하는 데 아무 문제가 없는 제대로 된 사람이 되었구나! 그것도 무인이다! 이제부터 다른 사람이 하는 것 다 하며 살 수 있겠구나!"

다시 한 번 감격하고 격동하는 이산이었지만, 그러나 그것은 그리 오래가지 못했다.

곧 벌거숭이로 서 있는 자신의 몸이 눈에 들어왔고, 또 내 호기심과 의문에 찬 눈으로 자신을 빤히 쳐다보고 있는 서역인이 앞에 있단 것을 그제야 인지했던 것이다. 그리하여 그는 얼른 다시 자리에 앉았고, 두 손으로 사타구니를 가리며 황망히 입을 열었다.

"다, 당신은 누굽니까? 여기는 어디고요?"

"당신은 누구요? 대체 어디서 왔소?"

듀라노도 거의 동시에 말했다.

하지만 언어가 달랐기에 둘은 서로의 말을 하나도 이해할 수 없었다.

그에 대한 둘의 반응은 상당히 달랐다.

이산은 눈을 끔뻑거리며 당혹하고 난감한 표정을 지은 반면에 듀라노는 별반 변화가 없었다. 오히려 그럴 줄 알았다는 얼굴에 가까웠다.

그럴 수밖에 없었다.

그는 이미 이산이 혼자 하는 말을 들었기에 언어가 다르다는 것을 알고 있었다. 다만 혹시라도 자신이 쓰는 말을 배운 바가 있시는 않을까 하는 작은 희망을 가지고 시험하기 위해서 일단 말을 해보았을 따름이다.

더불어 그에게는 간단하게 말을 통하게 만들 수 있는 도구가 있었고, 그래서 이것을 그리 심각한 문제라고 받아들이지 않았으므로 그렇기도 했다. 만약 마법을 쓸 수 있었다면 더욱 손쉬운 일이었겠지만 마나홀마저 깨진 지금의 상태로서는 생각할 바가 아니었다.

말을 통하게 만드는 도구란 다름 아닌 언어 통역 마법이 걸린 하나의 반지와 목걸이였다. 마왕 소환의 제물에 쓰일 수십 종류의 갖가지 괴이한 재료들을 구하기 위해서는 세상을 돌아다니며 온갖 유사인종과 이종족을 만나지 않을 수 없었고, 그때 만들어두었던 것이다.

그는 곧 로브 속에서 작은 주머니를 꺼냈다.

주머니에는 붉은 보석이 박힌 목걸이와 반지가 들어 있었는데, 목걸이는 자신이 가지고 반지는 이산에게 건네주었다. 의아한 표정을 감추지 못하는 속에서도 이산은 그것을 받았다. 그러자 듀라노가 말했다.

"이제 내 말을 알아듣겠지요?"

"아……!"

이산의 입에서 탄성이 흘러나왔다.

그리고 경악과 신기함이 가득한 얼굴로 듀라노와 반지를 번갈아 쳐다보는 것이었다. 분명히 상대방의 입에서는 알아들을 수 없는 괴상한 말이 흘러나오는데, 자신의 귀에는 그것이 중원의 언어로 들리는 것이었으니 당연한 일이었다.

"이것이 무엇입니까?"

“보고도 모르시오?”

듀라노가 시큰둥하게 대꾸했다.

“통역 마법이 걸린 물건이잖소.”

“통역 마법이라니? 그게 뭐지요?”

“통역 마법을 모른단 말이오?”

“……?”

더욱 모르겠단 표정으로 눈만 끔뻑거리는 이산의 태도에 이제 당황한 것은 듀라노였다.

“서, 설마 마법 자체를 모르시오?”

“처음 들어봅니다만.”

“이, 이럴 수가……!”

듀라노의 입이 쩍 벌어졌다.

“대, 대체 당신은 누구란 말이오? 어디서 왔소? 어째서 이 세상 사람이라면 누구나 보든, 듣든 간에 어쨌든 한두 번쯤은 접해봤을 마법을 아예 모를 수가 있단 말이오?”

“여기가 중원은 아니란 말이군요?”

이산도 침착하려 애쓰며 말을 받았다.

“혹시 서역입니까?”

“중… 원? 서… 역?”

듀라노가 고개를 갸웃하며 떠듬떠듬 반문했다.

“도무지 무슨 소린지 모르겠군요. 나는 아직 그런 지명이 있다는 이야기는 들어본 적이 없소. 아니, 단어조차 난생처음 들어보오. 여기는 그레이트 대산맥이요. 설마 그레이트 대산맥도 모르지는 않겠지요?"

"……."

이산은 멍하니 듀라노를 바라볼 따름이었다.

그것이 무엇을 뜻하는지 모르지 않는 듀라노도 결국 입만 뻐끔거리며 이산을 바라보았고, 둘은 그렇게 한참이나 침묵했다. 상상도 못할 괴리감이 두 사람으로 하여금 선뜻 무슨 이야기를 어떻게 풀어가야 할지 모르게 만든 것이다.

"이런 식으로는 혼란만 가중될 것 같군요."

침묵을 깬 것은 이내 신색을 회복한 이산이었다.

과거 고통을 겪으며 현현심결로 수련한 이산의 정신은 어떤 일에도 냉정과 평정을 잃지 않을 만큼 단련되어 있었기에 가능한 일이었다.

"일단 한 사람씩 번갈아가면서 지금까지 무슨 일이 있었는지에 대해 될 수 있는 한 상세하게 이야기해 보는 게 좋겠습니다. 필요하다면 각자의 살아온 삶과 환경까지도 모두 털어놓는 것이고요. 또 그렇게 이야기를 모두 끝낸 다음에 서로 궁금한 부분이나 이해되지 않는 부분을 묻고 답하다 보면 이 곤혹스런 사태에 대해 어느 정도는 알 수 있지 않겠습니까? 최소한 과연 무엇이 어떻게 된 것인지에 대한 단서라도 잡을 수 있을 것입니다.”

“옳은 판단이오.”

듀라노 제격 동조했다.

“우선 나부터 하겠소.”

“그전에 잠시만요.”

“……?”

듀라노의 얼굴에 의문이 떠오를 때, 이산은 쑥스러운 표정을 지으며 제 몸을 가리켰다.

“무엇이라도 걸칠 것이 없겠습니까? 아무래도 긴 시간이 필요할 것 같은데, 계속 이대로 있기는 조금 쑥스럽군요.”

보는 사람이라고는 달랑 남자 하나, 그것도 다 늙은 노인에 지나지 않았지만 이산은 민망함을 감추지 못했다.

절중 탓이었기는 하지만, 어떻든 그간 자신의 정상적이지 못한 신체에 대한 강박관념으로 몸을 남에게 보이는 것에는 극도로 민감한 반응을 보일 수밖에 없었고, 그래서였다. 지금은 사정이 완전히 딴판으로 달라졌다고는 해도 사람의 습성이 하루아침에 바뀔 리 없었다.

“옷이 없는 것은 아니오만……”

듀라노가 미간을 찡그리며 말을 흐렸다.

사실은 아까부터 그도 옷을 가져다주고 싶었지만 몸 상태가 상태인지라 그럴 수가 없었고, 그래서 모른 척하고 있었다. 그런데 이제 상대가 직접적으로 요청을 해 오니 난감하지 않을 수 없었던 것이다.

그러나 그럴 필요가 없었다.

제 몸의 절증 때문에 무림에 존재하는 의서란 의서는 안 본 것이 없고, 또 명의란 명의도 거의 다 만나봤을 뿐만 아니라 의술과 의방에 대해서 의견까지 교환할 정도로 의학에 해박한 지식을 가지고 있는 사람이 이산이었다. 그는 벌써부터 듀라노의 상태를 알고 있었다. 그리하여 그는 듀라노가 말을 더 잇기 전에 얼른 낚아챘다.

"몸이 많이 좋지 않다는 것을 알고 있습니다. 있는 장소만 말씀하십시오. 제가 가져다 입겠습니다. 아무거나 몸만 가릴 수 있으면 됩니다."

"그렇다면야."

대답과 함께 듀라노는 광장 한쪽을 가리켰다. 구석진 곳이었는데, 자세히 살피면 벽면에 문이 세 개나 달려 있었다.

"두 번째 방에 이 유적의 원래 주인이 남긴 옷들이 있소. 보존 마법이 걸린 옷장에 있으니 아직 멀쩡할 것이오. 조금 크기는 하겠지만, 그래도 내 것보다는 훨씬 덜할 테니 잘 골라서 입으시구려."

"감사합니다."

인사말과 함께 벌떡 일어난 이산은 곧장 그리로 달려갔다.

그런 그의 뒷모습을 바라보는 듀라노의 시선에 미묘한 빛이 어렸다.

본래 듀라노는 이산의 몸이 재구성되는 것을 보고는 아무리 적어도 자신보다는 연배가 훨씬 더 높을 것이라고 지레짐작했다. 생각해 보면 듣던 것과 달리 너무 어린 상태의 몸으로 재구성이 되었다든지 하는 등의 조금 이상한 구석들이 없는 것은 아니었지만, 그래도 그가 아는 상식으로는 당연한 일이었다. 그런데 자신에게 꼬박꼬박 예의를 다해 존대를 하는 것도 그렇고, 또 지금의 행동도 그렇고 도무지 나이가 든 사람으로 보이지가 않았던 것이다.

'두고 보면 알게 되겠지.'

듀라노가 밖에서 그런 생각에 잠겨 있을 때, 이산은 방 안에서 적잖이 당황하고 있었다.

"무슨 옷들이 이래?"

문 안으로 들어선 이산은 대부분 용도를 모를 잡동사니들이 아무렇게나 쌓여 있는 상당히 넓은 공간의 한쪽에 커다란 옷장이 있는 것을 발견하고 미소를 지었지만, 옷장을 열고 나서는 자신도 모르게 그런 소리를 내뱉었다.

이산의 몸이 정상적으로 자란다면 이삼 년은 더 지나야 맞을 정도로 옷들이 큰 것은 별 상관이 없었다. 이미 듀라노에게 듣고 예상하고 있는 바였고. 작은 것은 방법이 없지만 큰 것은 아무리 커도 입는 데는 문제가 없었으니까.

문제는 중원의 옷과는 달라도 너무나 다르다는 것이었다.

상하의로 구분되어져 있는 것과 그렇지 않은 것이 있었는데, 둘 다 마찬가지였다.

그렇지만 어떻든 골라 입지 않을 수 없는 일.

상하의를 따로 입는 데 익숙한 평소의 버릇대로 이산은 먼저 상하의가 구분되어진 것들 앞에 섰는데, 걸린 것을 바라보기만 할 뿐 좀처럼 손을 뻗지 못했다.

일단은 너무 화려했다. 바탕의 색상은 말할 것이 없고, 이리저리 치렁치렁 늘여놓거나 감거나 수놓아진 장식들이 움직이는 데 불편할 정도로 많았으며, 그것도 조잡하게 보일 정도로 형형색색이었다. 게다가 그것들이 그려내는 괴상한 문양과 양식은 더욱 그러했고.

더불어 옷들이 거의가 너무 조이거나, 반대로 너무 풍성했다. 비단의 은근하고 깊이 있는 화려함에 익숙하고, 또 그런 비단조차도 조금만 화려하거나 튀는 복식으로 실용성을 해치면 입기를 싫어하던 이산으로서는 성미에 맞을 리가 없었다.

이 세계에서는 귀족과 그렇지 않은 사람이 너무도 분명하게 구분되어 있고, 이 옷들이 바로 귀족의 복장이라는 것을 알았다 해도 틀림없이 이산의 선택은 똑같았을 터이다.

이내 이산은 상하의가 하나로 된 옷들 앞으로 이동했다.

이것들은 또 너무 거칠고, 단조롭고, 칙칙했다. 팔만 빼내고 그대로 통짜로 발목까지 늘어뜨린 마치 부대 자루 같은 옷이 대부분이었는데, 하나같이 투박한 재료에 회색 계열이었다. 칙칙함이 조금 더하거나 덜하다는 차이만 있었다.

평민들의 일상복이니 당연한 노릇이었다.

물론 이산으로서는 알 수가 없는 일이고.

그 외에는 바깥에 있는 사람이 입은 것처럼 모자가 붙어 있는, 머리부터 발끝까지 덮어버리는 중원의 장포와 비슷한 복장도 몇 개 있었다.

이것은 밖의 인물이 입은 것과 같이 모두 검은색 일색이었다. 비록 그 외양과는 달리 이곳의 어떤 옷보다도 천과 질감이 좋아 보였지만, 이산은 아예 관심을 두지 않았다. 손님이 주인과 같은 형태의 옷을 일부러 골라 입을 수는 없었고, 게다가 색깔도 형태도 이산의 취향과는 차이가 있었다. 뿐만 아니라 기이하게도 알 수 없는 거리낌이 일었던 탓이기도 했다.

그것이 전통적인 흑마법사의 로브라는 것을 모르면서도 본능적으로 느낀 것이라 할 수 있었다.

옷을 다 둘러본 이산은 한숨을 내쉬었다.

그렇다고 자꾸 시간만 보내는 것도 어리석은 짓. 또 애초에 아무거나 몸만 가릴 수 있으면 감지덕지라고 생각했던 것도 기억하기에 이내 마음을 정했다.

그리하여 귀족이 입는 옷 중에서 얇고 부드러운 질감의 바지와 상의 하나씩을 골랐고, 거추장스러운 장식들을 모두 떼어내고 팔다리 부분을 접어 올려서는 속옷으로 입었다. 이어 평민들의 일상복 중 하나를 겉옷으로 걸쳐서 구색을 맞추는 동시에 속옷을 가렸고.

"됐어. 좋아."

이산은 미소 지었다.

입은 옷을 둘러보며 하는 언행이지만, 사실은 옷 때문이 아니었다. 옷이 커서 어깨 부분이 축 늘어지고, 소매는 둥둥 걷어 올려야 하며, 옷의 끝단은 땅바닥에 한 뼘은 질질 끌릴 만큼 늘어져 있었다. 뭐가 됐고, 뭐가 좋을 것이 있겠는가.

모두가 새로운 몸에 대한 대견함과 신기함에서 기인한 것이었다. 자기 손으로 이토록 쉽게 옷을 벗고 입을 수 있다는 것에서도 그랬고, 더불어 몸을 움직이면 움직일수록 과거의 통증 대신에 힘과 활력이 넘쳐나고 진기가 용솟음치니 또한 그럴 수밖에 없었다.

곧 이산은 방을 나왔고, 듀라노의 앞에 다시 자리했다.

그런데 적당히 거리를 두는 것이 아니라 바짝 다가앉는 것이 아닌가. 자연 듀라노의 시선에 의아함이 어렸다.

"왜……?"

"이대로는 오래 버티지 못합니다."

이산이 듀라노의 손을 달라는 시늉을 하며 말했다.

"흘린 피와 안색으로 보아 아무래도 원정(元精)이 상한 것 같습니다. 빨리 상태를 파악해서 원기를 보충하고 다스려 주지 않으면 위험할 수가 있습니다. 이야기는 그다음에 나누는 게 좋겠습니다."

듀라노가 눈을 둥그렇게 떴다.

"설마 치료사였단 말이오?"

이산이 미소 지었다.

"의원이냐는 뜻이겠지요? 그렇지는 않습니다. 그러나 공부도 꽤 했고, 볼 줄도 조금 압니다. 이제는 내 손으로 직접 고치는 것도 가능하고요."

"소용없는 짓이오."

듀라노가 머리를 흔들었다.

"당신이 말한 원정이란 것이 마나홀과 비슷한 의미인 모양인데, 이미 그것이 깨어졌소. 대마법사가 있어도 쉽지 않을 것이오. 그러니 며칠이 될지, 몇 달이 될지는 모르지만 이렇게 살다가는 수밖에."

"속단하지 마십시오."

말을 자른 이산이 엄숙한 얼굴을 했다.

"설사 그 말씀이 사실이라 하더라도 일단은 최선을 다해봐야 합니다. 허투루 인생을 포기하는 것만큼 어리석은 짓은 없으니까요. 더욱이 당신은 결코 그렇게 비관적일 정도로 나쁘지 않습니다."

"……!"

듀라노의 눈에 이채가 떠올랐다.

자신의 상태가 나쁘지 않다는 말 때문만은 아니었다.

이산의 얼굴과 음성에서 불현듯 어떤 위엄과 현기와 경륜을 동시에 느꼈기 때문이다. 그리고 그의 말이 사실일 것 같고, 그라면 고쳐 줄 수 있을 것도 같다는 어디에서 오는지 모를 신뢰가 일었기에 또한 그러했다.

결국 듀라노는 더 말하지 않고 손을 내밀었다.

그의 손목을 잡은 이산은 내력을 일으켰다. 마음이 일자 굳이 일부러 끌어올릴 필요없이 진기는 바로 사지백해를 휘돌며 만반의 준비를 갖추었다. 그중에서 한 가닥 미약한 진기를 뽑아낸 이산은 잡은 손을 통해 천천히 듀라노의 몸으로 이동시켰고, 전신을 세세히 살피기 시작했다. 비록 머리로는 잘 알고 있는 바이지만 실제로 행하는 것은 처음이기에 신중할 필요가 있었다.

"……!"

어느 순간 이산의 눈에 기광이 떠올랐다.

뜻밖에도 그가 알고 있는 일반적인 사람들이 가진 혈과 맥의 위치와 흐름이 아니었던 것이다. 미묘한 차이지만 달랐다.

과거라면 몰라도 이미 탈각에 이른 이산이다. 아무리 미세한 부분일지라도 바로 집어낼 수 있었다.

게다가 이상한 것은 그뿐만이 아니었다.

놀랍게도 아랫배에 단전이 형성되어 있지 않고, 심장 부위에 단전 비슷한 무형의 용기(鎔器)가 존재하는 것이 아닌가. 그것이 단전을 다쳤을 때와 비슷한 증상을 보이고 있었다. 외부에 드러난 징조를 보고 처음 이산은 단전에 손괴가 왔고, 그리하여 원정이 상했다고 예상했다.

그런데 그것이 심장이었던 것이다.

이산의 상식으로는 이해하기 힘든 일이었다.

가장 안정적이고 중심적이며 무리가 없는 곳에 위치해야 할 단전이 아니던가. 한데 그것이 심장에 있다니. 더불어 그럼에도 소주천도 한 번 해보지 않은 사람마냥 혈도의 통로가 거의 막혀 있고, 반면에 그러면서도 단전이 상했을 때와 똑같이 혈과 맥이 심하게 충격을 받고 뒤틀려 있다니.

흔하지는 않지만 무림에도 아랫배에 단전을 만들지 않고 전신 경락에 흩어두는 것 같은 특이한 내공법문도 있고, 또 단전이 파괴된 후 어떤 계기로 그 아래나 윗자리에 새로 만들어낸 경우도 없지는 않았다.

이산도 그것을 알고 있었다.

그러나 이런 일은 도무지 상상해 보지도 못한 경우였다.

마법사가 마나홀을 어떻게 생성시키는지, 또 그것에 어떤 식으로 마나를 모아서 서클을 만들고 쌓는지, 나아가 그것을 어떤 방법으로 운용해서 주변의 마나를 끌어모으며 마법을 발현하는지 등등에 대해 아무것도 모르는 이산으로서는 이해할 수 없는 것이 당연했다.

하지만 이산은 곧 다른 생각을 모두 버렸다.

어차피 새로 깨어난 뒤부터는 온통 이해하기 힘들고 모르는 것투성이인 상황이다. 거기에 한둘 더 추가된다고 해서 별다를 것도 없었다.

중요한 것은 치료였다.

"조금 아플지도 모릅니다."

일차적으로 듀라노의 몸을 두루 살피고, 고민 끝에 치료 방향을 정한 이산이 입을 열었다.

"어쩌면 가려울 수도 있고요."

"정말 치료가 가능하다는 것입니까?"

이산이 제격 머리를 끄덕였다.

"원래대로 완전히 회복시키기는 어렵겠지만, 당장 무형의 용기가 깨지면서 그 충격으로 상하고 활동이 저하된 심장에 진기를 심어 활성화시키면서, 아울러 뒤틀리고 굳은 혈과 맥을 풀어놓는 것은 어렵지 않습니다. 비록 혈맥이 일반적인 사람들과는 조금 차이가 있다고는 해도 다른 것도 아닌 치료인지라 별문제가 될 것 같지는 않으니. 어쨌거나 그러고 나면 보통 사람들처럼 움직이는 데는 별다른 무리가 없을 것입니다. 물론 타고난 수명대로 사는 것에도 그리 큰 지장이 없을 테고요."

"……!"

이채를 드러내는 듀라노를 보면서 이산이 말을 이었다.

"심장 부위의 용기는 지금으로서는 어떻게 손쓸 수가 없겠습니다. 제 진기에 거부반응을 보이는 것도 문제지만 그보다는 이런 식으로 고칠 수 있는 성질의 것이 아니기 때문입니다. 그렇다고 너무 실망하지는 마십시오. 아예 포기해야 할 정도로 완전히 깨어지지는 않은 것 같으니, 시간을 두고 연구하다 보면 안전하게 복원시킬 방법을 찾을 수 있을지도 모르니까요."

"아……!"

듀라노는 탄성을 흘렸다.

그에게는 갑작스런 반전이나 다름없었던 것이다.

마왕 소환에 실패하고, 마나홀이 부서지면서 이제 모든 것이 끝났다고 생각했던 그다. 곧 죽을 것임도 믿어 의심치 않았고. 그런데 이산은 그것을 전부 바꾸고 되돌릴 수 있다고 말하고 있다. 그러니 듀라노로서는 그 감회와 감정의 파장이 클 수밖에 없었다.

"시작하겠습니다."

말과 함께 이산은 조금 전과는 달리 유연하면서도 강한 힘을 지닌 진기를 수십 가닥이나 뽑아냈고, 심장과 혈들을 동시에 치료하기 시작했다.

하나를 치료하는 사이 그 영향으로 다른 것은 오히려악화될 가능성이 많았고, 또 풀어놓은 것도 다른 것을 치료하다 보면 다시 뒤틀릴 공산이 있기에 작업을 하나씩 따로 떼어서 할 수가 없었던 것이다. 그러다 보니 안 그래도 쉽지 않은 일이 몇 배는 막대하고 정심한 공력에 더해 세심한 주의와 집중력을 요하는 지나치게 어려운 일이 되어버렸다.

더구나 이산으로서는 처음인 시술이 아닌가.

그렇지만 이산은 한 치의 미동도, 변화도 보이지 않았다.

환골탈태를 이룬 끊이지 않는 막강한 공력에다가 현현심결로 인한 무한한 정신력까지 있었기에 그러했다. 현현심결로 이룬 정신력은 도가의 또 다른 비전인 양심선공(兩心仙功)처럼 마음을 나누어서 따로따로 집중하는 것도 불가능하지 않았다. 하기야 그렇지 않았다면 지난 세월 고통을 그토록 잘 참아내고 제어하지도 못했을 터였고. 마음을 나누어 하나는 온전히 고통을 감당하게 하고 다른 하나로 일상의 생활을 해왔기에 그러할 수 있었던 것이다.

그러니 그에 비하면 이것은 약과에 불과했다.

오히려 변화가 생긴 것은 듀라노였다.

찡그린 얼굴에 땀마저 번져 나오고 있었다. 이산의 말대로 고통과 가려움이 동시에 엄습했기에 참기가 힘들었던 것이다.

그러나 그도 오래지 않아 편안한 얼굴이 되었다. 갈수록 상쾌하고 시원한 감각이 몸을 지배했던 까닭이다.

치료는 근 한 시간이나 지나서야 끝이 났다.

"참으로 대단합니다!"

이산의 말이 사실이었단 것을 가뿐해진 몸으로 느끼며 듀라노가 감탄 어린 음성으로 말했다.

"자신 속에 있는 것도 마음대로 움직이기가 쉽지 않거늘, 타인의 몸에 마나를 집어넣어서는 그처럼 잘 다루며 치료까지 하다니. 치료도 이렇게 빠르면서도 확실하고. 어떻게 그럴 수 있는 것입니까?"

"마나라고요……?"

반문하던 이산은 곧 신색을 바로 했다.

"아무래도 미뤄두었던 서로에 대한 이야기부터 하는 게 좋을 것 같습니다."

"그래야겠군요."

크게 머리를 끄덕이며 동조한 듀라노는 처음에 말했던 대로 자신이 먼저 이야기를 시작했다. 긴 이야기였다. 스스로의

일생을 다 이야기하지 않고는 다른 방법이 없었기에 그럴 수
밖에 없었다. 중도에 배가 고픈 것을 느끼고는 차와 육포를
들고 와 이산과 나누어 먹으면서 계속했을 정도이다.

이야기를 듣는 내내 이산은 벌어진 입을 다물 줄 몰랐다.

모든 것이 충격과 혼란이었던 것이다. 딴에는 이미 충분히
예상하고 대비하고 있었음에도 그러했다. 예상의 범위를 아
예 한참이나 벗어난 까닭이다.

그리하여 이산은 듀라노의 이야기가 모두 끝난 후에도 그
상태에서 벗어나지 못하고 멍한 시선을 드리운 채 침잠되어
있었다.

그러다 문득 중얼거렸다.

"완전히 다른 세상이라니……!"

"……!"

눈을 빛낸 것은 듀라노였다.

하지만 그는 조용히 이산의 반응을 관망하며 기다릴 뿐 무
어라 입을 열지는 않았다. 이산에게 생각하고 정리할 시간을
주기 위함이었고, 자신도 이산처럼 그의 이야기를 듣고 나면
어느 정도는 알 수 있을 것이기에 그랬다.

이산은 이내 거세게 머리를 흔들었다.

다음 순간, 그의 눈은 이미 초점을 되찾고 있었다.

"이제 제 차례군요."

곤혹과 혼란을 뒤로하고 이산은 담담하게 제 이야기를 풀어냈다. 상대가 자신이 상대의 이야기를 들으면서 이해하고 알아낸 것보다 더 많은 것을 알아내주길 기대하면서 될 수 있으면 자세하고 정확하게 말하려 애썼고, 그러다 보니 자연 시간은 듀라노보다도 더 많이 걸렸다.

듀라노는 그 기대에 부응했다.

"당신은 이계(異界)에서 온 것이 확실하오."

이산의 이야기가 끝나자 대뜸 듀라노가 말했다.

"아주 드물기는 하지만 번개처럼 무지막지하게 강한 힘의 충돌로 인해 시공이 일그러지면서 모든 것을 초월하는 어떤 게이트가 나타나는 경우가 있다고 들었소. 당신을 빨아들인 것은 아마도 그것이 틀림없는 것 같소. 그것을 통해 또 다른 공간인, 아니, 어쩌면 아예 다른 차원일지도 모르는 이곳으로 이동한 것이고. 물론 나의 소환진도 어떤 중요한 역할을 담당했을 것이 분명하고 말이오."

"그럼, 돌아갈 방법은……?"

"내가 아는 바로는 없소."

듀라노가 머리를 내저었다.

"소환진이 잘못되었는지, 마왕이 소환되기가 싫어 농간을 부린 것인지, 아니면 또 다른 이유가 있는지도 나로서는 알지 못하는 상황이오. 다만 벌어진 정황에 대한 원론적인 설명만

할 수 있을 뿐이니."

"그 문이란 것을 다시 연다면."

이산의 말이 끝나기도 전에 듀라노가 채뜨렸다.

"내가 아는 한 하나의 세계를 완전히 초월하는 문을 인위적으로 열 수는 없소. 더구나 차원을 건너뛰었다면 더욱 불가능한 일이고 말이오."

"아……!"

"그리고 설령 열 수 있다고 해도 그것을 통해 본래의 세계로 돌아가는 것은 가능한 일이 아니오. 들어가는 문은 하나지만 안쪽의 공간은 무한하고, 차원이라면 더욱 말할 것이 없소. 따라서 어떤 곳 어떤 차원으로 떨어질지 알 수가 없는 노릇이니. 그전에 공간이나 차원의 미아가 되어 그대로 소멸되기 십상일 게요."

"……"

"너무 상심하지 마시오."

이산이 가만히 있자 그의 마음을 자신의 잣대로 미루어 짐작한 듀라노가 은근한 어조로 달래듯이 말했다.

"모든 것을 한꺼번에 잃은 듯한 기분이리라는 것은 잘 아오. 그렇지만 비록 당신이 살던 세상과는 많이 다르다고 해도, 어차피 이곳도 사람이 사는 세상이오. 적응하며 살다 보면 그런대로 살아갈 만할 것이오."

“그런 염려 하지 않아도 됩니다.”

이산은 미소를 지어 보였다.

“저는 아무렇지도 않습니다. 이제껏 살아왔다고는 해도, 들었다시피 그쪽 세상에서 저는 삶다운 삶을 한번도 살아보지 못했습니다. 절증의 고통에 허우적거리며 그에서 벗어나려 발버둥 치다가 끝이 났습니다. 미련을 둘 것이 없습니다. 저는 이제 새로운 몸으로 새로운 세상에 태어났습니다. 어차피 다시 돌아갈 수 없는 이상 그렇게 생각하고자 합니다. 물론 과거 세상에서 이미 맺어진 질긴 인연의 끈이야 어찌하겠습니까마는, 그러나 어차피 세상은 혼자 살아가는 것이고, 또 그들 스스로 살아갈 수 있는 기반도 이미 닦여져 있음이니, 오히려 제가 없어야 잘살 것입니다. 벌써 뇌전을 맞고 죽은 줄로 알 테니 그것으로 마무리도 충분하고요.”

잠시 말을 멈춘 이산은 부모님과 석잠, 그리고 두 명의 동생을 비롯한 그 외의 몇몇 인연들을 떠올려 보았다. 얼마간의 아쉬움과 후회와 안타까움은 있었지만 그 외의 별다른 감흥은 일어나지 않았다. 그들을 생각하자 자동적으로 과거의 고통스런 삶이 떠올랐고, 또 그런 자신으로 인해 그들까지도 함께 아파하고 괴로워했던 기억이 치솟은 탓이다.

“그나저나 정식으로 감사드리겠습니다.”

이산이 문득 일어나서 포권을 취하며 말했다.

　포권을 처음 보는 듀라노가 그 기이한 행위에 정신이 팔려 멀뚱멀뚱 바라보고만 있는 사이 이산이 말을 이었다.

　"이곳으로 불려오지 못했다면 필시 뇌전에 타 죽었을 것입니다. 또 와서도 소환진의 모든 기운을 흡수하는 행운을 얻지 못했다면, 심혈을 기울인 영단으로도 어찌하지 못한 몸에 남아 있던 뇌전의 기운을 융합해 내지 못했을 테고, 그랬으면 환골탈태를 이루기는 고사하고 역시 죽음을 피할 수 없었을 것입니다. 저를 두 번이나 구해주신 셈입니다. 또 그토록 원하던 새로운 삶을 살 수 있도록 만들어주신 셈이고요. 진심으로 감사드립니다."

　"내가 인사를 받을 일은 없소."

　그제야 듀라노는 황망히 대꾸했다.

　"내가 의도했던 것은 아무것도 없소. 모두가 당신이 만들어낸 것이고, 또 당신의 복이오. 행운의 여신이 보살핀 것이라고도 할 수 있고."

Chapter 04

수련

"그렇지만."

이산이 반박하려 입을 열었지만 계속할 수가 없었다. 이산의 말을 끊으며 듀라노가 재빨리 말을 이었기 때문이다.

"그러고 보니 당신이야말로 조금 전에 날 구해주었지 않소. 따지자면 이것이야말로 확실히 은혜를 입은 것이오. 따라서 오히려 내가 인사를 해야 할 일이고."

본래라면 이산이 전혀 인정하려 들지 않는다고 해도 억지로라도 빌미를 만들어서 자신의 복수에 끌어들여야만 하고, 또 처음부터 그러려고 마음먹고 있던 듀라노였건만 막상 닥

치자 그렇게 하지 못하고 있었다.

심경에 변화가 있었던 것이다.

이계에서 온 존재인지라 다루기가 여의치 않아서도 아니고, 육체의 재구성을 이루었다고는 하지만 아무리 봐도 이 세상의 마스터와는 무언가 많이 다른 것 같은지라 그가 가진 힘을 확신하지 못해서 그런 것도 아니었다.

얄팍한 다른 계산속에 그런 것은 더욱 아니었고.

환골탈태를 하고 난 이산을 처음 대할 때부터 묘하게도 이끌리는 기분이 들었고, 또 겉보기의 앳된 모습과 예의 바른 행동이 문득문득 좋은 느낌으로 다가온 것도 있었지만, 그것 또한 중요한 이유는 아니었다.

그리고 복수와 흑마법에의 집착으로 편협하고 사악하게 바뀌었던 심성이 마나홀이 깨짐으로 인해서 서서히 본래대로 돌아오고 있었던 탓만도 아니다.

결정적인 것은 이산의 이야기였다.

이산의 삶을 들으면서 듀라노는 마치 망치로 뒤통수를 두들겨 맞는 듯한 말할 수 없는 충격을 받았다.

도무지 믿어지지 않을 정도로 처절하고 참담한 삶이었다. 그럼에도 어떻게 생에 대한 집착과 희망을 그렇게나 버리지 않고 매달릴 수 있는지 그로서는 상상도 할 수 없었던 것이다. 굳이 비교하자면 자신은 복수라는 외적인 것에 목숨을 걸고 일생을 고난과 고통으로 보낸 반면에, 이산은 일체 다른 것에 눈 돌리지 않고 오로지 자신을 위해 죽어라 달려온 것이다. 그것도 자신의 그것보다 훨씬 치열하고 고통스런 길이었음에도 담담하게 받아들이고 감내하면서, 또 결코 정도에서 벗어나지 않고 최선을 다하면서.

그에 생각이 미치자 그는 갑자기 모든 것이 허탈해지고 무의미해지는 것을 느꼈다. 자신의 전부였던 복수조차 저 멀리의 아스라한 어떤 꿈인 양 싶었고. 더불어 과연 자신의 삶은 무엇인가 하는, 이제껏 한 번도 후회하고 의심해 본 적 없는 생각까지 치솟아올랐고.

일종의 각성이라 할 수 있었다.

아니, 사실은 일심으로 이루려던 마왕 소환이 실패로 돌아간 직후 너무나 큰 상실감과 무력감에 젖으면서 이미 어느 정도는 그런 심경에 발을 담근 탓이 컸다. 보통 사람은 그럴 수 없을 정도로 워낙 집념과 염원이 강했기에 그것이 허물어지자 그 반작용도 클 것은 당연지사가 아니겠는가.

하지만 아직은 작은 파문이자 시작점에 불과했고, 또 구체적이지도 않았기에 스스로도 그때까지는 인지하지 못했다. 그것이 이산의 이야기를 계기로 수면 위로 솟아오르면서 마음에 큰 파장을 불러일으킨 것이다.

물론 그렇다고 해서 완전히 복수를 포기하고 체념한 것이냐 하면 결코 그렇지는 않았다. 복수는 듀라노가 살아가는 근간이자 전부라고 할 수 있는 것이었다. 그렇게 쉽게 뿌리가 뽑힐 리는 없었다.

"그래서 말인데."

이산이 말할 틈을 주지 않고 듀라노가 말을 이었다.

"당신도 앞으로는 이 세상에서 살아가야 하고, 그러자면 이곳의 말과 풍속, 그리고 여타 제반 사항들을 미리 알아둘 필요가 있을 텐데, 보답이라면 뭣 하지만 내가 아는 것이나마 가르쳐 줄 테니 배워보겠소? 마법을 잃은 나로서는 이제 이곳에서 나갈 수도 없으니 남는 게 시간이라서 말이오. 또 당신 역시 당장은 달리 해야 할 급한 일도 없을 테고, 그리고 스스로를 추스를 시간도 필요할 것이라 생각되오만?"

"저야 바라 마지않을 일입니다."

이산이 머리를 숙여 보이며 제꺽 대답했다.

불감청이나 고소원인 일이라 할 수 있었다.

언어도, 생활양식도 전혀 다른 세상이다. 당장 이곳에서 나가봐야 할 일도 없었고, 적응도 어려울 것이 뻔한 마당에 듀라노의 이런 호의를 마다할 까닭이 없었다. 더불어 벌써 꺼낸 말이 있으니 어떻게든 듀라노의 마나홀을 회복시켜 준 뒤에 나가도 나가고 싶었고.

게다가 갈구하던 신체의 자유를 찾은 이상 자신도 적응하고 수련할 시간이 필요했다. 머릿속에 수많은 무공이 있는데 그냥 내버려 둘 이유가 없었다. 아니, 어서 빨리 익혀보고 싶었다. 그리하여 평소 그토록 소원하던 땀 흘리며 무공을 익히는 기쁨을 마음껏 만끽하고 싶었다.

세상에 나가는 것은 그다음이라도 늦지 않았다.

아니, 굳이 나가지 않아도 좋았다. 언제나 혼자만의 세상에서 살아왔다 해도 과언이 아닌 그다. 물론 다른 사람들과 어울려 함께 행동하고 사고하며 살아봤으면 하는 바람이 마음 한켠에 없는 것은 아니지만, 그렇다고 해서 꼭 그렇게 하고 싶다는 갈구까지는 아니었다. 정상이 된 몸만으로도 더 바랄 것이 없었다. 스스로 수련하고 공부하며 홀로 한세상 보낸다고 해도 크게 아쉬울 것이 없었다.

"그나저나 말씀을 낮추시지요. 들으셨다시피 전 아직 스물 다섯밖에 되지 않았습니다. 서로 경황이 없었을 때야 모르지만, 이제는 편하게 대해주십시오. 많이 거북합니다."

"아니오. 그렇게 생각할 것이 아니오."

듀라노가 크게 머리를 내저었다.

"당신은 단순히 다른 세상에서 이곳으로 이동해 왔고, 또 아무런 변동 없이 그대로 건너온 줄로 아는 모양인데 결코 그렇지가 않소. 차원은 차치하고라도 당신은 이미 시공을 건너뛰었소. 최소한 한순간이나마 시공을 초월했던 존재란 말이오. 시공의 의미를 생각해 보시오. 아무리 한순간이라도 오는 사이 과연 어떤 일과 어떤 시공을 헤쳐 왔는지 아무도 모르는 일인 것이오. 하물며 당신은 완전히 정신을 잃어버린 채로 오지 않았소?"

"……!"

"한 가지 내가 분명하게 말할 수 있는 것은 적어도 당신이 살던 세상에서 당신이 인지하던 시간의 틀과는 엄청난 차이가 있으리란 것이오. 편의를 위해 이 세상의 시간으로 바꾸어 놓아 보면 천 년 전의 사람이 될지 만 년 후의 사람이 될지 모를 정도로 말이오. 그러니 어찌 당신을 이대로 이 세상의 시공에 적용해서 대할 수가 있겠소."

한 호흡 쉰 듀라노가 말을 이었다.

"하물며 그것이 아니라도 당신은 육체를 재구성한 사람이오. 그것은 이 세상에서는 인간의 범주와 한계를 벗어난 절대의 존재가 되었다는 표식이나 다름없소. 다른 것은 다 제쳐두고 그것 하나만으로도 나는 감히 당신을 함부로 대할 수가 없소."

"상관없습니다."

이산이 미소를 떠올리며 말을 받았다.

"무슨 말인지 다 이해하겠습니다만, 어디까지나 주체는 저입니다. 제가 어떤 변화와 변환을 겪었든 저는 여전히 이산

그대로입니다. 과거의 세상에서와 지금이 다를 것이 없습니다. 육체의 재구성에 관한 문제도 마찬가지고요. 저는 그렇게 생각하고 있으며 그렇게 살고 싶습니다. 그러니 눈에 보이는 이대로가 나라고 생각하면 되고, 또 그것이 제가 원하는 바이니 그대로 대해주시면 됩니다. 더구나 다른 사람도 아닌 이 세상과의 연결점이자 저를 살렸다고 해도 과언이 아닌 듀라노님이 아니겠습니까. 적어도 듀라노님만은 그래도 무방하고, 저 역시 그래야만 한다고 생각합니다."

"다시 한 번 더 숙고해 보시오."

"생각하고 말고 할 것이 없습니다."

"나중에 문제가 생길 수도 있소."

이산이 의아한 얼굴을 했다.

"문제가 생기다니요?"

"후일 세상으로 나가 다른 사람들과 부딪쳤을 때 말이오. 예기치 못한 불편함이나 불리함을 겪을 수가 있소."

"그거야 아직 시간이 많으니 충분히 생각해서 필요하다면 기준을 정해두면 될 일이고, 그렇지 않더라도 닥쳐서 적절히 대응하면 될 일입니다. 그들은 듀라노님이 아니니 제가 굳이 배려할 필요가 없을 테고, 자연 마음 가는 대로 행한다고 해서 무슨 문제될 일도 없지 않겠습니까?"

듀라노가 정색을 했다.

"정말 그렇게 생각하시오?"

"제가 편하고자 하는 일입니다."

"정 그렇다면 마다하지 않겠소."

잠시간 복잡 미묘한 감정의 파장을 그리며 물끄러미 이산을 쳐다보던 듀라노가 이윽고 머리를 끄덕였다.

"그럼 그것은 그렇게 하기로 하고."

말을 멈추며 듀라노가 몸을 일으켰다.

"얼마가 될지 모르지만 당분간은 이곳에 머물러야 할 테니 먼저 이 유적부터 구경하세. 기거할 방도 정하고. 보기보다 사전에 알아두어야 할 점이나 주의해야 할 점이 많은 곳이라네. 그리고 벌써 하루는 꼬박 새운 듯하니 오늘은 이 정도로 마치고 휴식을 취하기로 하세. 복잡하고 혼란스러운 머릿속도 정리할 겸 말일세."

"알겠습니다."

조금도 피곤하지 않았고, 마음 같아서는 계속해서 그와 이야기를 나누며 궁금증과 호기심을 채우고 싶었지만, 자신과는 다를 수밖에 없는 듀라노의 몸 상태를 아는지라 이산은 싹싹하게 대답하고 일어섰다.

샤이언의 유적은 산 중턱에서 파고들어 간 지하 삼층의 피라미드형으로 이루어진 것이었다.

그럼에도 밤낮은 알 수 있었다. 각 층마다 천장 중앙에 커

다란 마법등을 설치해서 그 밝기의 정도로 밤과 낮을 구분할
수 있게끔 해놓았던 것이다.

　두 사람이 있는 광장이 제일 아래층으로 가장 넓고 높았다.

　또 사방 벽면에 여러 개의 드러난 방과 그보다 훨씬 많은
마법으로 감추어진 밀실들이 존재했고, 거기에 이산으로서는
무슨 물건인지 짐작도 못할 별의별 것들이 다 소장되어 있었
다. 대다수가 샤이언이 남긴 것이라고 했다.

　그것들을 대충 보여주고 설명해 준 듀라노는 곧장 일층으
로 이산을 이끌었다.

　일층은 외부의 침입자를 막고 퇴치하기 위해서 만들어진
공간이었는데, 교묘한 지형과 마법으로 잘 가려지고 은폐된
외부의 입구에서부터 이어지는 꽤 길고 구불구불한 동굴로
된 길까지 포함하고 있었다. 거기에는 이산의 관심을 산 몇
가지 마법진과 기관들이 있었고, 무엇보다 이산을 놀라게 한
움직이는 석상인 스톤골렘이 다섯 기나 배치되어 있었다.

　듀라노의 설명에 의하면 이것은 3미터의 키에 수 톤에 이
르는 무게를 지녔고, 최상급 마나석에 의해 움직이는 골렘으
로 하나하나가 상급의 기사 두세 명은 상대할 수 있는 강력한
전력을 가진 것이라고 했다. 물론 이산으로서는 그것이 어느
정도인지 감이 잘 오지 않았고, 그래서 나중에 한번 상대해
봐야겠다는 생각을 품게 했다.

마지막으로 이층이었다.

이층은 사람 서너 명이 한꺼번에 늘어서서 지나갈 수 있을 만큼 넓은 통로를 제외하고는 양편 모두가 방이었다. 침실, 주방, 욕실, 실험실, 자료실, 서고, 보고, 차실(茶室), 일반 창고, 식량 창고, 마법 재료실, 마법 도구실, 무구실(武具室), 전시실, 의복실 등등 헤아리기 힘들 정도로 다양하고 많았다.

그것들을 모두 구경시켜 준 듀라노가 주방 주변으로 붙은 십여 개의 침실 중 주방 바로 오른편의 방을 가리켰다.

"일단은 여기서 지내는 게 좋겠네. 자동으로 청소가 되는 기능을 비롯한 여러 가지 마법으로 보호되는 것은 마찬가지지만, 다른 데와 달리 켜고 끌 수 있는 마법등이 있는 것은 내 방을 제외하고는 이것뿐이니. 지내다가 마음에 들지 않거든 내일이라도 다른 곳으로 옮기면 될 일이고."

"아무 방이라도 저는 상관없습니다."

주방 왼편 첫 번째인 듀라노의 방을 제외하곤 모두가 비슷비슷한 크기에 침대만 덩그러니 놓인 것이었다. 마음에 들고 말고 할 것도 없었다.

"켜져라."

제가 먼저 문을 열고 들어간 듀라노가 천장을 향해 말했다. 그러자 어둡던 방 안이 갑자기 환해졌다.

천장에 동그란 마법등이 박혀 있었고, 그것이 듀라노의 말에 반응해 빛을 내뿜는 것이다. 그리 크지 않았지만 빛은 상당히 밝아서 책을 읽어도 무리가 없을 정도였다.

"끄는 시동어는 '꺼져라' 일세. 마법등을 쳐다보면서 말하면 되네. 그럼 쉽게나."

듀라노가 나가고 난 후 뭘 할지 모르는 사람처럼 잠시 멀뚱히 서 있던 이산은 문득 한쪽 벽면에 붙어 있는 동경을 발견하고는 천천히 다가섰다.

과거 이산의 방에는 거울이 없었다.

아니, 방뿐만이 아니라 주로 기거했던 별원도 마찬가지였고, 이산이 자주 드나드는 이가장의 모든 장소 또한 그러했다. 이산이 거울 보기를 싫어한 탓이다. 절증으로 인한 병증이 고스란히 드러나는 몸을 구태여 바라보면서 자신의 참담한 신세를 곱씹을 까닭이 없었다. 그래서 주변에서 알아서 모두 없애 버린 것이고.

"아……!"

이산의 입에서 탄성이 흘러나왔다.

거울 속의 얼굴이 너무도 생소한 때문이었다. 동시에 과거 꿈에서나 그려보곤 하던 아름답다고 해도 무방할 정도로 잘생긴 모습 때문이기도 했다.

"이것이 나란 말인가……!"

자신의 얼굴을 쓰다듬으며 이산이 중얼거렸다.

"설마 이 모든 것이 꿈은 아니겠지?"

그러며 이산은 생각했다. 어쩌면 하늘이 자신을 불쌍히 여겨 죽음 대신에 다른 세상으로 보냈고, 또 새 삶과 몸을 준 것일지도 모르겠다고.

"어떻든 이제 내 삶을 살리라. 하고 싶은 일들을 마음껏 해보며 주어진 새로운 인생을 즐기리라."

잠시 후 이산은 바닥에 가부좌를 틀고 앉았다.

오지도 않는 잠을 억지로 청하는 것도 그렇고, 또 내공이 조화지경에 든 이상 굳이 누워서 수면을 취할 까닭도 없었다. 차라리 지금까지 일어난 일을 돌이켜 보며 정리하고, 조식을 취하면서 자신이 과연 얼마나 변했으며 어떤 경지에 이르렀는지 확인해 보는 것도 나쁘지 않다고 판단한 것이다.

그리고 앞으로의 삶을 계획하고 정립할 필요도 있었다.

다음날부터 이산은 일단 다른 것은 다 제쳐 두고 듀라노에게서 말과 글부터 배우기 시작했다.

사실 가장 시급하고 중요한 일이었다.

이 세상은 전설 같은 먼 과거의 통일제국 이래로 어느 나라, 어느 곳을 가더라도 인간은 약간의 사투리만 있을 뿐 한 가지 언어를 쓴다고 하니 미룰 일이 아니었다. 그리고 뒤에 닥칠 일은 두고라도 당장 듀라노와 대화하는 것만 해도 그러

했다. 아무리 통역 마법이 걸린 반지가 있어도 직접적인 대화
와는 상당한 괴리감이 있었다. 무언가 부자연스럽고 걸리는
것이 많았다. 이해하기 힘들거나, 도무지 무슨 말인지 알아들
을 수 없는 것도 있었고.

무엇이든 한번 하면 끝을 봐야 직성이 풀리는 이산은 처음
부터 아예 반지를 빼고 달려들었고, 그에 듀라노도 최대한 효
율적이고 적절한 교육 방법을 찾기 위해 고민하는 것으로 화
답했다.

진도는 엄청나게 빨랐다.

달리 천재가 아니었다.

듀라노는 하루에도 몇 번씩 놀라야 했고, 그리하여 마음속
에 다음과 같은 의문을 떠올리지 않을 수 없었다.

'이 사람 정말 인간이 맞을까……?

불과 두 달도 지나지 않아 이산은 일상의 대화에 지장이 없
을 정도가 되었다. 그것도 듀라노의 건강을 생각해서 밤에는
무공 수련에 몰두하면서 이룬 결과였다.

그렇다고 이곳의 언어가 익히기 쉬운 것이었냐 하면 절대
로 그렇지가 않았다. 표의문자인 중원의 것과 다르게 표음문
자인지라 기본 글자는 비교도 안 되게 간단한 삼십여 개에 불
과했지만 그것의 조합으로 이루어지는 무궁무진한 단어와 어
휘에 들어가서는 복잡하고 까다롭기 그지없었다. 게다가 존

대에 공대까지 분명하게 구분이 되어 있었다. 보통 사람이라면 몇 년을 두고 익혀도 겨우 입이나 뗄까 말까 할 정도로 쉽지 않은 언어 체계였다.

비록 이산이 '아무리 해동을 떠나왔다고 해도 그 근본을 잊어서는 안 된다' 는 선조의 유지를 받들어 이가장의 직계라면 누구나 그렇듯이 해동의 말을 익히고 있었고, 그것이 이 세계의 언어 체계와 비슷하다는 것을 감안하더라도 마찬가지였다. 그가 아니면 불가능할 일이었다.

"마법을 한번 배워보지 않겠는가?"

오죽했으면 듀라노가 이런 제안까지 했겠는가.

"엘프들처럼 흔한 것은 아니지만 검과 마법을 함께 익힌 사람이 없는 것은 아니고, 게다가 자네는 육체가 재구성되어 가장 큰 문제인 검술과 마법의 두 가지 마나가 상충될 염려도 적을 뿐만 아니라 마나에 대한 친화력도 걱정할 필요가 없으니, 그 뛰어난 머리까지 합쳐진다면 어떤 사람보다도 빨리 배울 수 있을 걸세. 어떤가, 이참에 배워보는 것이?"

"안 그래도 많이 궁금하던 참이었습니다. 언제 기회를 봐서 청해볼 생각이었고요."

"그럼, 지금 당장."

"하지만 나중에요."

성급하게 달려드는 듀라노의 말을 자르며 이산이 미소와

함께 머리를 흔들었다.

"이 세상에 대해 배우는 것이 먼저입니다. 그리도 일단은 무공부터 일정 수준에 올려놓고 싶고요. 마법도 수련이 필요할 텐데 한꺼번에 두 가지를 하는 것은 어리석은 노릇이지 않겠습니까? 무공이 어느 정도 경지에 이르면 그 연후에 제가 부탁드리겠습니다."

"무, 무슨 소릴 하는 겐가?"

듀라노가 질린 얼굴을 했다.

"소드 마스터 중의 마스터라는 하이 마스터는 되어야 가능하다는 삼 미터도 넘는 오러 블레이드를 장난처럼 뽑아내는 사람이 아직도 더 이룰 것이 남았단 말인가? 역사상 단 한 사람만이 이루었을 뿐이라고 알려진 그랜드 마스터에라도 오를 참인가?"

며칠 전 밤이었다.

갑자기 생각난 것이 있어 이산의 방을 찾았던 듀라노는 사람이 없는 것을 보고는 광장으로 향했다. 이산이 밤마다 그곳에서 수련하는 것을 알고 있었기 때문이다.

거기서 그는 놀라운 광경을 목격했다.

이산이 몸이 보이지 않을 정도로 빠르게 움직이며 롱소드를 휘두르고 있었는데, 그에 따라 삼 미터도 훨씬 넘는 청옥

색의 오러 블레이드가 번쩍거리며 사방을 수놓는 것이 아닌
가.

육체가 재구성되는 것을 목격했기에 이산이 마스터 급이
리라는 것은 짐작하지 못할 바 아니었지만 설마 이 정도일 줄
은 상상도 못했던 듀라노로서는 넋을 잃을 수밖에 없었다. 게
다가 마법의 순간이동인 블링크 못지않은 번개 같은 움직임
이 계속되는 데에는 더욱 그러했다. 보고 있을수록 소름이 돋
을 지경이었다.

자신이 마법사이기 때문이다.

소드 마스터가 저런 속도로 움직인다면 설사 7서클 대마법
사라고 하더라도 어지간한 거리에서는 속절없이 당하고 말
터였다. 먼저 공격을 감행한다손 치더라도 광범위 마법이 아
닌 한 적중시키는 것 자체가 불가능할 테니까. 이산이 그것을
방어할 능력이 있고 없고를 떠나서.

결국 듀라노는 자신이 터무니없이 강하고 머리 좋은 인간
과 함께 살고 있다는 것만 자각하고는 고개를 절레절레 내저
으며 자신의 방으로 돌아오고 말았다.

"그렇지가 않습니다."

이산이 머리를 흔들며 말했다.

"제 검강은 아직 멀었습니다. 아니, 진짜가 아닙니다. 단지

기연으로 쌓인 막대한 내공으로 만들어낸 것일 뿐입니다. 의형수형(意形隨形)의 경지에 올라 내공에 의지하지 않고서도 자연스럽게 발현되어야 진짜입니다. 그 정도는 되어야 어딜 가도 검을 쓸 줄 안다고 말할 수 있고요.”

듀라노가 입을 쩍 벌리더니 한숨을 내쉬었다.

“그런 소리 말게. 인간만 놓고 본다면 자네 정도 되는 사람도 이 세상을 다 뒤져 봐야 기껏 다섯 손가락조차도 다 채우지 못할 걸세.”

“설마 그럴 리야 있겠습니까만, 어떻든 저는 아직 많이 부족합니다. 아무리 높은 내공이 있어도 그 발현에 있어서 능숙하게 담아내고 사용하지 못한다면 아무 소용이 없습니다. 더구나 내공 자체의 정순한 운용에 있어서도 아직 미숙하기 그지없고요. 그런 면에서 저는 이제 겨우 걸음마를 뗀 상태라 할 수 있을 것입니다. 걸맞은 수련이 필요합니다. 수련해야 할, 해보고 싶은 공부도 많이 남아 있고요. 이제까지 다만 검법 하나와 신법 하나를 익혔을 뿐입니다. 그것도 아직 경지에 들려면 멀었고요.”

“허허.”

“과거 제 꿈이 무엇이었는지 아십니까?”

어이없다는 웃음을 흘리며 머리를 내젓는 듀라노였지만 어디까지나 이산은 진지했다.

"가장 소원했던 것이야 절증을 고쳐 보통 사람처럼 사는 것이었지만, 그렇게 해서 제일 하고 싶었던 것이 바로 무공 수련이었습니다. 수련하는 사람들이 얼마나 부러웠으면, 나라면 평생 수련만 해도 좋을 텐데 하고 볼 때마다 생각했겠습니까. 그런데 이제 그럴 수가 있게 되었는데 어찌 수련을 등한시하겠습니까."

"……!"

"목표는 진정한 탈각을 이루는 것입니다. 수련을 하다 보니 알게 되었습니다만, 사실 지난번의 환골탈태는 온전한 것이 아니었습니다. 제 스스로의 깨달음이 아닌 외부의 힘에 의해 이루어진 바가 컸던지라 불완전하고 미진한 구석이 많습니다. 제대로 된 탈각에 들려면 다시 한 번 환골탈태를 이루어야 합니다. 스스로의 수련과 깨달음을 기반으로 말입니다. 그러면 아마 신체도 제 본래의 나이에 가까워지면서 더욱 커지고 건강해지는 최상의 상태를 찾을 수 있을 뿐만 아니라 무공을 비롯한 모든 면에 있어서도 진정한 조화지경에 들 수 있을 것입니다. 자연 이런 식의 수련도 더 이상 필요치 않게 될 테고요. 그때까지 나는 결코 수련을 멈추지 않을 것입니다. 십 년이 걸리든 백 년이 걸리든, 아니, 설사 죽을 때까지 이루어내지 못한다 할지라도 말입니다."

거기까지 단숨에 말한 이산은 멍하니 자신을 바라보고 있는 듀라노를 향해 살짝 미소를 보이며 말을 이었다.

"물론 그것을 이룰 때까지 마법 배우는 것을 미루겠다는 말은 아닙니다. 최소한 다른 공부를 병행해도 무리가 없을 만큼 무공이 일정 궤도에 오를 때까지는 다른 데 한눈을 팔 수가 없고, 그래서 그 이후에 배워도 배우겠다는 뜻이니 양해 바랍니다."

"……."

듀라노는 아무 말도 할 수 없었다.

그리하여 그날 이후로 그는 이산이 원한 대로 이 세상에 대한 지식을 전수하기 시작했다.

그렇지만 그것도 두 달을 넘기지 못했다.

"이것으로 내가 알고 있는 것은 다 알려준 셈이네."

듀라노는 가르치고 알려주는 것을 대부분 차실에서 했는데, 역시 그곳에서 마지막을 장식한 그가 조금은 허탈한 데가 있는 음성으로 말했다.

"내일부턴 뭘 할 텐가?"

"서고의 책을 볼 생각입니다."

"책이라고? 어쩐 일로 이제부터 계속해서 무술 수련하겠다는 말을 하지 않고?"

"그것도 해야지요."

듀라노가 놀리듯이 한 말에 이산은 진지하게 대꾸했다.

"다만 방법을 조금 바꾸어 밤에는 책을 보고 낮에는 밖으로 나가서 수련을 할 작정입니다."

듀라노가 눈을 끔뻑거렸다.

"밖에서 수련을?"

이산이 머리를 끄덕였다.

"광장이 매우 넓긴 하지만 그래도 그곳에서는 용이하지 못한 수련도 더러 있어서요. 실은 바깥 구경도 하고 싶고요. 그동안 너무 안에만 있었잖습니까. 그리고 듀라노님이 말씀하신 몬스터들도 찾아보고 주변 환경도 눈으로 익혀두며 조금씩 이 세상에 익숙해져야지요. 물론 주목적은 어디까지나 무공 수련이지만요."

"허……!"

듀라노는 어이가 없었다.

이건 뭐 그레이트 대산맥을 자기 집 안마당쯤으로 알고 있고, 또 몬스터들은 신기하고 흥미진진한 구경거리로 보는 투였으니 어찌 그렇지 않겠는가.

그렇지만 듀라노는 아무 말도 하지 않았다. 이산이 어떤 위인인지 잘 알고 있는 까닭이다. 이산이 밖으로 나가면 오히려 걱정해야 할 쪽은 몬스터들일 터였다.

"그래, 그동안 수련의 성과는 어떤가?"

"처음과는 비교할 수 없을 정도로 발전했지만, 바라는 바에 비하면 아직 뭐라 말하기 부끄러운 수준인지라……."

이산의 대꾸에 듀라노는 미간을 찡그렸다.

"설마 몇 년이나 걸리는 것은 아니겠지?"

"그렇기야 하겠습니까만."

대답하다 말고 이산이 물었다.

"혹시, 제가 있는 게 싫으세요?"

"무슨 그런 소리를!"

펄쩍 뛰는 듀라노였다.

"그 뜻이 아니라, 빨리 마법을 가르치고 싶어서란 말일세!"

"그것은 반년 후쯤이면 가능할 것도 같습니다. 지난 몇 달
간 얼마간의 발전과 성과가 있었고, 따라서 그렇게 계속 간다
면 마법을 배워도 서로 상충되거나 영향 받지 않을 경지에는
오를 것 같으니 말입니다."

"저, 정말인가? 분명히 반년이라고 했겠다?"

기쁜 모습을 감추지 못하며 확인하듯 묻는 듀라노를 보면
서 이산은 머리를 끄덕이며 환한 미소를 지었다.

그간 많이 친밀해진 두 사람이었다.

세상과 동떨어진 외진 곳에 단 두 사람만이 있다. 설사 애
초에 사이가 좋지 않은 사람들이었다 할지라도 시간이 지남
에 따라 자연스럽게 가까워지고, 서로 의지하며 생활하게 되
는 것이 인지상정일 터였다. 하물며 이산에게 있어 듀라노는

이 세상으로의 인도자라고 해도 과언이 아닌데다, 첫 인연이며 이제껏 접한 유일한 사람이었다. 게다가 그 자신이 해줄수 있는 것은 무엇이든 성심성의껏 베풀어주려 애쓰고 있는사람이기도 했다. 이산이 호감을 느끼고 친애하지 않으면 그것이 도리어 이상할 터였다.

물론 듀라노라고 다르지 않았다.

복수에만 집착했던 과거라면 또 모르겠지만, 마나홀이 깨지면서 그 메마르고 완고했던 감정에 금이 간 상태였던지라그가 이산에 대해 느끼는 감정은 자못 특별했다. 자신보다 더한 절박하고도 경이로운 삶을 살았다는 데서 오는 동병상련에 더해, 모든 것을 잃은 마당에 찾아와 좌절과 절망을 희석시켜 주고 작으나마 삶의 희망을 준 사람이 이산이다. 거기다가르치고 생활하고 지켜보면서 그는 이산의 재능과 사람됨에탄복하면서 더욱 빠져들었고, 그리고 그런 와중에 긴 세월 완전히 잊고 지냈던 사람과의 어울림과 그 속에서 피어나는 정까지도 다시금 느끼게 되었던 것이다. 그리하여 이제는 단순한 동거인으로서가 아니라 가족과도 같은 가장 가까운 친인으로 이산을 대하고 있었다. 그 자신은 본인의 그런 변화를크게 인식하지 못하고 있었지만.

다음날.

간단히 아침 식사를 마친 이산이 무구실에 들렀다 나오는 것을 본 듀라노가 의아한 얼굴을 했다.

"밖에 나간다면서 무기는?"

"이것이면 됩니다."

이산이 소매를 걷어 보였다.

거기에 작은 단검 한 자루가 매어져 있었다.

"어차피 당분간은 권각술에 치중할 테고, 또 검이 필요해도 이것으로 목검을 깎아서 사용하면 됩니다."

"그러다 오거라도 만나면 어쩌려고?"

"들은 대로라면 권각만 해도 충분히 상대할 수 있을 것 같은데요? 안 되면 도망치면 되고요."

듀라노는 말없이 입맛만 쩍 다셨다.

이산이 가진 힘에 대해 잠시 잊고 있었단 것에 대한 자책의 의미였다.

"먹는 건 어떡할 텐가?"

"널린 게 나무 열매고, 작은 짐승들도 많다면서요?"

"아무거나 먹다간 큰일 나. 독 있는 과일도 수두룩하니."

"그래서 식물도감을 봐두었습니다. 그게 아니라도 어지간한 독은 저를 어쩌지 못하니 걱정할 필요없고요."

그리고 가볍게 목례를 해 보인 이산은 등을 돌렸다.

유적의 입구는 수백 톤은 족히 나갈 몇 개의 거대한 바위

사이에 교묘하게 감추어져 있었다. 거기다 모르는 사람은 그 바로 앞에까지 와도 결코 발견할 수 없도록 환영 마법이 펼쳐 져 있었고.

"……!"

약간은 설레는 마음으로 밖으로 나온 이산은 눈을 둥그렇 게 떠야 했다. 과거 말로만 듣던 남만의 밀림이 따로 없을 정 도로 수해(樹海)가 펼쳐져 있는 것을 본 때문이다.

나무가 좀 크다 싶으면 어른 서너 명이 양팔을 벌리고 둘러 싸도 다 못 쌀 굵기에 키가 수십 미터였고, 옆으로 뻗어나간 가지의 길이도 엄청났다.

산 아래도, 위도, 옆도 마찬가지였다.

보이느니 온통 수림이었고, 수해였다.

수종(樹種)도 무림에서 보던 것과는 차이가 많았다. 대다수 가 전혀 본 적이 없는 것이었고, 일부 비슷하게 보이는 것도 단지 비슷하기만 할 뿐이었다.

"정말 장관이군! 대단해!"

감탄을 흘리던 이산이 주변을 두리번거렸다.

"우선 한곳을 정해 기본 수련장으로 삼아야 할 텐데, 어느 쪽으로 먼저 가본다? 넓고 평평한 공터가 있으면 좋겠는데. 주변에 물이 있으면 더욱 좋겠고."

말하다 말고 이산의 시선이 이채를 발하며 한 방향으로 고

정되었다. 아래쪽이었다.

어떤 기척을 감지한 것이다.

경지에 오른 이산의 기감과 청력은 굳이 공력을 운용하지 않아도 수백 미터는 족히 미쳤다. 더구나 지금처럼 제 딴에는 기척을 죽인다고 죽였지만 진로 주변의 수풀이 자지러지는 소리를 내게 만들며 거구의 무언가가 달려오는 경우라면 훨씬 먼 거리에서도 가능했다.

"뭐지? 이리로 오는 것 같은데?"

이산은 지그시 눈을 감으며 공력을 귀로 집중했고, 아울러 기감을 확대했다.

그러자 삼백 미터 밖의 상황이 바로 곁에서 보고 듣듯이 일목요연하게 잡혀왔다. 두 발로 달리고, 한 걸음이 족히 사오 미터는 나아갈 정도로 매우 빠른 속도였으며, 그리고 발이 땅에 닿을 때마다 육중한 지축의 울림을 내는 것이 적어도 몸무게가 반 톤 이상은 나갈 듯한 미지의 생물. 그것이 연신 코를 킁킁거리는 가운데 이산이 있는 곳을 향해 일직선으로 곧장 달려오고 있었다.

"내 냄새를 맡았다 이거로군."

바람의 방향을 가늠해 본 이산이 말했다.

바람은 산 위에서 아래로 불고 있었다.

이산이 밖으로 나오자마자 냄새를 맡았다는 이야기다. 먹

음직스런 먹이로 여기고 다른 경쟁자가 채갈 새라 기를 쓰고
달려오고 있는 중일 터였고.

"자리를 옮길 필요가 있겠군."

유적 입구는 손님(?)을 맞이하기에 적당한 장소가 아니었
다. 협소했고, 경사가 심했으며, 무엇보다 집 앞이나 마찬가
지인 곳에서 소동을 피워서 좋을 것이 없었다.

주변을 둘러보던 이산이 입구에서 한참 떨어진 큰 나무 아
래에 자연적으로 형성된 빈터로 신형을 이동했다.

한줄기 표홀한 바람이 불어가는 것처럼 빠르고 경쾌한 신
법이었다. 표풍비(飄風飛)였다. 본래는 이가장의 그저 그런
신법이었던 것을 이산이 다 뜯어고치다시피 손을 봐서 새롭
게 만든 것이다. 이산이 유적에서 무공을 수련하며 가장 먼저
익힌 신법이고.

쿵, 쿵, 쿵, 쿵.

어느새 백여 미터 앞에 이른 손님은 대번에 이산이 옮긴 장
소로 방향을 틀었고, 이산이 기다리고 있음을 아는 것인지 아
니면 이제는 그럴 필요가 없다는 것인지 전혀 발소리에 신경
쓰지 않고 달려왔다.

"호! 그놈 참 빠르네."

나무를 등지고 선 채 이산이 느긋하게 중얼거렸다.

"자, 그럼 어디 이 세상의 괴물과 첫 대면을 해볼까. 첫 실

전 대련도 기대가 되고 말이야.”

그로부터 불과 몇 호흡 지나지 않아 공지를 둘러싼 잡목이 최악, 하고 자지러지게 갈라지며 손님이 모습을 드러냈다.

사 미터에 달하는 큰 키에, 그 키가 무색하게 보일 정도로 육중하면서도 두둑한 근육으로 잘 발달되어 있는 몸, 도검으로도 쉽사리 상처를 낼 수 없을 것 같은 질기고 두꺼운 가죽, 단단한 나무기둥 같은 다리, 그보다 오히려 길고 굵은 팔, 사람 머리 정도는 간단히 잡아채서 부술 것 같은 거대하고 힘 있는 손과 손가락, 사람과 원숭이의 중간쯤 가는 얼굴 형상에 몸 형태도 닮았지만 그 둘 어느 것과도 거리가 먼 흉성을 지닌 몬스터 중의 몬스터.

바로 오거였다.

“우와! 대단하다!”

말로만 듣던 몬스터, 오거의 실체를 접한 이산의 입에서 터져 나온 것은 순수한 감탄이었다.

그에 대한 오거의 대답은 포효였다.

크와와와왕!

일반적인 포효가 아니었다.

오거 중에서도 특별한 놈만 쓸 수 있다는 오거웨일이었다. 드레곤피어에 비교할 수는 없지만, 그래도 저보다 못한 다른 동물과 몬스터를 공포로 몰아넣어 움직일 수 없게 만드는 상당히 무서운 능력이다.

이놈은 이것을 믿었던 것이다.

그래서 근처에 이르자 소리가 나는 것에 상관하지 않고 최대한 빨리 달려오려고만 했던 것이다.

그러나 상대는 이산이었다.

'어라! 오거가 음공(音功)까지 해?'

하는 생각과 함께 미간을 살짝 찌푸렸을 뿐이다.

게다가 그것으로 그치지 않았다.

곧 그에 착안한 좋은 생각을 떠올린 이산은 공력을 담아서는, 그것도 힘이 집중적으로 오거의 한쪽 귀에 몰리도록 빽 소리를 질렀다.

"시끄러워!"

"끼엑!"

포효를 발하고는 곧 달려들 자세를 취하던 오거가 비명 소리와 함께 손으로 귀를 틀어막으며 펄쩍 뛰었다. 소리가 집중된 오거의 귀에서 가늘게 녹색의 피가 흐르고 있었다. 아마도 고막이 터진 것일 터였다.

그것을 본 이산은 혀를 찼다.

힘 조절에 실패한 것에 대한 자책이었다.

애초부터 오거를 죽이거나 크게 해를 입힐 생각은 없었던 그다. 단순히 좋은 실전 대련 상대를 만난 것으로 여길 뿐이었다. 이 세상 사람이 아닌지라 몬스터에 대한 개념이 다를 수밖에 없기에 나온 사고라 할 수 있었다.

크아아아!

오거는 분노했다.

하찮은 인간에게 일격을 당한 데다, 그 인간이 혀까지 차며 조롱하고 있다. 당장에 잡아먹어야 했다.

그렇지만 바로 달려들지는 않았다. 눈앞의 인간이 이제까지 만났던 것들처럼 마냥 맛있는 먹잇감만은 아니라는 자각은 있었던 것이다.

Chapter 05

<u>오크로드</u>

그리하여 다급히 눈을 두리번거리더니 이내 제 근방의 한 아름드리나무로 달려가 냉큼 끌어안고는 끙, 하고 힘을 쓰는 것이었다.

우두두둑.

족히 이십 미터도 넘을 큰 나무가 순식간에 뽑혔다.

오거는 그것을 그대로 안고는 지체없이 이산을 향해 휘둘렀다. 주변에 다른 나무가 없는 것이 아니었지만 오거의 힘은 그것을 무시해도 좋을 만큼 강했다.

우지끈, 쾅, 딱, 하는 소리가 연이어지며 다른 나무들과 부딪치며 부러뜨리고 부러지다 못해 반밖에 남지 않은 뽑힌 나무가 이산을 덮쳤다.

그러나 아무리 힘센 오거가 빠르게 휘두른다 한들 행동반경만 해도 엄청나게 크고, 또 자체로도 제약이 있을 수밖에 없는 거목이었다. 이미 조화지경에 든 이산의 눈에 위협적으로 보일 리가 없었다. 당연히 가볍게 몸을 날려 발밑으로 흘려보내는 것은 여반장이었고.

그로부터 오거는 죽어라 거목을 휘두르며 쫓아다니고, 이산은 그런 오거를 약이라도 올리듯 요리조리 몸을 날려 피하는 장면이 계속해서 이어졌다.

이산은 결코 거리를 좁히지 않았다.

또 거목의 반경에서 벗어나지도 않았다.

제 말대로 실전 대련을 치르는 것이었다. 나아가 신법과 보법을 수련하는 것이었고. 머리로 아는 것과 몸으로 수련하는 것이 천양지차이듯이 혼자 수련하는 것과 누군가를 상대하며 대련하는 것 역시 마찬가지였다.

이산은 많은 것을 새롭게 깨닫고 몸으로 익히며 완전히 몰두하고 있었다.

형(形)과 보(步)와 운신(運身). 하나하나가 제 본래의 의미를 찾아갔고, 나아가 연환되거나 전이되거나 변화되면서 진보해 나갔다. 때론 한 마리 나비가 꽃을 희롱하는 것처럼, 때론 광포한 바람처럼, 때론 흐르는 물처럼, 때론 빠르게, 때론 유연하게, 때론 환영까지 일으키면서. 그의 움직임은 자유자재였다. 종내는 거목의 끝에 올라 두 발만으로 딛고 서서는 오거가 아무리 빠르게 휘두르고 내려쳐도 교묘한 움직임으로 결코 벗어나지 않는 묘기를 보일 정도였다.

끝내 지친 것은 오거였다.

무려 두어 시간이나 발광하듯 거목을 휘둘러댔으니 그럴 만도 했지만, 그보다는 그제야 자신이 감당할 수 있는 상대가 아니라는 것을 확실하게 인지한 까닭이다.

거목에서 이산을 떼어내려 갖은 애를 쓰던 오거는 결국 휘두르던 거목을 그대로 멀리 집어던져 버렸고, 냉큼 몸을 돌렸다. 뜻밖에도 도망을 칠 심산인 것이다.

하지만 그는 오늘 상대를 잘못 만났다.

이산은 절대로 그냥 놓아 보낼 생각이 없었다.

"벌써 가면 쓰나. 좀 더 놀아봐야지."

말을 하는 와중에 어느새 바람에 불려오듯 오거의 앞으로 미끄러진 이산은 이어 땅을 박차며 표연히 솟아올랐고, 동시에 가볍게 말아 쥐고 있던 주먹으로 주저없이 오거의 콧잔등을 쥐어박았다.

펙!

"크와와와악!"

어떻게 반응할 틈도 없이 당한 오거의 입에서 고통과 분노에 찬 괴성이 터져 나왔다. 당장 본능적인 반응이 뒤따랐다. 아직 허공에 떠 있는 이산을 파리 잡듯이 때려잡기 위해 큰 손을 휘둘렀다. 이산도 이번에는 피하지 않았다. 피하는 대신에 마주쳐 갔다.

퍽.

처음으로 서로 간의 공방이 부딪치는 소리가 울려 퍼졌다.

밀린 것은 이산이었다. 부딪치자마자 그의 신형은 쏜살처럼 뒤로 튕겼다. 급히 운룡번신(雲龍翻身)을 시전해 허공에서 회전하면서 속도를 늦추고 땅에 내려섰지만 벌써 근 십여 미터나 밀려나 있었다.

지지대로 삼을 곳이 없는 허공인데다 오거의 힘을 실험하기 위해 호신기공만 운용한 채 내력을 크게 싣지 않았던 터라 나온 결과였다.

"정말 힘 하나는 대단하군."

이산은 다시 몸을 날렸다.

"어느 정도인지 알았으니 이제부터 제대로 부딪쳐 주지."

오거는 그전에 이미 움직였고, 처음 등장할 때처럼 광포하게 짓쳐들고 있었다. 한 번의 득수가 자신감을 다시 되찾아주었던 것이다.

둘은 그렇게 정면으로 다시 격돌했다.

탁, 탁, 퍽, 퍽, 하는 타격음이 연신 들려왔다.

오거가 나무를 휘두를 때와는 전혀 다르게 이산은 오거가 뻗어오는 팔과 다리 공격을 피하지 않고 맞받아쳤다. 적절히 공력을 안배한 상태였고, 그래서 처음과 달리 조금도 밀리지 않았다.

모르는 사람이 본다면 박빙의 무시무시한 대결이라며 마른침을 삼킬 터였지만, 보이는 그대로가 아니었다. 얼마간 경지에 이른 사람이라면 한눈에 알 터였다. 약속 대련이라도 하는 것처럼 어딘가 김이 빠져 있는 공방이라는 것을. 기회가 와도 이산이 공격을 하지 않고 있기 때문이다.

그는 팔다리는 물론이고 어깨나 몸통까지 포함한 모든 가능한 부위를 다 사용해서 방어에만 주력하고 있었다. 오거는 젖 먹던 힘까지 다 쥐어짜 냈고, 또 제 몸뚱이로 펼칠 수 있는 모든 공격을 다 시도했지만 이산의 방어를 뚫는 것은 하나도 없었다. 힘으로 이산을 밀어붙이지도 못했다.

결국 양상은 종전과 크게 다를 바가 없었다.

죽어라 공격하던 오거도 통나무를 휘두를 때보다는 빠르게 그것을 감지했다.

하지만 그로서는 어찌할 방법이 없었다.

이산이 놓아주지 않는 한 후퇴도, 탈출도, 싸움을 그만두는 것도 불가능했다. 참다못한 오거나 아예 포기하고 주저앉아

버리는 참으로 비상한 수까지 냈지만, 그때는 이산의 주먹이 가만히 있지 않았다.

매에는 장사가 없었다.

머리에 혹이 생기고 몸에 멍이 자꾸 드는데 마냥 두들겨 맞고 있을 몬스터는 없다. 하물며 숲의 제왕이자 최강의 몬스터 중 하나로 불리는 오거가 아니던가.

오거는 다시 죽기 살기로 달려들었다.

결국 오거는 하루 종일 시달리다 해질녘이 되어서야 이산의 손에서 풀려날 수 있었다. 오거 생애 최악의 날이었고, 눈물이 쏙 빠지도록 혼이 난 날이었으며, 맛있는 음식으로만 여기던 인간을 대상으로 다시 보면 내가 오거가 아니라고 다짐하며 둥지까지 옮긴 날이었다.

물론 이산은 달랐다.

"굳이 장소를 따로 정해서 수련할 필요가 없겠어. 생각보다 성과가 상당히 좋은 것 같아. 당분간은 이렇게 계속 몬스터들과 어울리는 것이 낫겠어."

부리나케 도망가는 오거의 뒤통수를 흐뭇한 시선으로 쳐다보며 이렇게 중얼거릴 정도로 이산은 기분이 좋았다. 수련과 실전을 겸한 대련을 함께하는 격이었으니 어찌 그렇지 않겠는가. 일석삼조가 따로 없었다.

그리고 그것으로 이 산에 사는 몬스터와 거대 동물들의 운명이 결정되었다 해도 과언이 아니었다.

다음날도 밖으로 나온 이산은 숲을 어슬렁거리다 만난 트윈헤드트롤을 하루 종일 괴롭히며 오거와 마찬가지 신세로 전락하게 만들었고, 또 다음에는 백여 개체도 넘는 어른 오크가 존재하는 오크 부족에 진입해 자신의 공부를 시험하고 단련했다. 그리고 그 이후로도 다른 오거나 오크, 트롤은 물론이고 그 외에도 그리즐리 베어, 그리핀, 고블린, 코볼트, 그레이트 울프, 미노타우로스, 자이언트 앤트 등등의 열거하기 힘든 갖가지 몬스터와 동물들을 대상으로 꾸준히 그와 같은 일을 계속했으니까 말이다.

그런 와중에 이산도 위기에 몰린 적이 없는 것은 아니었다. 몬스터 중에는 머리가 비상한 것들도 있었고, 당면해 보지 않고는 모를 특수하고 특이한 공격 방법을 가진 것도 있었으며, 머릿수를 이용하거나 함정을 파는 것들도 있었으니. 하지만 이산은 쉽게 당하지 않았고, 곧 대응 방법을 생각해 냈으며, 결코 같은 수법에 두 번 다시 위기를 맞지 않았다. 아니, 오히려 그러함 속에서 더욱 일취월장했다.

하지만 그것도 넉 달 만에 막을 내려야 했다.

아무리 몬스터가 많은 큰 산이고, 또 그런 산이 중첩되어 있다고 해도 무한정 그 범위를 넓혀갈 수는 없는 법이었다. 게다가 한 번 곤욕을 치러본 놈들은 이산의 그림자만 어른거

려도 기겁을 해서 부리나케 도망쳤고, 아니면 아예 그대로 땅바닥에 납죽 엎드려서는 복종의 자세를 취하기에 바빴으니, 그런 놈들을 일부러 괴롭히는 악취미를 가졌다면 또 몰라도 유적 인근에는 더 이상 이산이 상대할 만한 것이 남아 있지 않았던 것이다.

그것이 첫 번째 원인이었다.

물론 시간과 거리상의 문제일 뿐 약간의 수고로움을 무릅쓰고 더 멀리까지 나가 새로운 상대를 물색하고자 했으면 얼마든지 그럴 수 있는 일이고, 또 그 대상도 수두룩했겠지만 이산은 굳이 그럴 필요를 느끼지 못했다. 그사이 솜씨가 늘고 완숙해져서 더는 상대도 되지 않는 그것들과의 대련이 무의미해졌던 까닭이다.

그것이 두 번째이자 가장 큰 이유였다.

이제 이산은 더욱 정순해진 뇌령신공의 자유로운 수발은 물론이고 보법이나 신법 같은 신체의 운용과 권장이나 도검 같은 초식의 전개에 있어서도 내공과 한 가지로 무리가 없는 경지에 이르러 있었다.

아무리 타고난 재질을 가진 사람이라 해도 보통이라면 훌륭한 스승의 인도에 더해 수십 년 각고의 수련을 하고, 거기다 하늘이 돕지 않고는 불가능하다는 깨달음이 그것도 여러 차례 뒤따라야 간신히 맛보는 경지였다. 이산 역시 탈각과 환

골탈태를 함으로써 조화지경에 이르게 된 내공과 이상적이고
도 완벽한 신체로의 변화에 더해 그가 본래부터 지니고 있던
뛰어난 오성이 아니었다면 불가능할 일이었고. 현현심결 역
시 일조를 했음은 불문가지. 물론 가장 큰 직접적인 공헌이야
그간 본의 아니게 이산에게 당할 수밖에 없었던 몬스터들에
게로 돌아가야겠지만.

어쨌거나 여기서 한 걸음 더 나아가기 위해서는 수련 방식
을 바꾸지 않을 수 없었다.

그간 그토록 애써 숙련하고 수련해 온 형과 식이지만, 이제
그것을 버리지 않으면 안 되었다. 그래야 의형수형이라는 초
식도 형식도 필요없고, 마음이 일면 이미 몸이 행하는 진정한
고수의 경지에 오를 수 있었다. 그것은 오히려 기본에 충실하
면서 모든 것을 다시 풀고 해체해서는 아무것에도 구애됨이
없는 새로운 근간을 세우는 작업이 선행되어야 했다.

그래서 이산은 그간 몬스터를 찾아 온 산을 헤집고 다니는
와중에 봐뒀던 한 산정(山頂)의 알맞은 공터를 수련 장소로
택해 그곳에서 새로운 수련에 들어갔다. 그동안 책도 마법에
관한 것을 제외하고는 거의 다 읽었던지라 온전히 수련에만
집중할 수 있었다.

그리고 한 달쯤 흘렀을까.

산정의 푸른 하늘 아래에서 이산이 문득 찾아든 만검(晚劍)

의 새로운 묘리에 빠져서는 하루가 다 가도록 꼼짝도 않고 목
검을 들고 서 있기만 할 때였다. 갑자기 산 뒤쪽에서 소란스
러운 소리가 들려오는 것이 아닌가.

"또 오크들이 싸우는 건가……?"

자세도 풀지 않고 다만 슬쩍 미간을 찌푸리며 중얼거린 이
산은 이내 다시 수련에 집중했다. 인근에만 오크 부족이 대여
섯 개나 되었고, 다 머릿수가 이삼백여 남짓의 고만고만한 세
력들이었기에 자주 영역 다툼이 일어나곤 했던지라 이번에도
그러려니 한 것이다.

그러나 아니었다.

이산은 이내 수련을 멈출 수밖에 없었다.

무언가가 산정을 향해 다급하게 뛰어올라 오는 소리를 들
은 때문이다. 잠시 후 돼지머리에 적갈색 피부의 건장하고 단
단한 몸을 짐승 가죽으로 대충 가린 오크 하나가 헐레벌떡 모
습을 드러내더니 소리쳤다.

"취익, 인간대장! 취익."

본디 이 오크는 인근에서 가장 큰 삼백오십여 개체에 이르
는 오크 부족을 이끄는 우두머리인데 인간의 말을 할 줄 알
뿐만 아니라, 이산에게 된통당한 후 그를 인간대장이라고 부
르며 따르는 놈이었다.

처음에는 두려움에 떨며 피하기만 하는 게 다른 몬스터들

과 같았지만, 시간이 지날수록 이산이 전혀 다른 해를 입히지 않는 것을 보고는 슬금슬금 붙임성있게 접근해 오더니 지금에 이르렀다. 종종 보석이나 제가 잡은 짐승, 혹은 과일을 잔뜩 가져와서는 인간대장 몫이니 받으라는 등의 말로 이산을 당혹하게 만들기도 하면서.

"취익, 큰일 났다, 칙, 인간대장, 취익."

"무슨 일인데 그렇게 호들갑이야?"

"취익, 산 위에서, 칙, 자이언트 오크가, 취익, 내려오고 있다. 칙, 밤이면, 취익, 여기까지 온다. 치익."

오크가 말하는 산 위란 이 산정의 바로 위쪽 산이나 가까운 뒷산을 가리키는 것이 아니라 그레이트 대산맥의 더 깊은 안쪽을 말함이었다.

원래 그레이트 대산맥은 이 세상의 거대한 대륙을 종으로 가로질러 동서를 절단하다시피 하고 있는 무지막지하게 크고 긴 산맥이었다. 그에 비하면 이산이 살았던 무림의 산맥은 산맥이라 부르기도 민망한 수준이었다. 대륙 자체의 크기가 몇 배 차이인 것을 감안하더라도 그러했다. 대산맥의 본줄기는 둘째 치고 산맥의 지류 하나만 해도 무림의 크다 하는 산맥보다 작지 않았으니. 하기야 그것은 이 세상의 다른 산맥들도 마찬가지였고. 그런 지류가 수십 개였다. 본류의 길이만도 무려 수만 킬로미터에, 폭도 좁은 곳이 거의 일천 킬로미터에 달하고 보통은 수천 킬로미터 이상이었다. 그러니 그 규모가 어떠할지는 상상이 가지 않겠는가.

굳이 멀리 갈 것도 없었다. 남북으로 길게 늘어진 산맥의 가운데에서 얼마간 아래로 치우친 동쪽 방면의 한 초입이자 변두리라고 할 수 있는 이곳 샤이언의 유적만 봐도 알 수 있는 일이었다. 유적에서 인간들이 나라를 형성하고 있는 가장 가까운 접경인 인근의 영지까지 내려가려고 해도 자고 먹지 않으면 안 되는, 인간으로서는 족히 한 달은 걸릴 거리였으니. 물론 인간들로서는 그 거리나 울울창창한 삼림, 그리고 지형의 괴악함 같은 일반적인 문제 때문이 아니라 다른 곳보다 훨씬 크고 강력하면서도 다양한 수많은 몬스터들의 출몰이 제일 큰 어려움이기는 하지만. 그것도 어떤 위험, 어떤 몬스터와 이종족이 있는지 짐작도 할 수 없는 산맥의 더 깊숙한 곳이나 본류에는 비교할 바가 아님에도 인간으로서는 감히 엄두조차 내기 힘든 지경이었으니.

사실 그래서 당장 마법을 잃은 듀라노로서도 유적을 벗어나려야 벗어날 수가 없다는 것이고, 더불어 과거 무작정 도망치는 와중에 구사일생으로 천운이 닿아 어찌어찌 유적으로 찾아들어 오기는 했지만 또다시 그런 천운을 바라며 나갈 엄두를 낼 수 없었기에, 5서클을 이루어 텔레포트 마법을 시전하기 전까지는 죽어라 마법을 익히며 유배 아닌 유배 생활을 할 수밖에 없었던 것이기도 했다.

하기야 이곳에 유적이 세워졌다는 것 자체가 참으로 놀랍고 대단한 일이라 할 터였다. 대마법사인 샤이언이기에 그럴 생각을 했고, 또 실행에 옮길 수 있었을 터였다. 물론 그라고 해도 여기까지가 한계였을 가능성이 많았고. 그 어떤 강대한 나라나 위인도 범접할 엄두를 내지 못했고, 낼 수도 없는 곳이 바로 그레이트 대산맥이었으니까.

왜냐하면 그레이트 대산맥은 본래 두 개로 나뉘어져 있던 이 세상의 대륙을 신과 드래곤들이 하나의 거대한 대륙으로 합치면서 생성되었고, 그 후 신으로부터 사명을 받은 드래곤의 로드들이 직접 살면서 관리하고 있다는 아득한 신화시대의 전설 이래로 대륙의 동과 서를 완전히 분리하는 천험의 장벽이면서 동시에 인간에게는 영원한 미지와 공포와 경외의 영역으로 자리해 오고 있기 때문이다.

그것은 산맥의 변두리라고 다르지 않았다. 또 몬스터와 여러 가지 악조건으로 인해 태반이 버려진 땅으로 남아 있는 지류와 지류 사이의 지역 역시도 그것은 마찬가지였다. 비록 삶을 영위하고 사회를 구성하는 지성체 종족 중에서도 인간이 가장 수가 많고 번성하고 있다지만 대륙의 광활함과 거대함에 비하면 별것도 아니었고, 따라서 인간들로서도 다른 많은 비어 있는 살기 좋은 지역을 두고 굳이 위험을 무릅쓰면서까지 사지로 진입할 필요는 없었다.

자이언트 오크는 그런 그레이트 대산맥에서도 꽤 안쪽의 오지에 사는 변종 오크 종족이었다. 말만 오크지, 오거 사촌이라고 불릴 정도로 다른 오크에 비해 배는 크고 힘이 셌다. 알려진 다른 오크에 비해 마법 저항력도 월등했고 무기도 잘 다루었다. 합격술도 그렇고. 한마디로 다른 오크는 그들의 상대가 되지 않았다. 열이 한꺼번에 달려들어야 겨우 두셋을 상대할 수 있을까 말까인 것이다.

"자이언트 오크라고?"

시큰둥하던 이산의 얼굴에 흥미가 떠올랐다.

"그놈들이 여기까지 왜? 내려온 적이 없다면서?"

"취익, 그건 모른다. 취익."

"네가 직접 본 거야?"

"취익, 사냥 갔다, 칙. 멀리서 봤다, 취익."

"수는 얼마나 되지?"

"취익, 많다. 취익."

"얼마나 많은데?"

"취익, 손가락, 칙, 발가락을, 취익. 합친 것보다, 칙, 훨씬, 취익, 많다. 취익."

셈에 대한 오크의 한계였다.

이산은 쩝 하고 빈 입맛을 다시며 한숨을 내쉬었다. 그리고는 달리 물었다.

"네 부족보다 많아?"

"취익, 그건, 칙, 아니다. 취익."

"네 옆 부족과 비교하면 어떻고?"

"취익, 비슷할 거다. 취익."

"백오십은 넘는단 얘기군."

이산이 눈을 빛냈다. 하지만 입으로 나오는 소리는 그렇지 않았다. 짐짓 혀를 차면서 귀찮다는 듯이 말했다.

"그 정도라면 이곳에 있는 너희 부족들이 모두 뭉치고 합심해서 싸우면 얼마든지 물리칠 수 있는 숫자잖아."

"취익, 로드가, 칙, 명령을, 취익, 내리지, 칙, 않았다. 취익, 우리는, 칙, 로드의, 취익, 명령이 아니면, 칙, 뭉치지, 취익, 않는다. 칙, 절대로. 취익."

"로드라니?"

이산이 눈을 끔뻑거렸다.

"너희에게 로드가 있었어?"

"취익, 있다. 취익."

그동안 어째서 본 적도 들은 적도 없었을까 하는 의문을 떠올리면서도 이산은 퉁명스럽게 대꾸했다.

"그럼 로드에게 가야지. 왜 내게 와?"

"취익, 인간대장이, 칙, 로드다. 취익."

“뭐? 뭐라고?”

이산의 입이 떡 벌어졌다.

“내, 내가 로드라고? 너희들의?”

“취익, 그렇다. 취익.”

“내가 왜? 내가 오크냐?”

이산의 음성이 높아졌다.

“그리고 누구 맘대로 그런 걸 정해?”

“취익, 우리를, 칙, 모두 이겼다. 취익, 아무도, 칙, 죽이지 않았다. 취익, 쫓아내지도, 칙, 않았다. 취익, 우리가 바치는, 칙, 것들도, 취익, 다 받았다. 칙, 우리는, 취익, 인간대장을, 칙, 로드로, 취익, 인정했다. 칙, 다른 부족도, 취익, 모두 찬성했다. 취익.”

“허허허.”

이산은 헛웃음만 흘려냈다.

이제 보니 그랬던 것이다. 눈앞의 오크는 결코 이상한 오크가 아니었다. 그래서 이산의 눈치를 보면서도 자꾸 뭔가를 가져다주고, 또 주변을 맴돌았던 것이다.

기실 이산은 자이언트 오크란 소리를 들었을 때부터 호기심이 동하고 있었다. 말로만 듣던 가장 강하다는 오크인데다 무리를 이루면 이룰수록 더욱 강해진다고 하니 한번 부딪쳐보고 싶었던 까닭이다. 백오십이 넘는 정도라면 일반 오크 천의 전력은 봐줘도 되었다. 오거로 쳐도 이삼십가량은 된다는 이야기였고. 그렇다면 간만에 긴박감이 살아 있는 신나는 대련을 할 수도 있을 터였다.

그런데 오크로드라니.

그런 이름으로 싸운다면 그것은 이미 대련이나 수련이 아니었다. 다른 오크들을 위한 싸움이었다. 또 그것은 자연의 이치를 거스르지 않기 위해 기본적으로 세워두었던, 부득이한 경우를 제외하고는 몬스터나 짐승들의 삶을 간섭하지 않고 가급적 그들의 삶은 그들이 알아서 하게 놔둔다는 자신의 기본 원칙에 위배되는 것이었다.

무엇보다 인간인 자신이 오크를 위해 다른 오크와 싸운다는 것은 말이 되지 않았다.

그리하여 이산은 단호하게 말했다.

"나는 너희들의 로드가 아니다. 받아들일 수도 없고, 그래서도 안 된다. 너희들의 로드는 너희들 중에서 뽑아라. 앞으로 나를 인간대장이라고도 부르지 마라. 내 이름은 이산이다. 그렇게 불러라."

"취익, 그럴 수 없다. 취익."

의외로 단호한 오크였다.

"취익, 로드는, 칙, 죽거나, 취익, 지지 않으면, 칙, 끝까지 로드다. 취익, 아니면, 칙, 우리를, 취익, 죽이거나, 칙, 내쫓아

라. 취익,"

"허."

"취익, 인간대장이, 칙, 싸우기, 취익, 싫으면, 칙, 싸우지, 취익, 않아도 된다. 칙, 명령만, 취익, 내려라. 칙, 우리는, 취익, 싸우라면 싸우고, 칙, 도망가라면, 취익, 도망간다. 취익."

이산은 정말 죽이거나 내쫓지 않고는 오크로드란 난데없는 혹을 떼어내기가 여의치 않다는 것을 느꼈고, 길게 한숨을 내쉬며 머리를 절레절레 흔들었다. 그러다 결국 지금까지처럼 자신을 귀찮게 하지만 않으면 무슨 상관이랴 하는 것과 수련을 위함이니 이번 한 번만 하는 생각이 고개를 드는 것은 어쩔 수 없는 인지상정이었다.

기실 오크로드가 오크만 되는 것은 아니었다.

드물기는 하지만 흑마법사 같은 경우 오크를 조종하기 위해 그들의 로드가 되기도 했다. 돌연변이 오거가 로드가 되어 오크들을 몰고 다닌 예도 있었고.

"싸우라면 어떻게 할 참이지?"

"취익, 모든, 칙, 부족을 모은다. 취익, 검은나무 숲에서, 칙, 기다린다. 취익,"

검은나무 숲이란 뒤쪽의 큰 산에서 이쪽 산으로 건너오는 길목의 얼마간 평평하고 길쭉한 지역을 말함이었다. 거기에 자생하는 것이 껍질이 유난히 검은색을 띠는 나무였기에 오크가 그렇게 부르는 것이고.

몇백 명도 넘는 인원이 한꺼번에 모여서 싸우기에는 이 일대에서 거기만 한 장소도 없었다. 더구나 그곳에는 이미 오크 부족 하나가 마을을 형성하고 있기도 했으니. 그리 머리가 좋지 않아 자신들이 모이는 것만 생각했지, 오히려 상대에게 유리할 수도 있다는 점은 조금도 감안하지 못하는 오크로서는 당연한 선택이라 할 수 있었다.

이산이 쯧, 하고 혀를 찼다.

"지금 어디까지 왔지?"

"취익, 큰 산 하나만, 칙, 넘어오면, 취익, 바로, 칙, 검은나무 숲이다. 취익."

"굳이 기다릴 필요는 없겠지. 가자."

"취익, 먼저 가서, 칙, 전사들을, 취익, 모으겠다. 취익."

싸우자는 뜻으로 받아들인 오크가 반색을 하며 말했다.

그러나 이산은 머리를 흔들었다.

"아니, 둘이 가보자는 말이다."

"취익, 둘이 가서, 칙, 뭘 해? 취익."

"싸우지."

"취, 취익, 싸운다고? 취익."

놀라는 오크였지만 이산은 미소를 머금었다.

"싸우는 것은 나 혼자다. 너희들의 로드로서가 아니라 나개인의 수련을 위해서 가는 것이기 때문이다. 그러니 너도 끼어들 생각 하지 마라.”

“취익, 자이언트 오크, 칙, 강하다. 취익.”

“나는 강하지 않다는 말이냐?”

“취익, 인간대장, 칙, 최고 강하다. 취익.”

엄지손가락을 추켜세우며 연신 머리까지 끄덕이는 오크의 모습에 이산은 실소를 물지 않을 수 없었다.

“그럼 문제없지? 앞장서.”

“취익, 알았다. 취익.”

잠시 눈을 끔뻑거리던 오크가 이내 대답하더니 몸을 돌려 씩씩하게 걸음을 옮기기 시작했다.

오크의 생각은 참으로 단순했다.

자신들이 아무리 많은 수가 덤볐어도 어찌하지 못했던 사람이 이산이다. 그렇다면 자이언트 오크 역시 아무리 많아도 이산을 이길 수 없는 것이 당연했다. 손가락과 발가락을 합한 수 이상을 셀 수 없는 그였기에 가능한 셈이었다.

이산이 재촉하지 않았음에도 오크는 산정을 벗어나자 달리듯이 빠르게 산을 내려가기 시작했다. 어깨에 목검을 걸친 이산은 처음과 똑같은 느긋한 걸음걸이였다. 단지 보폭만 달랐다. 상체는 전혀 흔들리지 않고 오크의 속도에 맞추어 쭉쭉 발만 나아가는 것이다.

둘은 순식간에 산을 내려와 검은나무 숲을 통과했고, 이어지는 인근에서 가장 높은 산으로 오르는 길로 접어들었다.

그런데 그사이 의도와는 다르게 다른 오크들이 따라붙었다. 검은나무 숲 오크의 우두머리를 비롯해 소식을 듣고 기다리고 있던 다른 부족의 우두머리와 몇몇 전사들이었다. 그래 봐야 머릿수가 스물도 채 되지 않았기에 이산은 구태여 그들을 떨어뜨리지 않았다.

자이언트 오크들과 조우한 것은 큰 산 너머 중턱쯤의 거대한 나무들이 군락을 이루고 있어 땅바닥은 오히려 훤한 경사지에서였다.

자이언트 오크는 예상대로 백오십쯤 되어 보였고, 과연 듣던 대로 다른 오크에 비해 크고 강하며 우악스럽기 그지없게 생겼다. 이산을 따라온 오크들은 어린 오크로 보일 지경이었다. 자이언트 오크 하나에 최소한 그들 열은 달려들어야 승산이 있을 법하게 느껴질 정도로.

어쨌거나 서로를 확인한 두 무리는 웅성거림 속에 이십여 미터 거리를 두고 일단 대치했고, 먼저 소리쳐 말을 꺼낸 것은 이산을 찾아왔던 우두머리 오크였다. 다른 오크들과는 달리 용케 주눅 들지 않고 있었다. 원래 담이 큰지, 아니면 이산이 바로 곁에 있었기에 그러한지는 모를 일이지만.

그러자 저쪽에서도 우두머리인 듯 보이는 가장 큰 자이언트 오크가 무리 앞으로 나오더니 맞받아 소리쳤다.

본래 이산은 오크들과 싸우는 와중에, 그리고 그를 찾아오는 오크에게서 들으며 오크들의 언어를 간단한 것은 어느 정도 알아들을 수 있었다. 하기야 오크만이 아니라 부딪친 횟수가 제법 많았던 오거나 트롤, 리자드맨, 코볼트, 고블린 등의 것도 마찬가지로 그러했고.

그러나 이산은 그들의 말을 전혀 듣지 않고 있었다.

자이언트 오크들의 후미에 그의 시선을 잡아끄는 전혀 예상치 못했던 광경이 있었던 탓이다. 거의 오십에 이르는 자이언트 오크들의 어깨에 휴대 식량으로 보이는 여러 종류의 자잘한 몬스터와 짐승들이 걸쳐져 있었는데, 그중에 상상도 못한 것이 섞여 있었다.

입성과 신발이 조금 특이하긴 했지만 틀림없이 사람이었다. 그들이 자이언트 오크들의 어깨에 하나씩 걸쳐진 채 늘어져 오크들의 몸이 움직이는 대로 흔들리고 있었다. 다 합치면 셋이었다. 온전한 신체를 유지한 것이 둘이었고, 반쯤 뜯어먹히다가 만 시신이 하나였다.

그것을 확인한 이산은 순간적으로 울컥하고 무언가가 가슴속에서 치밀어 오르는 것을 느꼈다. 하물며 이 세상에 온 후 듀라노 이외에는 처음으로 접하는 사람들이 아닌가.

그리하여 목검을 쥔 손에 자신도 모르게 불끈 힘이 들어갔지만, 그러나 그 순간뿐이었다. 이내 진정을 했고, 달리 어떤 행동을 취하지도 않았다.

무림에서도 별다르지 않았지만 이 세상에서는 더욱 스스로의 존엄성은 스스로가 지키지 못하면 아무런 의미가 없었다. 더구나 인간만이 존엄성을 가진 것이 아니었다. 생명을 지닌 것은 모두가 존엄성을 가지고 있었다. 인간도, 오크도, 다른 지성체도, 심지어 모든 동물들도 다 마찬가지였다.

그리고 자연의 순리와 이치 역시 결코 인간만을 위한 것이 아니었다. 사람이 동물이나 몬스터를 먹고 죽이는 게 순리라면, 그 반대도 순리였다. 모두가 자연의 일부분이자 자연 앞에서 동등한 개체니까. 이산은 이미 현현심결을 수련하면서 막연하게나마 얼마간은 그것을 인식하고 있었고, 그러던 것이 이 세상으로 오면서 강한 힘을 얻고 난 후에는 그에 대해 확연하게 깨달았던 것이다.

지금까지 굳이 몬스터를 죽이지 않은 것도 그래서였다.

식량이 필요치 않은데 짐승을 사냥하는 일이나, 해를 끼치려 들지도 않는데 굳이 몬스터를 죽이거나 하는 짓은 적어도 이산에게 있어서는 달갑지 않은 일이며, 또한 순리를 거스르는 일이기도 했다.

그러니 지금처럼 살기를 주체하지 못하는 욱하는 심정으로 무작정 손을 쓰는 것은 꺼려할 수밖에 없었다. 자칫 기분에 치우쳐 자신과 아무런 직접적인 이해관계도 없는 생명을 없앨 수도 있으니까. 더불어 이미 죽은 것으로 보이는 사람들을 위해 그래야 할 일은 더욱 없었다.

불현듯 두 오크가 더욱 큰 소리로 서로 소리치기 시작했다.

그에 이산의 시선도 자연적으로 그리로 향했고, 귀를 기울여 그들의 말을 듣게 되었다.

'항복해라! 바로 잡아먹지는 않겠다!' 라고 자이언트 오크는 말하고 있었고, 이쪽에서는 '까불지 마라! 로드 손에 죽는다! 죽기 전에 돌아가라!' 고 마주 소리치고 있었다.

아마 처음에도 비슷한 내용이었으리라.

"괜한 입씨름할 것 없다."

이산이 불쑥 끼어들었다.

"저놈들 모두가 다 덤벼서 나를 이기기만 하면 원하는 대로 해준다고 해라. 대신에 지면 가진 것 다 내놓고 온 곳으로 되돌아가는 것이고."

"취익, 알았다. 취익."

곧 오크 우두머리는 한참이나 소리치며 그 말을 전했다.

그러자 이산을 따라온 쪽에서는 함성이 터져 나왔고, 반대로 자이언트 오크 쪽에서는 기막히고 우스워 죽겠다는 고함과 웃음소리가 시끄러울 정도로 울려 퍼졌다. 심지어 배를 잡고 뒹구는 놈들도 있었다. 적어도 겉보기로는 이산은 일반 오크보다도 못한 왜소한 어린 인간으로밖에 보이지 않았으니 그들 입장에서는 그럴 만도 했다.

이산은 더 두고 보지 않았다.

"시작한다고 말하고, 너희들은 모두 뒤로 물러서."

그대로 행하여 이산을 따라온 모든 오크들이 뒤로 물러서는 순간 이산의 신형이 그 자리에서 꺼지듯이 사라졌다. 동시에 그의 신형이 나타난 것은 자이언트 오크 우두머리의 머리 바로 앞이었다.

빽.

"끼엑!"

둔중한 타격음에 이어 우두머리 자이언트 오크의 입에서 비명이 흘러나왔다. 이산의 목검이 그의 이마를 강타한 것이다. 우두머리 자이언트 오크는 피가 흐르는 머리를 부여잡고 뒹굴었고, 장내는 삽시간에 조용해졌다가 이내 다른 종류의 소란으로 물들었다.

그리고 그것은 우두머리 오크가 벌떡 일어나며 눈이 벌겋게 슨 메이스를 휘두르는 것을 기점으로 다시 일변했다. 완전히 전장으로 바뀐 것이다.

이산은 일부러 우두머리 오크를 단번에 기절시키거나 해서 제압하지 않았다. 행여 그가 없음으로 인해 자이언트 오크들의 전력이 흐트러질까 해서였다. 상대가 최상의 전력일 때

부딪쳐야 제대로 수련이 될 터였다. 수련의 일환이 아니라면 이들을 상대할 이유가 없었다.

그 판단은 정확했다.

몇 번이나 헛손질을 하던 우두머리 오크가 곧 소리치면서 다른 오크들을 지휘하기 시작했고, 꽤나 조직적으로 잘 갖추어진 진용을 이루더니 사방에서 이산을 압박해 들어왔다. 몽둥이나 돌도끼는 애교였다. 어디서 얻었는지 모를 메이스, 워해머, 모닝스타, 클럽, 베틀엑스 등등의 무기가 연신 이산에게로 날아들었다.

바깥에서 구경하고 있는 이산을 따라온 오크들이 보기엔 곧 이산이 난도질이라도 당할 것처럼 흉험하게 보였고, 그래서 신음을 흘리거나 눈을 가리는 자들까지 있었지만, 실상은 전혀 그렇지가 않았다.

이산은 한줄기 바람이었다.

어쩌다 한 번 실수로라도 오크들의 병기와 맞부딪치는 법조차 없었다. 그것들 사이를 교묘하게 유영했고, 오크들 사이를 이리저리 헤집고 다니며 희롱했다.

그리고 그런 그의 얼굴에 떠오른 것은 처음의 기대와는 달리 실망이었다. 별다른 수련이 되지 않았던 것이다. 긴장감조차 생기지 않았다. 이래서는 아무 의미가 없었다.

그리하여 이산은 오래지 않아 방법을 달리했다.

신형을 그대로 정지한 채 오크들의 공격을 맞받아치는 것
이 그것이었다. 신법과 보법을 사용하여 피하면서 수련하는
대신에 근접전으로 바꾼 것이다. 그러자 그동안 우왕좌왕하
며 이산을 쫓아다니던 오크들이 때는 이때다 하고 달려든 것
은 당연지사였다.

퍽, 탁, 쩡, 쾅.

갖가지 소리가 울려 퍼지며 오크들의 병기가 이산의 몸으
로 짓쳐들었을 때보다 더 빠르게 튕겨 나갔다. 그에 그 뒤를
받치고 있던 2진이 자리를 바꾸며 공격했지만 결과는 한 가
지였다. 그다음 역시 한 가지였고. 이산은 한 치의 움직임도
없이 제자리를 지킨 채 그들의 공세를 예외없이 모두 튕겨내
고 있었다. 그리 빠른 것 같지 않은데도 그의 목검은 천라지
망처럼 하나도 놓치지 않았다.

그렇지만 그것도 잠시였다.

이산은 곧 흥미를 잃었다.

이것 역시 마찬가지로 아무 수련이 되지 않았던 것이다.

사실 그것은 당연한 일이었다. 이산의 발전은 일신우일신(日
新又日新)이 따로 없었고, 그 결과 이제는 몬스터들과 실전 대
련을 벌이며 수련하던 때와는 차원이 다른 경지에 올라 있는
상태였다. 그러니 아무리 상대가 강하고 많다고 해도 다른 특
별한 능력도 없이 이렇게 힘으로만 밀어붙이는 것들에게서 흥

이 날 리 없었다.

그리하여 이산은 수련 생각을 접고 빠르게 오크들을 제압해 나가기 시작했다. 모두 머리를 때려서 기절시키는 방식으로였다.

오크들도 저항하거나 피하고자 노력해 보지만 어떤 것도 소용이 없었다. 이산이 목검을 한 번 휘두르면 오크 하나가 쓰러졌다. 빡, 하는 소리에 이어, 쿵, 하는 소리가 이어지는 것이다. 다른 방법을 쓰지 않고 굳이 그렇게 하는 것은 사람을 죽인 것도 모자라 휴대용 식량으로 메고 다니는 것에 대한 얼마간의 징계 의미가 담겨 있었다.

장내는 순식간에 정리되었다.

이산만이 서 있었다.

자이언트 오크들은 모두가 쓰러진 채 완전히 기절해 있거나, 그렇지 않으면 머리에 받은 충격 때문에 꼼짝도 못하고 끙끙거리며 신음만 흘리고 있었다.

그런 그들과 입을 떡 벌린 채 넋을 잃고 그 광경을 바라보고 있는 자신을 따라온 오크들을 일별한 이산은 이내 걸음을 옮겼다. 싸우는 와중에 자이언트 오크들이 내려놓은 사람들을 향해서였다. 그들은 아무렇게나 팽개쳐져 엎어지고 널브러져 있었다. 그대로 내버려 두면 다른 몬스터의 뱃속으로 들어갈 게 뻔했기에 묻어주기라도 할 셈이었다.

그런데 그들 가까이 다가가던 이산이 한순간 흠칫하는 기색을 보이며 멈추는 것이 아닌가. 천만뜻밖에도 이제껏 시신이라고 생각했던 온전한 몸의 둘에게서 매우 미약하지만 산자의 기척을 느낀 때문이었다. 곧 급히 다가간 이산은 우선가까이 있는 자의 몸을 바로 뉘었다. 일단 살펴보고 조치를취할 생각에서였다.

다음 순간이었다.

"어……!"

탄성을 발하며 이산이 눈을 둥그렇게 떴다.

여기저기 생채기가 나 있는 초췌한 몰골임에도 눈에 확 들어올 정도로 아름다운 젊은 여인이어서가 아니었다. 풍성하게 늘어진 은발 사이로 솟아올라 있는 인간보다 배는 크고 뾰족한 귀 때문이었다.

"엘프……?"

그랬다. 엘프였다.

이산은 잠시간 눈만 깜빡거리고 있었다.

그 눈에 담긴 것은 호기심과 일말의 곤혹이었다. 말로만 듣던 유사인종이었다. 몬스터를 처음 접할 때와는 또 다를 수밖에 없었다.

그러나 이산은 이내 본색을 되찾았고, 묵묵히 걸음을 옮겨다른 살아 있는 자도 살펴보았다. 역시 여엘프였고, 앞의 엘프보다 더 어려 보였다. 이산은 조금 더 가늘게 숨을 쉬는 그녀의 상태부터 알아볼 심산으로 손목을 잡고는 일단 한 가닥 미세한 진기를 흘려보냈다.

그녀도 듀라노처럼 심장에 무형의 용기를 가지고 있었다. 마법사라는 이야기였다.

그런데 그것이 완전히 비어 있었다. 그렇다고 듀라노처럼 깨진 것은 아니었고. 듀라노에게 배운 바대로라면 마나가 고갈된 현상이었다. 그 때문에 탈진한 것이다. 또 그래서 본래는 용기 주변을 띠처럼 둘러싸고 있어야 할 서클도 힘을 잃고 사라진 것이고.

그것뿐만이 아니었다.

오크들에게 잡힐 때 머리를 맞았는지 머리에 울혈까지 맺혀 있었다. 아마도 죽은 듯이 기절해 있는 원인일 터였고, 나아가 마나 고갈과 겹치면서 계속 깨어나지 못하는 이유일 터였다. 하기야 어쩌면 그 때문에 지금까지 목숨을 부지한 것일지도 모르지만.

치료를 위해 이산은 만약의 사태에 대비하면서 먼저 그녀가 가진 무형의 용기에 내력을 조금씩 조심스럽게 흘려 넣기 시작했다.

Chapter 06

엘프

이사부전

　한데 뜻밖에도 듀라노와는 달리 그녀의 마나홀은 이산의 진기에 별다른 거부반응을 보이지 않았다. 그녀의 마나홀에 미세하게 남아 있는 마나의 기운이 이산의 진기와는 상당히 다른 성질을 띠고 있음에도 그러했다.

　이산은 내심 의아함을 느끼는 가운데서도 조금씩 진기의 양을 늘려 나갔다. 진기가 다르다고 무조건 상충되는 것도 아니고, 같다고 융합되는 것이 아님을 과거 무림의 인사들과 의원들에게 보고 들어서 알고 있기 때문이다. 또 조금이라도 이상한 기미가 보이면 바로 진기를 거둘 수 있는 능력이 되기에 그러했고.

처음엔 반발하지만 않을 뿐 어찌할 바를 모르며 섞이지 못하고 겉도는 것 같던 무형의 용기 속 마나가 어느 순간 반응하더니 이산의 내기를 받아들였고, 오래지 않아 마나홀이 살아나면서 활동을 시작함과 동시에 흐릿하게나마 마나홀 주위를 도는 하나의 서클이 생성되고 있었다.

그에 이산은 내력을 거두어 머리로 옮겼다.

마나홀과 서클이 움직이기 시작했으니, 다만 시간의 문제일 뿐, 가만히 두어도 이제 저절로 마나를 끌어들여서 회복될 터였다. 하기야 이산의 내기를 받아들일 때부터 벌써 주변의 마나가 미세하나마 그녀의 몸을 휘감으며 흡수되고 있었고, 그에 따라 시체처럼 창백하기만 하던 그녀의 얼굴도 점점 혈색이 돌아오고 있었다.

머리의 울혈까지 제거하고 나자 그녀의 입에서 작은 신음성이 흘러나왔다. 곧 깨어날 징조였지만 이산은 기다리지 않고 다른 엘프의 치료에 들어갔다.

그녀 역시 증상은 마찬가지였다.

오래지 않아 엘프들은 차례로 깨어났다.

처음엔 상황이 이해되지 않는지 망연한 시선에 두려움과 의문을 담고 두리번거리던 그녀들은 이내 대략적인 감을 잡은 듯 먼저 이산을 향해 가만히 머리를 숙여 보였다. 그리고는 이산이 무어라 입을 열 겨를도 주지 않고 오크들에게 뜯어 먹히다 만 죽은 동족에게로 시선을 돌렸고, 숙연한 표정을 짓는 것이었다.

아마도 인간이었다면 시신을 부여잡고는 소리쳐 부르며 울고불고 난리가 났을 테지만 엘프들은 아니었다. 그들은 죽음을 그렇게 대하지 않았다. 필연이자 숙명이며 언제라도 닥칠 수 있는 신과 자연의 부름으로 이해했다. 설사 이렇게 몬스터의 밥으로 죽음을 맞이했다 하더라도.

그렇다고 슬퍼하지 않는 것은 아니었다.

죽음이란 언제나 남겨진 자에게 슬픔을 불러오는 법. 그것은 엘프라고 다르지 않았다. 다만 요란하지 않고, 또 짧을 따름이었다.

그녀들도 그랬다.

죽은 자를 바라보는 그녀들의 시선에는 한없는 슬픔이 내재되어 있었다. 눈물 한 방울 흘리지 않으면서도 보는 사람으로 하여금 가슴을 저미는 느낌이 들도록 슬퍼할 수 있다는 사실을 이산이 처음 알았을 정도로.

그렇지만 잠시 그렇게 있던 그들이 서로의 손을 잡으며 다시 이산을 돌아볼 때엔 이미 슬픔의 기색은 사라지고 없었다. 그것으로 슬픔도, 죽은 자를 보내는 의식도 끝난 것이다. 엘프 마을이었다고 해도 빨리 자연으로 돌아가도록 나무 밑에 묻어주는 외에는 이렇게 하는 것이 전부였다.

이산도 듀라노에게 들어서 대충은 그런 그들의 풍습에 대해 알고 있었다. 하지만 겪는 것은 처음인지라 한순간 당혹감이 드는 것은 어쩔 수가 없었다. 그래서 그것을 털듯 이산은 얼른 그녀들에게 말을 걸었다.

"사람의 말을 할 줄 압니까?"

"예, 제가 조금……."

큰 엘프가 대꾸했다.

말이 통하지 않을까 걱정했던 이산은 내심 다행이라는 생각에 머리를 끄덕이며 그녀에게 어떻게 된 일인지 물었다.

그러자 그녀는 자이언트 오크들부터 힐끗 일별했다.

자이언트 오크들은 대다수가 이제야 정신을 차리며 조금씩 꿈틀거리고 있었고, 몇몇 회복이 빠른 자들은 일어나 앉기도 했지만, 그런 가운데서도 모두가 여전히 엄습하는 고통에 머리를 쥐어뜯으며 괴로워하고 있었다.

복잡한 감정의 파문을 고스란히 떠올린 채 그들과 이산을 따라온 또 다른 오크들을 천천히 둘러보고 난 다음에야 그녀는 이산과 재차 시선을 마주하더니 사연을 이야기했다.

본래 자신은 프리엘이고, 제 곁의 엘프는 에이릴이라고 하는데, 산맥 속 엘프의 숲에 사는 엘프라고 했다. 이번에 특별한 약초를 채집하기 위해 다른 엘프 셋과 숲의 결계를 벗어났다가 하루 만에 그 인근에서는 출몰한 적이 없었던 자이언트 오크를 만났다고 했고. 사실 엘프 다섯이면 어지간한 몬스터들은 염려할 것이 없는 전력이었다. 하지만 본신의 힘도 매우 강한데다 마법 저항력도 높은 자이언트 오크가 수마저 월등히 많았던지라 어떻게 구원을 청하거나 도망칠 기회조차 잡지 못하고 정신없이 싸우다 보니 마나를 모두 소진하고는 정신을 잃고 말았다는 것이다.

그리고는 그 말미에 이산의 눈치를 보면서 머뭇머뭇 이렇게 말을 붙여 묻는 것이었다.

"혹시 위대한 존재십니까?"

"위대한 존재……?"

이게 무슨 소린가 하고 의아한 눈을 끔뻑이던 이산은, 그러나 이내 그것이 의미하는 바를 알아채고는 실소를 머금으며 머리를 흔들었다.

"그럴 리가 있겠습니까."

"아니란 말씀이십니까?"

프리엘이 고개를 갸웃하며 말을 받았다.

"풍기는 기운도 그렇고, 이렇게 많은 자이언트 오크들을 혼자서 처리하신 것도 그렇고……. 아! 혹시 유희 중이시라면 이제부터라도 모르는 것으로 하겠습니다."

기실 그래서였다. 자신들을 구해준 것이 눈앞의 인물일 것으로 짐작하면서도 엘프들이 섣불리 말을 꺼내거나 감사의 인사조차 선뜻 건네지 못했던 것은. 드래곤은 그만큼 조심하지 않으면 안 되는 어려운 존재였던 것이다. 특히나 유희 중일 때는 더욱.

이산이 정색을 했다.

"아니, 나는 인간입니다."

"정말이십니까?"

"틀림없이."

재차 확인해 주어도 프리엘은 믿으려 하지 않았다.

"인간이 어떻게 그렇게 많은 마나를 몸속에 지니고 있을 수 있단 말입니까? 아랫배 가득 커다랗게 뭉쳐 있는 것은 말할 것이 없고, 전신 여기저기에 퍼져 있는 것만 해도 인간으로서는 가지기 불가능한 엄청난 양인데……."

이산의 눈이 휘둥그레졌다.

"내 몸의 마나가 보이기라도 합니까? 마법을 쓴 것 같지도 않은데, 어떻게 그렇게 잘 알지요?"

이산으로서는 당연한 의문이었다.

마법을 써서 자신을 살폈다면 모를 리가 없었다. 그의 경지는 주변의 아주 조그마한 기의 파동이나 이동도 바로 감지할 수 있는 정도였으니까. 그리고 그보다 더 놀란 것은 조화지경에 이르면서 자동적으로 내공이 갈무리되어 조금도 겉으로 드러나지 않음에도 단번에 프리엘이 알아냈다는 것이다. 이산의 상식으로는 자신과 비슷하거나 더 높은 경지가 아니고는 불가능할 일이었다.

프리엘이 바로 대답했다.

"제가 원래 외부의 마나에 민감한 특이체질인데다 한쪽 눈에 마나를 더욱 잘 느끼고 볼 수 있도록 6서클의 마법까지 걸려 있습니다. 뿌리에 마나를 머금고 있는 희귀한 약초를 채취해야 하는 까닭에 장로님께서 걸어주셨고요. 그래서 비정상적으로 뭉쳐 있거나 그런 흐름을 가진 마나는 모두 볼 수 있는 것입니다."

"아······!"

이산은 그제야 이해가 갔다.

특별한 능력에다 이미 걸려 있는 마법이라면 아무리 이산이라도 알 수 없는 노릇이었다.

그런데 다음 순간이었다.

문득 이산의 뇌리를 스치는 어떤 생각이 있었다.

현현심결의 공능을 이용해 자신의 내기를 감출 수도 있지 않을까 하는 것이 그것이었다. 현현심결로 이루어낸 정신력은 환골탈태와 탈각을 이루면서 이미 몸 전체의 세세한 부분까지도 관장하는 일체화가 되어 있었고, 또 내부에서 뿐이기는 하지만 유형화하여 고정시킬 수도 있었기에 가능한 생각이었다. 즉, 진기로 유형화한 강한 의념(疑念)으로 아예 몸을 감싸 버리거나, 아니면 아주 미세한 의념 조각들을 만들어서 자신의 몸속에 일종의 진을 설치하는 것이 그것이었다.

효과가 있기만 하다면 진을 설치하는 것이 보다 적은 힘으로 반영구적이라고 할 만큼 오랫동안 유지할 수 있는 방법일 터였다. 한 번 설치하면 이산 스스로 해제하거나 심신을 추스르지 못할 정도로 강한 충격을 받지 않는 한 지속될 테니까 그러했다.

물론 이산 정도 되는 고수라면 내력을 모두 전신 세맥으로 흩어버리면서 은폐하는 방법도 있었지만, 훨씬 불편한 방식이었기에 그것은 염두에도 두지 않았다.

생각을 정리한 이산은 지체없이 진을 시행했다.

그리고 은근한 기대를 떠올리며 물었다.

"지금도 내 몸의 마나가 보입니까?"

"아, 아무것도 보이지 않습니다!"

프리엘이 눈을 둥그렇게 떴다.

"갑자기 마나가 전부 사라졌습니다! 아, 아니, 어떻게 이런 일이······!"

"역시."

이산은 머리를 끄덕이며 회심의 미소를 지었다.

이제 자신의 마나를 보거나 측정할 수 있는 자는 아무도 없을 터였다. 검사야 말할 것이 없고, 아무리 높은 마법사일지라도 마찬가지일 테고. 그럴 일은 없겠지만, 설사 이산보다 월등히 강한 힘과 정신력을 지닌 자가 있다고 해도 이산이 베푼 진을 정확히 이해하고 풀어내지 못하는 한 결과는 똑같을 터였다.

"마나를 숨겨보았을 뿐입니다."

여전히 경악에 찬 얼굴을 감추지 못하고 쳐다보고 있는 프리엘에게 이산이 변명하듯이 말해주었다.

그러나 그것으로 프리엘의 의심에 차 있던 심중이 완전히 굳어지고 말았다는 것을 이산은 몰랐다. 프리엘은 이제 눈앞의 인물이 위대한 존재의 화신이자 유희체이며, 그 사실을 드러내지 않기 위해 노력하고 있다고 거의 확신하고 있었다. 어떻게 마법도 쓰지 않고 순식간에 마나를 감춘단 말인가. 설령 마법으로 그러했다 하더라도 자신의 능력과 눈에 걸린 마법의 조합이라면 얼마든지 감지하고도 남음이 있어야 했다. 그녀가 아는 한 인간이 이럴 수는 없었다.

인간이 아니라도 마찬가지였다.

다른 종족은 물론이고 천 년에 가까운 삶을 사는 마법 종족이자 정령의 벗인 엘프들 중에서도 날고 긴다 하는 자들 역시 불가능한 일이었다. 몇천 년 전부터 존재해 왔는지도 정확히 모를 정도로 가장 오랜 삶을 살아온 엘프이자, 위대한 존재들의 진실한 친구이며, 엘프 최고의 정령술사이면서 또한 전사에 마법사로도 추앙받는 엘프족의 전설 하이 엘프 드루이얀이라면 또 모르겠지만.

"그, 그랬군요."

프이엘이 어색한 미소와 함께 머리를 끄덕였다.

다른 존재도 아닌 위대한 존재였다. 게다가 좀처럼 드문 흑발에 흑안이다. 위대한 종족 중에서도 가장 성질이 괴팍하다는 블랙 일족이 아니겠는가. 원하지 않는 일을 굳이 들출 필요는 없었다. 아니, 엘프 본연의 특색대로 상대의 말을 그대로 믿어주면 될 일이었다.

"그런데 저흰 이제 어떻게 해야 할지……?"

프리엘로서는 위대한 존재의 처분을 기다린다는 뜻이었지만, 이산에게는 전혀 그렇게 들리지 않았다.

이산은 이들이 정신을 잃은 채 끌려왔기에 그동안 며칠이 흘렀는지, 어떤 방향으로 얼마나 멀리 왔는지도 모른다는 것을 기억해 냈고, 그래서 어떻게 집으로 돌아가야 할지 모르겠다는 뜻으로 해석되었던 것이다. 더불어 비록 마법사이기는 하지만 5서클에 이르지 못해 텔레포트로 돌아가지도 못하고, 그렇다고 몬스터가 우글거리는 숲을 헤맬 수도 없는 처지인지라 도움을 청하는 것으로 알아들었고.

사실 완전히 틀린 추측은 아니었다.

　두 엘프는 이대로 돌아가라고 해도 갈 방법이 없었다. 다른 이의 보호를 받지 않고 둘이서만 엘프의 숲을 찾아 떠난다면 하루도 지나지 않아 몬스터의 밥이 되고 말 공산이 십중팔구였다. 설사 몸이 멀쩡하다고 해도 2, 3서클에 불과한 마법과 하급의 정령술로는 무리였다. 자이언트 오크 때문에 검을 잃어버리지 않았다 해도 마찬가지고. 백칠십과 이백삼십이라는 적지 않은 나이임에도 불구하고 대개의 엘프들이 그렇듯이 느긋한 성정하에 이것저것 하고 싶은 것 다 섭렵한 탓에 검술 역시 경지에 이르지는 못했으니. 하기야 애초에 타고난 궁술에 더해 빠르고 흔적없이 숲을 헤집고 다니는 엘프 특유의 능력이 함께 발휘된다면 별문제겠지만, 지금은 그럴 수 없는 처지였다. 활 역시 검과 같이 언제 사라져 버렸는지 모르는 상황이고 몸 상태도 엉망이었다. 최소한 며칠은 조심하며 안정을 취해야 어느 정도 마나가 회복될 테고, 그래야 무리없이 움직일 수 있을 터였다.

　“잠깐만 기다려요.”

　프리엘에게 말한 이산은 그를 따라온 오크 우두머리를 손짓해서 불렀다. 그리고 자신도 이제는 거의가 일어나 앉은 채 다만 여전히 머리를 감싸 쥐면서 고통스러워하고 있는 자이언트 오크들 앞으로 걸어갔다. 그리하여 헐레벌떡 뛰어온 우두머리 오크에게 말했다.

"이놈들에게 모두 일어나라고 해."

우두머리 오크가 그대로 전해 소리쳤지만, 자이언트 오크들은 대다수가 여전히 고통 어린 신음만 흘리며 눈치만 보고 있을 따름이었다.

"얼른 일어나지 못해!"

잠시 두고 보던 이산이 소리쳤다.

그냥 소리만 크게 지른 것이 아니었다. 과거 오거웨일을 처음 겪으면서 문득 깨달아 썼던 것과 비슷한 종류였다.

하지만 위력 면에서는 그때와 비교할 수 없었다.

아예 작정하고 파고들어서는 내력에 현현심결까지 가미한 일종의 음공으로 만들었으니까. 자연 범위와 강약도 얼마든지 조절 가능했고.

효과는 탁월할 수밖에 없었다.

자이언트 오크들의 귀에는 이산의 목소리가 천둥소리처럼 들렸고, 심신이 부들부들 떨릴 정도로 두렵기 짝이 없는 공포로 다가왔다. 그리하여 이산의 말을 알아듣지 못하면서도 미루어 짐작하고는 제꺽 일어섰다.

그 후로는 일사천리였다.

알고 보니 이들은 부족의 대장 자리를 놓고 싸우다 패한 후 도망 겸 새로운 보금자리를 꾸릴 적당한 곳을 찾아 남하하다가 여기까지 온 것이었다. 얼마간이라도 정착하려면 터전으로 삼을 최소한의 영역과 물이 확보되어야 하는데 곳곳에 강력한 몬스터와 짐승들, 혹은 유사인종이 진을 치고 있는 탓에 그럴 만한 곳이 없었던 것이다. 그리고 그렇게 그들과 만나서 싸우며 오다 보니 처음 출발할 때만 해도 배가 넘었던 숫자가 결국 이것밖에 남지 않았고.

엘프들을 만난 것은 며칠 전이었다.

자이언트 오크들도 엘프를 잘못 건드려서 엘프 전사들이 우르르 몰려오면 얼마나 무서운지 경험으로 잘 알고 있었다. 하물며 겨우 다섯을 제압하는 데에도 동료 수십의 희생이 따랐음에야. 그래서 엘프들을 잡은 후로는 더욱 속력을 내서 밑으로 내려왔다는 것이다. 또 맛있는 엘프 고기는 우두머리만 먹는 것이고, 아껴 먹어야 하는 것이기에 지금까지도 많이 남아 있다고 했고. 자연 숨이 붙어 있는 것은 더 오래 두고 먹을 수 있다는 것을 알기에 프리엘과 에이릴을 지금까지 건드리지 않은 것이고. 아니, 오히려 행여 죽어서 쉬이 상할세라 조심해서 다루었다고 한다. 두 엘프에게는 그야말로 불운 속의 천행이라 아니 할 수 없는 일이었다.

듣고 싶은 이야기를 다 들은 이산은 그들에게 다음과 같은 선택을 강요했다.

"죽을래? 돌아갈래?"

엘프들을 데려다주려는 것이었다.

이 기회에 가능하다면 엘프들의 숲도 구경해 보고 싶었고.

자이언트 오크들은 울며 겨자 먹기로 돌아가는 길을 택할 수밖에 없을 테고, 그러면 지나쳐 온 진로 그대로 되돌아가게 하면서 엘프들을 데리고 그 뒤를 따라가면 될 일이었다. 가다 보면 엘프들에게 익숙한 지형이 나올 테니까. 물론 엘프들이 숲에서 길을 못 찾을 일은 없겠지만 시간문제에 있어서는 아무래도 차이가 날 터였다. 어차피 당장은 평소처럼 움직일 수도 없는 엘프들이었으니.

더불어 자이언트 오크들을 이대로 풀어놓아 줄 수도 없는 노릇이었다. 이 주변에서 살기엔 이미 포화상태였고, 또 더 아래로 내려가 인간들과 부딪치는 일이 발생하도록 내버려 둘 수도 없는 일이기에 일석이조인 셈이었다.

프리엘과 에이릴도 거절할 이유가 없었다.

혹시 자신들에게서 무언가를 원하거나 노예로 삼는 것 정도로는 성에 차지 않아서 엘프 마을로 직접 찾아가려는 것은 아닌가 하는 일말의 불안한 마음이 없는 것은 아니었다. 하지만 오크들을 시켜서는 엘프의 풍습대로 죽은 엘프를 나무 밑에 묻어주게 하면서 절대로 다시 파내는 일이 없도록 단단히 주의를 주는 호의를 베풀었을 뿐만 아니라, 또 어쨌든 집으로 데려다 주겠다는데 싫을 리는 없었다.

하기야 싫다고 해도 따르지 않을 도리도 없었고. 엘프들은

이미 이산을 위대한 존재라고 철석같이 착각하고 있었으니까
말이다.

또한 이산도 산정에서 수련을 시작한 이후로는 여러 날 유
적으로 돌아가지 않고 수련을 지속한 적이 몇 번 있었던지라
굳이 듀라노에게 가서 알리거나 하는 번거로운 일을 할 필요
없이 바로 출발하면 되었다.

그런데 자이언트 오크들을 돌려세우고는 막 출발하려는
상황에서 제동을 걸고 나온 것은 뜻밖에도 이산을 따라온 우
두머리 오크였다.

"취익, 그냥 보내? 취익."

"그렇지 않으면?"

"취익, 무기는, 칙, 우리 줘. 취익."

전리품을 원하는 것이다.

그의 사고로는 이산이 자신들의 로드인 이상 이산 혼자서
해낸 일이라고는 해도 어떻든 자신들도 이긴 것이었다. 따라
서 이긴 자가 모든 것을 갖는다는 오크의 율법대로 자이언트
오크의 몸뚱이까지 몽땅 갖지는 못하더라도 최소한 자신들에
게도 남는 것이 있어야 했다.

이산이 자이언트 오크들의 무기를 일별하며 말했다.

"너무 크고 무거워서 너희들은 못 쓸 텐데?"

"취익, 우리가, 칙, 쓸 수, 취익, 있는 것만, 취익."

“알아서 해.”

이산의 허락에 오크 우두머리는 신이 난 음성으로 바로 자이언트 오크들에게 무기를 모두 바닥에 내려놓으라고 소리쳤고, 이어 같이 온 오크들을 부르더니 저희들이 사용할 수 있을 만한 가벼운 무기들을 모조리 챙겼다.

그렇게 삼분지 일가량의 무기를 빼앗긴 자이언트 오크들은 그에 불만을 가질 틈도 없이 곧장 자신들이 왔던 길을 거슬러서 정신없이 뛰어가야만 했다.

중간중간 몬스터들을 만나 싸움을 치르고, 또 왔던 길을 되짚어가는 것도 오크 머리로는 그리 쉬운 일이 아니었던지라 여러 번 지체되기도 한 탓에 닷새째가 되어서야 엘프들이 자이언트 오크들과 조우했던 장소에 이를 수 있었다. 키 낮은 관목들과 풀숲이 많은 것이 다른 곳과 식생(植生)에서 상당한 차이를 보이는 지역이었다.

소기의 목적을 달성한 이산은 일단 자이언트 오크들로 하여금 자신들이 원래 있던 곳으로 계속 달려가도록 만들었다. 다시는 이쪽으로 올 생각도 하지 말라는 강력한 협박이 선행되었을 것은 당연지사고.

그들을 보내고 난 이산이 말했다.

“어디로 얼마나 더 가야 합니까?”

“저희들의 몸도 웬만큼 회복되었으니 가능한 최고 속력을 내어 달린다면, 만 하루 정도만 더 북서쪽으로 올라가면, 저희가 사는 엘프의 숲이 나옵니다."

대답하는 프리엘의 얼굴엔 혹시 알면서 묻는 것은 아닌가 하는 조금은 미심쩍은 빛이 떠올랐지만 잠시였다. 이내 무언가 주저하는 기색을 보이더니 다시 말을 꺼냈다.

"그런데 조금만 시간을 주실 수 없겠습니까?"

"약초 때문입니까?"

"그, 그렇습니다."

프리엘이 놀란 얼굴을 했다.

이산이 기억하고 있을 줄은 몰랐던 것이다.

이산이 다시 물었다.

"상당히 중요한 것인 모양이지요?"

"예. 장로님 한 분의 생명이 그것에 달려 있습니다. 그리고 같이 나왔다 자연의 품으로 돌아가신 다른 분들의 희생을 헛되지 않게 하기 위해서라도 약초를 꼭 채집해 가고 싶습니다. 게다가 오늘이 지나고 나면 눈에 걸린 마법도 사라지고 맙니다. 부탁드립니다."

"얼마든지요."

두 손을 가슴에 모으고 머리까지 깊이 숙여 보이는 너무나 정중하고도 간절한 프리엘의 태도에 약간의 당혹감마저 느끼며 이산이 대꾸했다.

“나 신경 쓰지 말고 얼마든지 찾아보세요.”

다시 한 번 감사의 인사를 한 프리엘이 앞으로 나서더니 주변을 자세히 살피며 훑어나가기 시작했다. 이산은 그런 그녀를 방해하지 않기 위해, 그리고 또 보호하기 위해 적당한 간격을 유지한 채 뒤따랐다. 에이릴은 묵묵히 그런 그의 뒤를 따라다녔고.

약초는 좀처럼 발견되지 않았다.

이미 해가 서산에 걸리고 있었다.

산맥 내 엘프들의 발길이 닿은 모든 지역을 통틀어서 그들이 찾는 약초의 유일한 자생지라는 일대를 족히 세 시간은 샅샅이 헤매며 수색했지만 아무런 성과가 없었다.

전혀 바란 적이 없는 트롤과 오거만 두 번씩이나 기웃거리며 나타났다가 이산에게 일방적으로 얻어터지고는 도망갔을 뿐이다.

해가 기울어갈수록 프리엘은 초조한 기색을 감추지 못하며 이리저리 우왕좌왕 마구잡이로 돌아다녔다. 해가 완전히 지면 약초를 찾을 마법이 풀리니 그전에 어떻게든 찾아보려는 몸부림이라 할 수 있었다.

“나도 찾아볼까요?”

보다 못한 이산이 나섰다.

“약초에 대해서 가르쳐 주세요.”

"그, 그런 수고까지 어떻게……."

"지금 이것저것 가릴 처지가 아닐 텐데요?"

황송해하는 프리엘의 말을 자르며 이산이 재촉했다.

그에 프리엘은 못 이기는 척 머리를 끄덕이며 수긍했다.

사실은 불감청이나 고소원인 일이었던 것이다. 마나 그 자체나 마찬가지인 위대한 존재가 아니던가. 그가 나서준다면 자신들보다 한결 쉽고 빠르게 찾을 수 있을 터였다. 유희 때문에 고위 마법인 광범위 마나 디텍트를 펼치는 손쉬운 방법을 쓰지는 않을 것이라 하더라도.

그러한 내심을 감추고 프리엘은 곧 설명을 시작했다.

약초의 이름은 엘프어로밖에 없었는데, 굳이 풀이해서 옮기자면 미성홍족초(美聲紅足蕉)라고 할 수 있었다. 약초술에 있어서는 그 어떤 종족보다 월등한 엘프들만이 알고 있는 신비한 약초였다. 보통 두세 갈래인 뿌리 하나하나가 미인의 발 같은 형상에 은은한 붉은색을 띠고 있는데, 캐낸 후 그것의 발바닥을 간질이면 마치 사람처럼 까르르 하고 아름다운 웃음소리를 낸다고 해서 그렇게 부른다는 것이었다. 약으로 쓰이는 것도 그 뿌리이고.

문제는 지상에 드러난 부위가 다른 식물들처럼 일정한 잎과 줄기를 가지는 것이 아니라 주변의 가장 흔한 잡초는 물론이고 관목이나 썩은 나뭇가지 같은 무생물로도 화하는 것이

가능할 정도로 변신에 능하다는 것이었다.

뿐만이 아니었다. 급하면 지상의 부위를 아예 떼어내고 땅속으로 움직여 숨어버리는 것도 가능하다고 했다. 그야말로 특수한 수단이 아니고서는 제아무리 찾고 싶다고 발버둥을 쳐도 찾을 수 있는 물건이 아니었다. 그런 까닭에 마법의 눈이라는 특별한 방안까지 가지고 프리엘이 올 수밖에 없었던 것이고.

하지만 마법의 눈을 가지고 있다고 해도 그것으로 대상을 직접 보고 판별하지 못하면 소용없는 일. 이 넓은 지역의 헤아릴 수조차 없는 수많은 잡초만 해도 그랬다. 그것들을 하나하나 손으로 헤치며 그 속의 작은 것들까지 일일이 눈으로 다 확인한다는 것은 애초에 불가능했다. 하물며 지상 부위를 떼어버리고 도망치기도 하는 것들이 아니던가. 시간이 며칠, 혹은 몇 달이 걸리더라도 상관없다면 또 모르겠지만 결코 쉬운 일이 아니었다.

"약초가 마나를 가지고 있다고 했지요?"

이야기를 다 듣고 난 이산이 물었다.

"얼마나 가지고 있습니까?"

"상당한 양일 것입니다."

프리엘이 대답했다.

"뿌리 한쪽만 잘 활용해도 어지간한 마나 고갈은 금방 회복된다고 들었으니까요."

"한 가지 더."

이산이 이채를 떠올린 채 재차 물었다.

"이놈들이 땅속에서 제 마음대로 움직입니까? 지상에 무언가 움직이는 물체가 제 주변으로 다가오면 미리 피할 정도로 지능도 가지고 있고요?"

"그, 그건 잘 모르겠습니다."

"혹시……."

뒷말을 흐리던 이산이 돌연 몸을 날려 순식간에 5미터나 이동하더니 검기가 주입된 목검을 그대로 땅속으로 깊숙이 찔러 넣는 것이 아닌가. 그리고는 이내 목검을 홱 젖혔고, 그러자 흙덩이와 함께 어떤 물체가 허공으로 솟구쳐 올랐다. 그것을 낚아챈 이산이 프리엘의 앞으로 다시 오더니 그것을 보이며 그제야 말을 이었다.

"이것이 맞습니까?"

굳이 물어볼 필요까지 없었다.

이미 두 줄기 뿌리만 남아 있는 그것은 프리엘이 설명한 그대로의 형체를 가지고 있었다. 허리 아랫부분만 따지자면 그 어떤 미인의 종아리와 허벅지를 가져다 축소시켜 놓아도 이보다 이상적이고 아름다울 수는 없을 터였다. 다만 발톱 부분이 검붉은 각질에 단단한 갈고리 형상을 하고 있는 것이 작은 흠이라면 흠일 뿐이었다. 아마도 그것으로 땅속을 헤집고 이동하는 것일 터였다.

끼이이이.

그것은 입을 가진 동물처럼 소리를 흘려내는 것이 아니라 어떤 진동이나 파동을 이용해 듣는 이의 귓속을 직접 울리는 방식으로 괴상한 소음을 토해내며 이산의 손에서 벗어나고자 몸부림치고 있었다.

본래 이산은 처음 이곳에 당도했을 때부터 무언가가 땅속을 헤집고 다니며 자신들의 출현을 경계하는 듯한 괴이한 기감을 느끼고 있었다.

그것도 한두 개가 아니었다.

족히 수백, 아니, 수천은 되는 것 같았다.

즉시 이산은 내기를 풀어 기감을 땅속으로 확대해 보았고, 곧 그것들이 마나를 지닌 생물이란 것을 알았다. 그리고 그리 빠른 속도는 아니지만 어떻든 자신들의 주위에서 멀어지고자 노력하고 있다는 것도 깨달았고. 그에 그는 이것들이 땅속에서 생활하는 작은 몬스터나 짐승 종류라고 추측을 했고, 위협의 소지도 없었기에 기감을 풀고는 더 이상 신경 쓰지 않았다. 당연히 엘프에게도 말할 필요를 느끼지 못했고.

약초에 대한 설명을 조금도 듣지 못한 그로서는 당연한 일이었다.

하기야 이야기를 들을 때도 처음엔 생각을 연계시키지 못했다. 엘프들이 그토록 찾기 힘들어하고 희귀하게 여기는 약초가 설마 하니 이곳에 이토록 흔하게 존재하리라고는 생각하기 어려웠던 탓이다.

그러나 이야기를 다 듣고 나자 달라졌다.

물론 확신은 아니었다. 일말의 의혹과 함께 어떤 감흥을 느꼈고, 또 혹시나 하는 마음과 밑져야 본전이었기에 그중 하나를 캐내본 것이다.

"아……!"

탄성을 발하고는 이후 한동안 다른 아무 말도 못한 채 약초를 바라보기만 하는 프리엘과 에이릴의 얼굴에는 말할 수 없는 감격과 감동이 물결치고 있었다.

그사이 이산은 정말 그런가 하고 미성홍족초의 발바닥을 간질이고 있었다. 손가락만 가져다 대도 대번에 까르르 하는 웃음소리가 터져 나왔다. 물론 귓속에만 울리는 것이었고.

프리엘과 에이릴이 보기에는 위대한 존재답지 않은 참으로 엉뚱한 행동이었다. 그리하여 그들은 황당하고 곤혹스런 표정을 감추지 못하며 서로를 쳐다보았다. 그사이 몇 번이나 그렇게 약초를 가지고 놀던 이산이 이윽고 그것을 프리엘에게로 내밀었다.

"자! 받아요."

"감사합니다."

행여 마음이라도 변할세라 얼른 감사를 표한 프리엘은 곧 품속에서 무엇으로 만들었는지 알 수 없는 녹색 천의 주머니를 꺼내더니 약초를 갈무리했다. 그때까지도 어떻게든 벗어나 보려고 몸부림치던 약초가 대번에 조용해졌다.

"아시겠지만 특수한 천에 마법이 걸린 것입니다."

이산의 시선이 주머니에 머물자 프리엘이 설명했다.

"여기에 넣어놓으면 일이 년 정도는 그대로 보관이 가능합니다. 원래 이 약초는 캐서 이삼 일이 지나면 생이 다하고, 그에 따라 약효가 사라지고 말거든요. 물론 마나에 관련된 것만 그렇습니다만."

"그것 하나로 충분합니까?"

이산의 물음에 프리엘이 의문을 떠올렸다.

"그렇습니다만……?"

"더 필요하면 말해요. 잡아줄 테니."

"아!"

탄성과 함께 놀란 얼굴로 프리엘은 주변을 둘러보았다. 이산의 말은 주변에 아직도 약초가 더 있다는 말이었으니 어찌 그렇지 않겠는가.

그러나 그것은 잠시였다.

"말씀은 감사합니다만."

어느새 본색을 회복한 프리엘이 머리를 흔들며 말했다.

"하나만 해도 이번에 쓰는 데는 모자람이 없습니다. 당장은 달리 필요도 없는 것을 괜한 욕심 부릴 이유가 없지요."

역시 엘프라는 생각을 하며 이산은 머리를 끄덕였다.

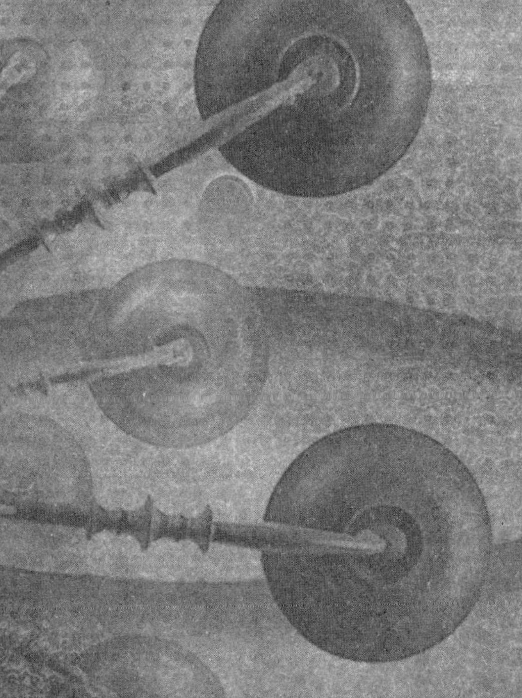

Chapter 07

엘프의 숲

이어 셋은 바로 이동을 시작했다. 하루만 가면 엘프의 숲이었기에 굳이 시간을 지체할 까닭이 없었고, 그래서 셋은 합의하에 그대로 줄곧 달렸다. 먹는 것이야 지천으로 널려 있는 과일을 따서 달리는 와중에라도 섭취하면 될 일이고, 또 이산이나 엘프들이나 하루 이틀 안 먹고 달린다고 해서 무슨 큰 탈이 날 일도 없었다.

엘프들은 우거진 숲으로 들어서자 특유의 몸놀림으로 나무에서 나무로 건너뛰며 날듯이 나아갔다. 쏜살이 따로 없었다. 이산이 잘 뒤따르고 있는지도 신경 쓰지 않고 앞만 보고 달렸다. 마치 어련히 알아서 따라올까 하듯이.

어둠도 엘프들에게는 별다른 장애가 아니었다.

더불어 몬스터들도 나무 위에 살거나 하늘을 나는 종류가 아니면 그들에게 위협이 될 수 없었고, 또 간간이 나타나는 그런 종류들도 미처 그들의 발길을 잡을 새도 없이 이산에 의해 처리되었다. 몇 개의 작은 돌을 손에 쥐고 그들을 따르다가 그것을 날려 쫓아버리는 것이다.

엘프의 숲에 도착한 것은 다음날 오후였다.

워낙 거침없이 속력을 냈던 데다 도중에 잠시 지체한 적도 없었기에 프리엘의 말한 것처럼 하루가 채 다 걸리지도 않았다. 그렇지만 그 거리는 상당했다. 만약 이전처럼 자이언트 오크와 동행했더라면 아무리 적게 잡아도 삼 일은 꼬박 걸렸을 터였다.

엘프의 숲은 결계로 완벽하게 보호되고 있었다.

밖에서 보면 수풀이 마치 스스로 직물을 짜기라도 하듯이 치밀하게 엮여져 손목 하나도 비집어 넣을 틈이 없을 정도로 거대하고 두꺼운 벽을 만들어내고 있었다. 그것이 반경 수십 킬로미터 엘프 숲 외곽을 완벽하게 감싸며 높은 성벽처럼 솟아 있었으니. 손으로 만져 보아도 실제로 존재하는 것처럼 그 실체가 만져지고 느껴지지만, 사실은 실제의 현상이 아니었다. 밖에서 보이는 것은 대부분이 환상이었다. 결계 안으로 들어가면 많이 달랐다.

하지만 그것을 모른다면 어떠한 강력한 적도 밖에서 보는 것만으로도 침입할 엄두를 내지 못할 터였다.

"어떻게 이런 것이 가능하지? 정말 대단하군!"

이산은 결계 앞에서 연신 놀라움과 감탄을 금치 못하고 있었다.

사실 이산이 이 세상에 온 후 가장 아쉬움을 느끼는 것이 있다면 진법이었다. 그가 아는 진법은 적어도 현재로써는 대다수가 무용지물이나 마찬가지였다. 펼칠 수가 없는 것이다. 매우 다른 대기였고, 시간의 흐름도 상당한 차이가 있었다. 당연히 달[月] 수도 날[日] 수도 달랐다. 또한 하늘도 그러했고, 대지나 자연도 마찬가지였다. 진법을 설치하는 것도, 운용하는 것도 모두 그것을 온전히 파악하지 않고는 불가능했다. 그 모든 것을 분명하게 이해하고, 정밀하게 계산해 내고, 그리하여 새롭게 정립해야만 과거의 진법을 제대로 이곳에서 실현할 수 있었다.

비록 근본 원리와 이치는 이미 알고 있다 하더라도, 또 누구보다 머리가 뛰어난 이산이라 하더라도 얼마나 많은 시간과 노력을 쏟아부어야 할지 모를 일이었다.

물론 얼마 전 의념으로 자신의 몸속에 펼친 것과 같이 다른 조건이 필요없는 종류의 진은 별개였다.

더불어 천(天)과 시(時)가 별반 중요하지 않으며 단순히 나무나 돌 같은 물체 몇 개를 땅 위에 꽂거나 늘어놓아 만드는 아주 간단하고 작은 진이라면 당장에라도 불가능한 것만은 아니었고. 다만 그 정도의 진으로 과연 얼마나 쓸모가 있을지 의문이라는 것이 문제였다.

그런데 자연과 자연지기로 이루어진 상상도 하기 힘든 거대한 진법이 눈앞에 놓여 있었다. 진에 능통한 그였지만, 그가 아는 어떤 방법으로도 이토록 거대한 진을 만들고 운용할 수는 없었다. 아니, 들어본 적도 없었다. 이곳이 다른 세상임을 감안하더라도 마찬가지였다.

그래서 더욱 이산의 시선은 결계에 못 박힌 채 떨어질 줄 몰랐다.

그사이 프리엘과 에이릴은 서로 잠시간의 은밀한 눈짓을 주고받았고, 이내 프리엘이 나서더니 말했다.

"여기서 에이릴과 조금만 기다려 주시기 바랍니다. 제가 먼저 들어가서 말씀드리고 영접 준비를 해 오도록 하겠습니다."

갑자기 방문하게 된 손님을 예를 갖추어 맞이하기 위한 적절한 절차이자 배려라고 할 수 있었다.

물론 숨어 있는 다른 의도도 있었다.

이것을 기회로 그녀가 먼저 들어가려는 것이다.

허락받지 않은 다른 존재를 데리고 결계 안으로 들어서서
는 안 된다는 준엄한 엘프의 숲 율법 때문만은 아니었다. 그
런 것은 위대한 존재 앞에서는 아무 소용이 없었다. 무조건적
인 예외에 속하는 것이다. 약초 사건으로 더욱 확신을 가진
그녀가 아닌가. 이제 그녀는 이산이 위대한 존재라는 사실에
대한 일말의 의심도 없었다. 지금까지 동행하면서 그녀는 이
산이 얼마나 친절하고 호의를 베푸는지 잘 보았다. 하지만 그
래서 더욱 어떤 의도를 가졌는지 도저히 알아낼 수가 없었고,
그 때문이었다.

더구나 무작정 데리고 들어가다가는 그가 마나까지 감춘
채 인간의 행세를 하고 있는 까닭에 영문을 모르는 다른 엘프
가 실수를 할 수도 있는 노릇이었다. 결코 있어서는 안 되는
일이었다. 까딱하다가는 엘프의 숲 전체가 모조리 날아갈 수
도 있었다. 그렇다고 또 유희임을 알고 있다는 표시를 눈에
띄게 드러내서도 안 되었다. 지금까지 그토록 감추려고 애쓰
는 것으로 보아 무슨 짓을 할지 몰랐다.

그리하여 프리엘은 어떻게든 미리 가서 알리고 대처 방안
을 강구한 다음 이산을 안으로 맞아들이려는 것이었다.

결계에 정신이 팔려 있던 이산은 그제야 그녀를 쳐다보며
머리를 끄덕였다.

"고마워요."

“예?”

프리엘의 눈이 동그래지는 것을 보며 이산이 미소 지었다.

“엘프들이 사는 곳은 아무나 들어갈 수도 없고, 들이지도 않는다고 들었는데, 이렇게 선뜻 나를 손님으로 맞이해 주겠다니 말입니다.”

“무, 무슨 그런 말씀을!”

당황해서 말까지 더듬는 프리엘이었다.

‘들어오지 말란다고 안 들어올 분이 아니잖아요!’ 하는 내심에 떠오르는 무언의 외침을 억지로 삼킨 탓이었다.

당연히 다음에 이어지는 말도 내심과는 많이 달랐고.

“저희를 구해주셨고 약초까지 캐주셨는데, 마땅히 해야 할 일입니다. 잠시만 기다려 주십시오.”

그리고 부리나케 결계 안으로 들어갔던 프리엘이 일단의 다른 엘프와 함께 다시 나온 것은 그로부터 거의 두 시간 가까이 지나서였다.

사위는 벌써 조금씩 어둑어둑해지고 있었다.

그사이 이산이야 결계를 살피며 마음을 쏟느라 시간 가는 줄 몰랐지만, 반면에 에이릴은 엘프답지 않게 생애 처음으로 내심의 초조함을 감추지 못한 채 서성이며 이제나저제나 하고 기다리느라 시간의 지루함을 한없이 느껴야만 했다.

프리엘과 함께 나온 엘프들은 엘프 전사 둘과 엘프 사회를 이끄는 장로 중 둘이었다. 태어나서 백오십 년은 지나야 겨우 자격이 주어지고 삼백 살은 넘어야 제 몫을 해낸다고 하는 엘프 전사는 말할 것도 없고, 최소한 육칠백 년 이상은 살아왔을 엘프 장로들조차도 인간으로 치자면 서른이 넘어 보이지 않는 모습이었다.

간단하게 예를 취하며 이름을 밝히는 것만으로 인사를 나눈 그들은 곧 이산을 결계 안으로 안내했다.

결계 안으로 들어서자 뜻밖에도 안개 천지였다.

밖에서 보기엔 그렇게 밀집되어 벽을 만들고 있던 나무들은 오히려 가로막는 것이 별반 없었다. 다만 안개가 그야말로 한 치 앞도 보이지 않을 정도로 꽉 끼어 있었다.

오직 앞장선 엘프가 가는 진로대로 사람 하나 간신히 지나다닐 구불구불한 통로가 마치 엄청난 폭설 속의 외길이라도 되는 양 기묘한 형상으로 생겨나고 있었다. 물론 통로라고 안개가 없는 것은 아니었다. 하지만 다른 곳에 비하면 훨씬 농도가 약했다. 그렇다고 해도 또 방심하다가는 통로와 앞선 자를 잃어버리기 십상일 정도는 되었고.

그런 통로 속을 일행은 일렬로 나란히 늘어서서 걸었다.

본래는 이곳의 엘프가 아닌 이상 결계 안으로 들어서기 전에 앞뒤 간격을 잃지 말 것이며, 앞선 자가 움직이는 그대로 뒤따라야 한다는 주의를 주어야 했다. 더구나 처음 오는 손님이 아니던가. 안전을 위해서라도 당연히 일행의 중간에 배치하고는 보호하며 움직여야 했다.

그러나 이산에게는 아무도 그에 대해 말해주지도 않았고, 또 이산이 제일 후미에 뒤처져 따라옴에도 그를 가운데로 옮길 아무런 시도도 하지 않았다.

일부러 그런 것은 아니었다.

이산이 위대한 존재라는 착각 때문에 벌어진 일이었다,

게다가 이산이 마치 모든 것을 알고 있기라도 하다는 듯이 너무도 태연하고 자연스럽게 움직이며 후미에 위치한 까닭이기도 했다. 거기에서 간섭하지 못할 어떤 위화감을 느꼈던 것이다. 그렇지 않았다면 유희 중이라는 것을 모르는 척하기 위해서라도 간략하게나마 주의할 점을 말해주었을 테고, 나아가 그가 후미에 있는 것에 대해 한마디 정도는 했을 터이다.

더불어 이렇게 느릿하게 걸어서 움직이지도 않았을 테고.

본시 엘프들은 결계를 이렇게 천천히 걸어서 통과하는 예가 없었다. 손님이 있으므로 빠르게 나무를 타고 건너뛰는 엘프만의 통로를 사용하지는 못한다 하더라도 속력을 내서 순식간에 통과하는 것이 보통이었다. 두께만 해도 수 킬로미터에 이르는 결계인지라 목적지까지 걸리는 시간도 시간이고, 자칫 본의 아니게 진속으로 들어와 헤매고 있을지도 모르는 몬스터와 조우할 가능성도 줄이기 위해서였다.

　그런데 위대한 존재라고 알고 있는 이산이 후미에 있으니 원래는 가장 앞선 자가 속도를 주재해서 빠르게 나아가야 함에도 이산의 눈치를 보고 그에 맞추느라 이렇게 되어버리고 만 것이다. 또한 그래서 엘프들이 간혹 이산을 힐끔거리며 조금은 어색한 모습을 보이는 것이었고.

　어쨌든 그 바람에 이산은 결계를 마음껏 살피고 있었다.

　어떤 진이라도 기본 원리는 크게 벗어나지 않는 법. 오래지 않아 그는 결계기 거대한 규모 면을 제외하고는 과거 세상의 미로운무진(迷路雲霧陣)이란 상당히 난해하고 까다로운 상고의 기진(奇陣)과 거의 흡사하다는 것을 발견했다. 아마도 불청객이 들어오면 안개 속을 실컷 헤매게 만들다가 어느 순간 밖으로 내보내는 형식을 취하고 있을 터였다. 또한 깊이 들어갈수록 삶을 보장할 수 없을 정도로 헤매는 기간이 훨씬 길어질 터였고.

　이산은 생각만 하고 있지 않았다.

　생각만으로는 진의 운용과 원리를 알 수 없었다. 그리하여 그는 곧 통로를 벗어나 안개 바다 속으로 한 걸음 내디뎠다. 그러자 그의 모습이 순식간에 완전히 사라졌다.

　이산으로서는 진에 빠지지 않을 자신이 있기에 한 행동이었다. 설사 이 결계에 대해 아무것도 모른다 해도 마찬가지였을 터이다. 그에게는 정순한 내력과 발달한 기감이 있었다.

통로로 다시 나오지 못하거나 엘프들을 놓칠 일은 없었다. 눈을 감고도, 아니, 설사 엘프들 없이 혼자라고 해도 제 길을 찾아가는 것은 얼마간 기감을 확대하고 주의를 기울이면 가능할 일이었다. 하물며 아직 진법을 펼치지 못한다 뿐, 그에 관한 기본적인 지식은 이 세상의 어느 누구 못지않은 그였다. 애초에 잘못될 일이 없었다.

그렇지만 이산의 바로 앞에 자리한 프리엘이 그것을 알 리는 없었다. 그래서 때마침 고개를 돌리다가 이산이 안개 바다 속으로 사라지는 것을 보고는 기겁을 하며 비명을 내지를 수밖에 없었다.

"아앗!"

통로를 숙지하고 있고, 또 만들어낼 줄 아는 엘프일지라도 길을 잘못 들어서고 나면 한없이 헤매다가 탈진하기 쉬운 것이 결계였다. 위대한 존재라고 무사하리란 보장은 없었다. 혹시라도 헤매다가 본신으로 화해 브레스를 내뿜는 일이라도 생긴다면 문제도 보통 문제가 아니었다.

물론 그런 것을 다 생각하고 프리엘이 비명을 지르지는 않았다. 순전히 본능적이었을 따름이다.

그런데 다음 순간이었다.

"무슨 일입니까?"

가장 먼저 반응한 것은 뜻밖에도 이산이었다. 프리엘의 비명이 울리자마자 그가 불쑥 다시 통로에 나타나더니 날카로운 눈으로 주변을 둘러보며 묻는 것이 아닌가.

프리엘은 벌어지는 입을 두 손으로 막은 채 아무 말도 못하고 이산을 바라보기만 할 뿐이었다. 머릿속에 떠오르는 것은 한 가지뿐이었다.

'과연 위대한 존재구나……!'

그때서야 자신 때문에 벌어진 일임을 자각한 이산은 비로소 자신과 프리엘을 돌아보는 다른 엘프들을 향해 겸연쩍은 미소를 지어 보였다.

"결계가 대단하군요."

"……?"

무슨 뜬금없는 소린가 하는 얼굴로 사람들은 멀뚱히 이산을 쳐다볼 따름이었다.

한 장로가 나서더니 말했다.

"길을 서두르는 게 좋겠습니다."

"그렇습니다. 벌써 어두워지고 있습니다."

얼른 프리엘이 동조했다.

지금까지 결계를 두루 살필 만큼 살펴보기도 했지만, 그게 아니라도 이산이 딱히 반대할 이유는 없었다. 선두의 엘프 전사를 따라 일행은 일제히 몸을 날렸고, 지금까지와는 비교도 되지 않는 속도로 달리기 시작했다. 그러고도 한참이 지나서야 결계가 끝이 났다. 그러자 거짓말처럼 안개가 사라지면서 바깥과는 또 다른 세상이 펼쳐졌다.

이산으로서는 과거의 세계에서는 물론이고 이 세계에 오고 나서도 본 적 없는 장관이었다.

작은 것도 높이가 수십 미터인 올록볼록 울퉁불퉁 특이하게 생긴 수종의 아름드리 거목들이 마치 넝쿨식물이라도 되는 것처럼 이리저리 기기묘묘하게 휘어지고 구부러지는 가운데 서로 교차하기도 하고 휘감기도 하면서 일부러 그렇게 만들려고 해도 어려울 정도로 숲 전체를 하나의 거대한 나무 그물과 미로로 엮어놓고 있었다. 안 그래도 잎이 크고 무성한 나무인데 그렇게까지 되고 보니 바닥에서는 아예 한 치의 하늘도 보이지가 않을 정도였다.

뿐만이 아니라 그렇게 나무가 교차하는 부분이나 휘어지며 올록볼록하고 울퉁불퉁한 부분에는 기이하게도 어김없이 공동(空洞)이 하나씩 뚫려 있었다. 더구나 그 대부분의 곳에서는 엘프가 고개를 내밀고 있었고.

이러한 나무는 한 가지 수종밖에 없었다.

바로 엘프들의 마나와 의지로만 자란다는 엘프나무였다.

공동은 엘프나무가 엘프의 의지를 받아들여 만들어주는 엘프들의 방이자 집이었고.

입구는 작지만 안은 충분히 넓어서 엘프 하나가 생활하기에는 아무런 불편함이 없다고 했다. 또 필요하면 공간 확장 마법으로 얼마든지 크기를 늘려 사용할 수도 있고.

그렇지만 이산은 그것을 길게 관찰하며 호기심을 충족시킬 여가가 없었다. 결계를 통과하고 나자 엘프들은 나무 위로 올라 건너뛰며 달렸고, 속력이 땅바닥에서보다 월등히 빨라진 탓이다. 바닥에서부터 교차하고 꼬이는 엘프나무들 때문에라도 어차피 땅바닥으로 계속 달리는 것은 장애를 자초하는 꼴이니 다른 선택의 여지가 없기도 했다.

나무 위로 오르자 엘프들은 마치 새가 나는 것 같았다.

익숙한 자신들의 영역이어서 그런지 프리엘과 에이릴이 바깥에서 나무들을 타고 질주할 때보다 더욱 빨랐다. 얼마나 빨랐으면 십여 킬로미터는 달리고서야 목적지에 도착한 엘프들이 멈출 때까지 걸린 시간이 이 킬로미터 남짓한 결계를 통과하는 시간과 별다른 차이가 나지 않았겠는가.

하지만 그런 것은 그리 중요한 사실이 아니었다.

이산은 다시 한 번 눈을 둥그렇게 뜨고 경이와 감탄의 탄성을 뱉어내지 않을 수 없었다.

사방 어느 곳을 쳐다봐도 나무밖에 보이지 않을 정도로 울울창창하기만 하던 숲 속 어디에 이런 큰 공간이 있었을까 싶을 정도로 거대한 공터가 자리하고 있었던 까닭이다. 바닥에 조금의 균열이나 경사도 없는 평탄한 땅이 몇만 명이 들어서도 넉넉할 정도로 넓게 펼쳐져 있었다. 더불어 그 땅 위를 잎도 좁고 키도 아주 작은 이름 모를 부드러운 풀들이 균일한 색깔과 두께로 완전히 뒤덮고 있었다.

게다가 관람석이라도 되는 것처럼 주변을 둥그렇게 둘러싼 거대한 엘프나무들의 가지가 공터 전체를 아치형으로 감싸면서 하늘을 가릴 듯이 뻗어 있는 모습은 그야말로 장관이었고 환상 그 자체였다.

아마도 엘프의 숲이면 어디나 있게 마련이라는 유일한 빈터이자 광장이며 엘프들의 집회장인 숲의 중심일 터였다. 중심 공터의 크기로 엘프 마을 전체의 크기를 유추할 수 있다는 듀라노의 말대로라면 이곳의 엘프 숫자가 최소한 오류만은 넘을 것이 틀림없었다. 일반적으로 엘프 숲의 중심은 전체 엘프 숫자의 절반 정도를 수용할 수 있을 넓이로 형성되며, 그것이 어리거나 나이가 많이 들었거나 다른 사유로 전투에 참가할 수 없는 엘프를 뺀 공인된 엘프 전사의 숫자와 비슷하다고 하니까 말이다.

광장에는 꽤 많은 수의 엘프들이 각자의 일을 보거나 오가고 있었는데 이미 언질이라도 받은 것인지, 아니면 천성적인 것인지 몰라도 일행의 등장에도 별다른 관심을 표하지 않았다. 일행과 직접 마주치는 엘프들만이 특별히 누구에게랄 것 없이 가볍게 목례를 해 보이는 것이 다였다.

프리엘 등은 공터 주변을 둘러싼 나무들 중에서도 유독 굵고 거대한, 그래서 다른 것들을 거느리고 있는 듯이 보이는 나무로 이산을 안내했다. 나무 아래에는 이미 엘프 셋이 기다리고 있었다. 그중 중간에 있는 여엘프 앞으로 이산을 이끌더니 프리엘이 말했다.

"대장로님이십니다."

"……!"

이산의 눈에 반짝하고 이채가 떠올랐다.

대장로라면 이곳에 있는 모든 엘프를 총괄하는 실질적인 지도자란 이야기였다. 따로 수장을 두지 않는 것이 엘프 사회의 특징인 까닭이다. 더불어 일반 엘프들에게는 거의 불가능하다고 할 수 있는 천 년을 훨씬 넘는 삶을 영위하고, 그리하여 하이 엘프로 공인 받은 자란 말이기도 했다. 그렇지 않으면 다른 장로들을 이끄는 그 자리에까지 오르지는 못하니까.

그런데 겉보기로는 아무리 유심히 살펴봐도 대장로가 프리엘에 비해서 나이가 그리 많이 들어 보이는 구석이 없었으니. 장로라는 엘프들 역시 매우 젊게 보이기는 마찬가지였지만 이 정도까지는 아니었다. 더구나 대장로의 미모나 신체 역시 프리엘에 별반 뒤지는 바가 없었다.

더불어 그럼에도 그 내재된 힘과 기도는 프리엘은 말할 것도 없고 다른 장로들을 다 합쳐도 감히 따라갈 수 없을 정도로 대단한 것을 단번에 느낄 수 있었으므로 이산으로서는 내심 놀라지 않을 수가 없었던 것이다.

그러나 그것은 잠시였다.

"이산이라고 합니다."

이산이 얼른 먼저 인사를 했다.

그에 대장로도 안온한 미소를 머금은 채 마주 고개를 숙이며 인사말을 건넸다.

"루이샤입니다. 환영합니다, 이산님."

능숙한 인간의 언어였다.

이어서 그녀는 프리엘과 에이릴을 구해준 것과 약초를 캐준 것에 대해 간단히 감사를 표했다. 비록 몇 마디에 불과했지만 엘프답게 그 속에는 진심이 깃들어 있었다. 그리고는 제 곁의 두 장로를 소개하더니 이산이 그들과 인사를 나누기를 기다려 이내 슬쩍 손을 들어 올려서는 제 뒤의 엘프나무를 가리키며 말했다.

"다른 말씀은 올라가서 나누시지요. 그동안 제대로 먹지도 못하고 줄곧 달려오셨다니 우선 식사부터 하시고요. 차와 몇 가지 음식을 준비해 두었습니다."

뒤의 나무가 자신의 거처였던 것이다.

"저희는 잠시 물러가겠습니다."

장로 하나가 조심스런 음성으로 끼어들었다.

"이제 가장 중요한 약재도 갖추어졌고 하니, 부족 최고의 치료사인 에틴이 준비를 마치고 벌써부터 대기하고 있는 노린 장로의 거처로 빨리 가서 그를 도와 노린 장로의 치료부터 하도록 하겠습니다."

"그러세요. 끝나는 대로 알려주시고요."

대장로가 크게 머리를 끄덕이며 대답했다.

그에 이미 이야기가 되어 있었던 듯 루아샤의 곁에 있던 두 장로까지도 그들과 같이 곧 자리를 떴다. 자연 이제 장내에는 이산과 루이샤, 그리고 프리엘과 에이릴밖에 남지 않았다.

루이샤가 엘프나무를 일별하며 말했다.

"자, 우리도 그럼 올라가 볼까요?"

말과 함께 그녀가 먼저 움직였다.

아니, 움직인 것이 아니었다. 그녀는 어떤 행동도 취하지 않았다. 다만 알아들을 수 없는 어떤 말을 입속으로 두세 마디 중얼거렸을 뿐이다. 그러자 그녀의 몸이 마치 아무런 무게도 없는 것처럼, 거기에다 허공의 공기들이 긴밀하게 힘을 모아서는 그녀를 공중으로 끌어올리기라도 하는 것처럼 둥실 솟아올랐다.

플라이 마법이었다. 그것도 갓 비행이 가능한 5클래스의 그것과는 차원이 다른 고난이도로 공중부양 마법까지 가미된 것이었다.

"아……!"

이산의 입에서 절로 탄성이 흘러나왔다.

말로만 들었던 것을 처음 접해보는 탓이기도 했지만, 그보다는 온전히 내부의 공력을 외부로 쏟아내며 발현하는 무림의 신법과는 완전히 궤를 달리하는 마법의 운용방식 때문이었다. 이산에게 그것은 참으로 놀랍고도 신기한 수법이 아닐 수 없었다. 내부에서는 미약한 마나가 움직였을 뿐인데 그에 외부의 거대한 마나가 반응해서 루이샤의 발밑을 받치고, 또 몸을 감싸서는 움직이고 있었으니. 게다가 그 자연스러움과 부드러운 움직임이라니.

'어떻게 저럴 수가 있지……?'

비록 듀라노에게서 이야기를 들었다고는 하지만, 그렇더라도 마법에 무지한 이산으로서는 선뜻 이해하고 받아들이기가 쉽지 않은 일일 수밖에 없었다.

'돌아가는 대로 듀라노님께 정식으로 마법을 배워봐야겠군. 어차피 약속도 했던 바고, 이제 때도 되었으니…….'

이산이 이런 생각을 하고 있을 때 다른 이들은 그런 그를 쳐다보며 의아한 시선을 감추지 못했다. 특히나 루이샤는 더욱 그랬다. 그렇지만 당장 그런 기색을 드러내지는 않았다. 그러다 제 거처에 들어 여러 가지 과일로 이루어진 식사부터 끝낸 후 차를 마시는 자리에서야 루이샤가 조심스럽게 그에 대한 이야기를 꺼냈다.

"조금 전에 말입니다."

"……?"

"제가 여기로 올라올 때 짧은 탄성 같은 소리를 내시던데, 혹시 제 마법에 무슨 별다른 점이라도 있었습니까? 플라이에 레비테이션을 같이 펼쳤다고는 하지만 6서클 정도만 되어도 별 어려움 없이 사용할 수 있는 것인데, 무엇 때문에 그런 반응을 보이셨는지……?"

"보는 것이 난생처음이었거든요."

그제야 무슨 소린지 알아들은 이산이 조금은 쑥스러운 듯한 미소를 띠며 대답했다.

"참으로 놀랍고 신기해서……."

"무슨 말씀이신지……?"

루이샤가 당황한 음성을 발했다.

"설마, 마법을 처음 본단 소리는 아닐 테지요?"

"처음입니다."

"아……!"

루이샤의 눈이 동그래졌다.

'이게 무슨 소린가? 마법이 처음이라니? 아무리 검사로서 유희에 들었다고 해도 이런 억지 설정을 할 리는 없을 텐데? 이상하군. 혹시……?'

“위대한 존재가 아니란 말입니까?”

“당연히 아닙니다. 저는 인간입니다.”

제꺽 대꾸하며 이산이 프리엘을 일별했다.

벌써 말했는데 그것을 알려주지 않았느냐는 의미였지만 프리엘은 그에 신경 쓸 겨를이 없었다. 그녀는 당혹과 경악이 어우러진 얼굴로 눈 한 번 깜빡이지 않고 멍하니 루이샤를 바라보고 있을 따름이었다. 마치 공황상태에 빠져 완전히 굳어버린 것 같았다.

그럴 수밖에 없었다.

루이샤는 진실의 눈을 가진 하이 엘프였다. 일반 엘프들도 어느 정도는 진실을 보는 눈을 지니고 있지만 한계가 있는 반면에 하이 엘프의 그것은 달랐다. 어떤 상대, 어떤 상황에서도 제 빛을 발했다. 자연 보는 즉시 이산의 정체를 정확히 알아냈어야 정상이다. 그런데 이제 와서 이런 소리를 하다니. 그것도 진실의 눈을 가진 자답지 않게 질문을 통해서라니 어찌 그 놀람이 극에 이르지 않을 수 있겠는가.

그러나 그것은 꼭 루이샤를 탓할 일만은 아니었다.

사실 그녀는 처음 이산을 보았을 때 한순간 당황했었다. 그 진실한 실체를 잡을 수가 없었던 까닭이다. 진실의 눈을 아무리 돋구어도 마나의 본질이나 양은 물론이고 정신의 단면도 조금도 엿볼 수가 없었다. 개체의 독특한 기운도 마찬가지였다. 모든 것이 모호했고, 견고한 방어막이 쳐져 있었다. 다만 어렴풋이나마 느껴지는 것은 그 방어막이 자신으로서는 도저히 가늠할 수 없을 정도로 막대한 의지의 힘에 의해 이루어졌다는 것뿐이다.

현현심결로 무한히 높아진 이산의 정신력 때문이고, 또 그에 의한 의념으로 펼쳐진 진 때문이었지만 루이샤는 그것을 알 수 없었다. 그리하여 프리엘에게서 미리 들은 것도 있는 데다, 위대한 존재라면 특유의 용언 마법으로 자신을 감출 수도 있지 않을까 하는 막연한 추측에 더해서, 위대한 존재를 제외하고는 이렇게 막강한 의지력을 지닌 종족이 있을 수 없다는 생각에 크게 의문을 품지 않고 쉽게 넘어가고 말았던 터다.

그러다가 뒤늦게 이산과 대화를 나누다 보니 무언가 잘못되었단 것을 깨달은 것이고. 진실의 눈이 비록 이산의 실체를 집어내지는 못했다 해도 적어도 이산이 하는 말에 대한 진가 여부는 분명히 알 수 있었던 까닭이다. 그래서 결국 직접적으로 물어보지 않을 수 없었고.

"이, 인간이라고요?"

조화의 종족 중에서도 고위 계급인 하이 엘프답지 않게 말까지 더듬으며 경악과 경이를 드러내는 루이샤였다.

"어, 어떻게 인간이 진실의 눈을 가릴 정도로 그토록 어마어마한 의지력을 지니고, 또 사용할 수 있단 말입니까? 그것은 결코 인간이 가질 수 있는 능력의 범주가 아닙니다. 설혹 인간의 한계를 벗어나 더 높은 서클을 이루고, 그래서 대마도사의 경지에 들었다 해도 불가능할 일입니다. 위대한 존재조차도 쉽게 피하지 못하는 것이 진실의 눈이거늘."

"어떻든 제가 인간이란 사실만은 틀림없습니다."

이산의 대꾸에 아연한 얼굴로 루이샤가 제격 말을 받았다.

"그렇다면 백 년도 살지 못하는 저 산맥 밖의 인간들과 똑같은 인간이란 것을 숲의 여신 프이아의 이름으로 맹세하실 수 있겠습니까?"

"못할 것은 없습니다만."

이산은 잠시 말을 끊었다.

약간의 문제가 있었던 것이다.

자신은 다른 세계에서 온 사람이었다. 듀라노 외에 이 세계의 사람들을 단 한 번도 보지 못한 상태에서 선뜻 대답할 수가 없었다. 대개가 피부와 머리칼과 눈 색깔에서 차이가 있을 뿐이고, 또 이산과 비슷한 모습의 사람도 없지는 않다고 듀라노에게서 들었지만, 그렇다고 그들이 자신과 똑같은 사람이라고 속단할 수는 없는 일이었다.

게다가 환골탈태와 각성으로 인해 적어도 보통 사람보다 몇 배는 더 긴 생을 살 수 있게 된 이산이 아니던가. 이 세계에서 맹세의 의미가 무엇인지 들었던 그로서는 그것만으로도 함부로 말을 뱉을 수가 없었다.

하지만 이산은 더 말할 필요가 없었다.

다음 순간 누군가 급하게 날아오더니 루이샤의 거처에 채 이르기도 전에 소리쳤던 까닭이다.

"대장로님! 얼른 가보셔야겠습니다!"

노린 장로의 치료를 위해 떠났던 전사 중 하나였다.

"치료 중에 돌연 마나 폭주가 일어났습니다! 두 분이 위험한 상태입니다!"

"이런!"

한소리 발한 루이샤가 그 자리에서 퍽 꺼지듯이 사라졌다.

텔레포트보다 훨씬 안정적이며, 그래서 6서클은 되어야 사용할 수 있는 워프 마법이었다.

"무슨 일이지요?"

이산은 어리둥절한 얼굴로 프리엘을 돌아보았다.

전사가 엘프어로 말했던지라 어떻게 돌아가는 상황인지 알 수가 없었던 것이다.

"가봅시다."

프리엘의 설명을 듣자마자 이산이 벌떡 일어나며 말했다.

프리엘로서는 허락도 없이 무턱대고 이산을 데려갈 수가 없는 노릇인지라 당황할 수밖에 없었는데, 이산의 다음 말에는 제가 오히려 서둘렀다.

"도움이 될지도 모르잖아요."

진실한 정체가 드래곤이든 아니든 간에 자신과 에이릴을 치료해 준 것을 비롯해 그간 이산의 신비한 능력을 많이 봐온 프리엘이다. 그래서 비록 일단 걸리면 십중팔구는 자연의 품으로 돌아가야 하는 마나 폭주라지만 이산이 도와준다면 또 모르는 일이라는 생각이 들었던 것이다. 설혹 결국은 한 가지라 하더라도 그사이 최소한 마음속의 희망과 위안이나마 조금은 더 가질 수 있는 일이고.

장소는 그리 멀지 않았다.

전사를 앞세우고 프리엘에 에이릴까지 대동한 이산은 한 달음에 도착했다.

루이샤의 것보다 더 넓어 보이는 공동 안에는 여러 엘프들이 있었지만 다른 데 정신이 팔려 있는 관계로 이산이 들어왔음에도 아무도 주의를 기울이지 않았다.

그들의 시선은 모두 한 엘프가 누워 있는 침상에 고정되어 있었다. 누워 있는 엘프는 여느 엘프보다 더 잘생긴 남성 엘프였지만, 그것이 무색하리만치 눈을 꽉 감고 잔뜩 인상을 찡그린 채 경련을 일으키고 있었다. 또한 고통으로 앙다문 입술 사이로 가늘게 피가 내비치고 있었고, 더불어 침상 곁에 앉아서 그의 손을 잡고 있는 또 다른 엘프 역시 그와 마찬가지 양상을 보여주고 있었다. 나아가 그들의 주변에도 마나가 거세게 소용돌이치고 있었는데, 기이하게도 투명한 막이 일정 공간을 감싸고 있는 까닭에 그 이상은 벗어나지 못했다. 다른 엘프들은 그런 투명한 막에서도 삼사 미터 거리를 두고 둘러서서는 안타까운 표정으로 바라보고만 있는 형국이었고.

잠시 상황을 살피던 이산은 역시 안타까운 얼굴로 둘에 집중하고 있는 루이샤에게로 다가가 물었다.

"이것이 어떻게 된 일입니까?"

"아! 이산님……!"

전혀 예상치 못했던 이산의 등장에 탄성과 함께 크게 뜬 눈을 끔뻑거리던 루이샤는 이내 한숨을 내쉬며 설명했다.

본래 노린 장로는 마법 실험을 하다가 마나가 역류하는 바람에 마나 동결에 빠진 상태였다. 치료사인 에틴이 이산이 캐준 것을 비롯한 약재들을 이용해 다른 장로들의 도움을 받으면서 그것을 고치고 있었는데, 모든 것이 다 잘 되어가던 와중에 돌연 마나 폭주가 일어났다는 것이다. 그에 에틴마저 손 쓸 틈 없이 휩쓸리고 말았고.

"왜 보고만 있지요?"

"손을 댈 수가 없습니다."

이산의 물음에 루이샤가 힘없이 머리를 흔들며 대꾸했다.

"노린 장로는 이미 수백 년 전에 7서클 마스터에 올랐습니다. 에틴도 6서클 유저이고요. 하물며 마나 폭주의 상태인지라 평소보다 마나의 힘과 양이 월등해져 있습니다. 이런 둘의 마나를 누가 있어 한꺼번에 제압하고 제자리로 이끌 수 있단 말입니까. 우리 엘프들의 몸으로 오를 수 있는 최고의 경지가 8서클입니다만, 그에 이른 저로서도 감히 엄두를 낼 수 있는 일이 아닙니다. 두 사람의 몸에 접하는 순간 그대로 휩쓸려 버리고 말 것입니다.”

“아……!”

이산이 경탄성을 발하며 새삼스런 눈으로 루이샤를 쳐다 보았다. 마법을 잘 모르기는 해도 8서클이 얼마나 오르기 힘 들고 대단한 경지인지는 익히 알기에 그러했고, 또한 하이 엘 프라고 해서 모두가 8서클에 들 수 있는 것은 아님을 알기에 그렇기도 했다.

루이샤는 개의치 않고 말을 이었다.

“그렇다고 여럿이서 달려들어 봐야 각기 다른 마나로 인한 혼란과 충돌 때문에 오히려 더욱 위험한 지경에 처할 것이 뻔 한 일. 저희로서는 다만 둘의 마나가 외부로 확장, 유실되는 것을 막고, 또 폭발 같은 최악의 경우도 대비할 겸 해서 마법 으로 둘의 주변에 결계를 치고는 이렇게 지켜보는 것이 전부 일 따름입니다.”

불쑥 이산이 말했다.

“제가 해보지요.”

“예에?”

“제가 한번 해보겠습니다.”

“인간이라고 하셨지 않습니까?”

이산의 제안에 잠시 놀람과 곤혹이 교차하는 표정을 보이던 루이샤가 불쑥 물었다. 이산이 갑자기 그게 무슨 소리냐는 모습으로 대꾸했다.

“그렇습니다만?”

“분명하지요?”

“몇 번을 말해야 믿겠습니까?”

이산이 답답하다는 얼굴을 했다.

“나는 틀림없는 인간입니다.”

“그렇다면 안 됩니다.”

대번에 강하게 반대하고 나서는 루이샤였다.

“위대한 존재라면 또 몰라도 절대로 승낙할 수 없습니다. 위험합니다. 더구나 이산님은 우리의 손님입니다. 그것도 큰 은덕을 베풀어주신 분입니다. 불을 보듯 너무도 결과가 뻔한 일에 이산님으로 하여금 목숨을 걸도록 만들 수는 없습니다. 우리를 생각해 주시는 그 마음만으로도 충분합니다. 그리고 우리는 조화의 종족입니다. 죽음이라고 인간들처럼 그렇게 별다르게 받아들일 일이 아닙니다. 단지 자연의 품으로 돌아가 안식을 취하는 것일 뿐입니다. 그러니 구태여 위험을 자초하려 들지 마십시오."

"저도 목숨을 걸 생각은 없습니다."

이산이 미소를 지으며 말을 받았다.

"비록 당신들이 그토록 경외시하고 떠받드는 위대한 존재
는 아니지만, 제게는 당신들이 아는 것과는 다른 비전(秘傳)
이 있습니다. 따라서 그렇게 위험한 일이 아닙니다. 최악의
경우라도 내가 잘못되는 일은 없을 테니 한번 시험이나 해보
도록 해주십시오."

"정녕 방법이 있습니까?"

"있습니다."

조금도 망설임이 없는 이산의 대꾸에도 루이샤는 재차 확
인하려 들었다.

"맹세하시겠습니까?"

"물론입니다."

"숲의 여신 프이아의 이름을 걸고?"

"숲의 여신 프이아의 이름을 걸고."

"그러시다면 좋습니다."

이산이 제격 맹세를 따라 하자 그제야 루이샤가 한 걸음 물
러서며 가로막았던 길을 틔웠다. 그런 그녀의 얼굴에는 언제
그랬냐는 듯이 일말의 불안이나 근심조차도 찾아볼 수가 없
었다. 맹세를 신성시하고 절대적으로 믿는 엘프이기에 가능

한 일이었다.

"이산님의 안전이 보장된다면야 굳이 마다할 일은 아니지요. 대신 조금이라도 이산님이 위험해거나 상황이 이상해질 것 같으면 얼른 손을 떼고 물러나야 합니다. 반드시 그렇게 하겠다고 약속해 주십시오."

"약속합니다."

"그럼 결계를 잠시 거두겠습니다."

곧 투명한 막이 사라졌다가 다시 생성되었다.

그사이 이산은 벌써 두 엘프 앞에 자리하고 있었다. 잠깐 동안 둘을 살피던 그는 이내 그들의 손을 동시에 잡으며 눈을 감았다.

그러나 다음 순간,

'크윽!'

그는 자신도 모르게 내심의 비명을 질러야 했다.

어떻게 대처를 할 틈도 주지 않고 순식간에 밀어닥치는 거세고 엄청난 마나의 폭풍 때문이었다.

본래 그는 두 엘프의 상태를 보고는 무공을 익히다 잘못되면 걸리는 주화입마의 전조와 비슷하다고 판단했다. 그래서 내력으로 그것을 제어해서 가라앉히고 또 제자리로 돌려놓으면 될 일이며, 자신의 조화지경에 이른 내공이라면 그것이 그렇게 어렵지는 않으리라고 예상했다. 물론 그것이 여의치 않을 때에는 아예 그들의 마나를 흡수해서 해소해 버리는 최후의 방도도 생각해 두었고.

그러나 그것은 오산이고 섣부른 판단이었다.

자신의 내력과 마법사의 마나가 비록 자연지기라는 큰 범주에서의 본질은 한 가지이지만 그 성질에 있어서는 천양지차라는 사실을 간과했고, 또 주화입마와 마나 폭주 역시 상당한 차이가 있는 현상이라는 것을 정확히 인지하지 못했으며, 나아가 폭주한 두 사람의 마나 양과 힘이 얼마나 엄청나고 막대한지 제대로 몰랐던 데서 온 실수라고 할 수 있었다.

아무리 조화지경에 이른 이산이라도 그러한 둘의 마나를 내공으로 제어하기는 쉬운 일이 아니었다. 하물며 하나도 아니고 둘이었다. 아주 긴 시간이 주어지고, 또 천천히 유입된다면 몰라도 지금 같은 상황에서는 불가능하다고 봐야 했다. 흡수한다는 것은 더욱 그러했고.

뒤늦게 이산도 그것을 알았지만 늦은 일이었다.

이미 둘의 마나는 어떻게 제어할 틈도 없이 단번에 이산의 내부로 밀고 들어와서는 헤집으며 돌아다니고 있었다. 더구나 이미 끌어올리고 있던 이산의 내력까지도 마구 뒤흔들고 충돌하면서 동조를 이끌어내려 애쓰는 것이었다.

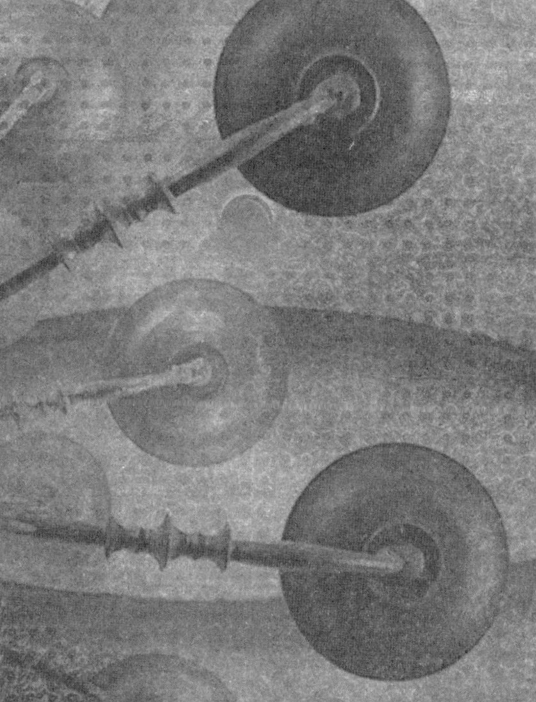

Chapter 08

마나 폭주

이사부전

　만약 이산의 내공이 경지에 이르지 못했고, 또 둘의 마나와 서로 강하게 반발하는 성질을 가지고 있지 않았다면 벌써 그에 편승해서 폭주 태세에 돌입하고 말았을 터였다.

　그래서 이산은 우선 자신의 내력을 안정시키고 공고히 하는 데 힘을 쏟아야 했다. 그러면서 또한 제멋대로 날뛰는 마나 폭풍이 더 깊이 밀고 들어오지 못하도록 맞서지 않으면 안 되었다. 숫제 외부에서 침습한 무지막지한 기운을 자신의 내력으로 대항하며 악전고투를 치르는 것과 한 가지인 형국이 되고 만 것이다.

그러나 이산의 겉모습은 어디까지나 태연하고 무심하기만
했다. 현현심결 덕분이었다. 또 그 덕에 내부에서는 격전을
치르면서도 다른 한편으로는 머리를 영활하게 굴리며 타개할
방안을 모색할 수 있는 것이고.

사실 어렵고 힘든 지경인 것은 분명했지만, 다른 사람이 아
닌 이산이기에 이 정도는 크게 위험한 것은 아니라고 할 수
있었다. 아니, 그는 어렵게 느끼지를 않았다. 과거 절증과 싸
울 때에 비하면 그야말로 약과에 불과했으니까.

오래잖아 이산은 자신의 대응이 잘못되었던 것을 깨달았
다.

이런 식으로 무작정 부딪치고 대항하면서 몰아내려고 해
서는 계속 같은 상황이 지속될 뿐이었다. 결국은 두 엘프나
자신 중 어느 한쪽이 무너져야 끝이 날 수밖에 없었고. 물론
살아남는 쪽은 자신이 될 가능성이 십중팔구였지만 어쨌거나
결코 바라는 바가 아니었다.

그리하여 이산은 방법을 바꾸지 않을 수 없었다.

차라리 자신의 내력을 모두 단전으로 거두고 단단히 방비
만 한 채 관조하면서 서서히 두 엘프의 마나를 진정시켜 보는
것이 그것이다. 그리하여 다행히 진정이 된다면 그것을 조금
씩 천천히 처리해 가는 것이고.

과거에 읽었던 주화입마에 관한 의서를 토대로 머릿속으

로만 생각해 낸 일종의 모험이었다. 그리고 환골탈태를 이룬 몸과 현현심결이 아니면 실행할 엄두조차 낼 수 없는 방법이기도 했고. 까딱하다가는 제 몸이 먼저 만신창이가 되고 말 터였기에 그러했다.

그렇지만 이산은 주저 없이 곧바로 실천에 옮겼고, 의외로 효과는 즉각적으로 나타났다.

그토록 사납게 부딪쳐 오며 내기와 싸우려고만 들던 마나들이 이산이 내기를 단전으로 몰아넣고 나자 도리어 순해진 것이다. 처음에는 마치 상대를 찾는 것처럼 거칠게 돌아다니며 우왕좌왕하는 듯했지만, 그것은 잠시였다. 뜻밖에도 내기를 몰아넣은 단전에는 얼씬도 하지 않은 채 탐색이라도 하듯이 이산의 전신을 살랑살랑 훑고 다니더니 점점 심장 부위로 모여드는 것이 아닌가.

이것은 이산이 전혀 짐작치 못한 결과였다.

본디 그는 내기를 거두면 자연스럽게 마나들이 내력을 따라 단전 주위에 포진하며 대치할 것으로 예상했고, 그러면 조금씩 따로 떼어 순화시켜서는 두 엘프에게로 되돌려 보내거나 흩어버릴 작정이었다.

'이게 어떻게 된 일이지?'

의문을 떠올리는 속에서도 이산은 당황하지 않고 가만히 마나를 관찰하기 시작했다. 딱히 다른 이상이 있는 것도 아니고, 또 무엇이든 알아야 대책을 세워도 세울 수 있으니 당연한 행동이라 할 수 있었다.

마나는 쉼없이 심장으로 모여들었다.

이미 이산의 몸속에 들어와 있던 것은 물론이고 두 엘프에게 남아 있던 것도 가세했다. 이제껏 진입을 막던 저항이 사라진 탓이었다. 뿐만이 아니었다. 심지어 결계 안에 흩어져 있던 마나마저 봇물이라도 터진 것처럼 몰려들었다. 환골탈태를 이루지 못했다면 그 십분의 일만 해도 견디지 못하고 몸이 터져 버릴 만큼 어마어마한 양이었다.

그럼에도 이산은 아무렇지도 않았다. 오히려 조금 충만한 기분이 들 따름이었다.

오래잖아 마나는 모두 이산의 몸으로 들어왔다.

그리하여 이산의 심장을 잠식하고도 모자라 그 주변을 온통 감싸며 커다란 원형의 구체로 형상화되었다. 그러고도 그 속에서 끊임없이 움직였는데, 처음에는 이리저리 마구잡이로 좌충우돌하던 것이 종내는 규칙적인 원운동으로 변했다. 더불어 그전까지만 해도 각기 다른 두 갈래로 분명하게 구분되며 따로 놀던 마나들이 구체 속의 그러한 운동하에서 서서히 뒤섞이며 하나로 융합되고 있었다. 동시에 알지 못할 힘이 있어 그 구체를 단단하게 압축하기라도 하는 것처럼 점점 치밀하게 집약되고 집적되면서 더욱 동그란 형상을 만들어가는 것이었고.

그것은 긴 시간 계속되었다.

그러다 구체가 완벽한 형상을 갖추고, 또 완전히 농축되어 알맞은 크기로 심장에 안착하고서야 활동을 멈추었다.

그리고 그때야 비로소 이산은 알 수 있었다.

그것은 다른 것이 아니라 듀라노나 프리엘이 심장 부위에 가지고 있는 것과 같은 무형의 용기, 즉 마법사들의 단전이라고 할 수 있는 마나홀이라는 것을. 더불어 애초에 폭주 상태의 마나를 자신의 내공으로 다스리려 한 것이 잘못이었다는 것을. 마나들은 이미 폭주하면서 균형과 안정을 잃은 두 엘프의 마나홀로 되돌아갈 수도 없고, 그렇다고 결계를 뚫고 본래의 성질대로 자유롭게 흩어질 수도 없었던지라 어떻게든 안착할 자리를 찾고 있었다는 것을. 그러다 이산이 개입하자 옳다구나 하고 몰려들었다는 것을. 더구나 무한한 의지와 정신력에 더해 엄청난 마나 친화력을 가지고 있으면서도 마나홀조차 형성되어 있지 않은 탓에 완전히 새로운 신천지를 발견한 것과 다름 아니었고, 따라서 마나들에게는 가장 이상적이고 최적의 대상이었단 것을.

물론 마나를 다 받아들이지 못하거나, 마나홀을 형성하지 못해서 육체가 부서진다면 그것은 온전히 이산의 몫이고.

어떻든 그래서 기를 쓰고 몰려들었지만, 전혀 성질이 다른 이산의 내력이 가로막았고, 그리하여 치열하게 싸울 수밖에 없었던 것이다. 따라서 처음부터 내공이 아닌 현현심결로 응대하며 받아들였다면 이산이 그 고생을 할 필요없이 손쉽게 마무리가 되었을 터였다.

이러한 사실들을 알게 된 것은 누군가 가르쳐 준 적이 있어서도 아니었고, 이산이 타고난 천재여서도 아니었다.

그 모든 것을 마나홀이 생기는 순간 이산은 저절로 알게 되었다. 마나홀이 형성되면서 마나들은 본신의 진기가 그런 것처럼 현현심결에 의한 의지의 통제하에 놓이게 되었고, 그리하여 서로 무의식 속에서 공명하게 된 까닭이다.

그래서 이제 어떻게 해야 하는지도 이산은 잘 알고 있었다.

마나를 돌려주며 둘을 회복시켜야 했다. 어차피 자신의 마나가 아니었다. 본신진기와 성질이 다른 이상 서로 융합하지 못하고 반발과 불협화음만 일으킬 터였다. 물론 시간을 두고 다스린다면 불가능한 것은 아니겠지만, 아직 마법에 입문도 하지 않은 상태인데다, 굳이 남의 것을 탐할 까닭도 없었다. 마나를 모조리 돌려주어도 이미 형성된 마나홀은 그대로 남을 테니, 그것만 해도 큰 횡재나 마찬가지였다. 마법 수련을 최소한 몇 년은 앞당긴 셈이었으니까.

본래 다른 대상에게 마나를 전하는 것은 쉬운 일이 아니었다. 그럴 만한 능력이 충분한 상대가 완벽하게 준비를 갖추고 있다 해도 그러했다. 그런데 지금은 전혀 그런 상황이 아니었다. 하물며 상대가 둘이나 되는 데다, 그것도 심각한 내상을 입고 있다. 아마도 다른 사람이었다면, 설사 8서클의 루이샤라고 해도 불가항력이었을 터다. 하지만 적어도 이산에게는 그리 어려운 일이 아니었다.

이산은 기억하고 있었다.

마법사에게 있어 가장 중요한 것은 의지이며 그것으로 마나를 느끼고, 모으고, 마법을 운용한다는 언젠가 들은 듀라노의 말을.

이산에게 있어 의지는 내공보다도 더 크고, 무한하며, 친숙하고, 쉬운 것이었다. 게다가 그는 이 세계에는 없는 내공까지 수련한 사람이었다. 따라서 의지가 아니더라도 그런 것은 얼마든지 가능했다. 다만 그렇게 되면 상당한 진기를 소모해야 하는 것이 문제기는 하지만.

우선 이산은 마음을 가다듬고 의지를 확장하면서 심장의 마나를 통제했다. 동시에 이런 경우 언제나 그래야 하듯이 본신의 진기 한 가닥을 풀어 두 엘프의 상태를 살폈다. 그리고는 그 경로와 마나홀을 보호하면서 의지로는 마나를 이동시키기 시작했다. 처음에는 마치 가기 싫다는 듯이 움찔거리기만 하고 꼼짝 않던 마나들이 시간이 지나면서 조금씩 의지의 인도에 따라 움직이더니 이내 물밀듯이 밀려갔다.

이산은 두 엘프가 지닌 마나홀에 맞게 적절히 배분하면서 다른 이상이 생기지 않도록 주의를 기울였다. 원래대로 성질이 다른 두 가지 마나가 그대로 있었다면 각자의 것을 각자에게 흘려 넣어주면 될 일이었지만, 이산의 몸에서 융합되어 한 가지로 변했는지라 다른 방법이 없었다.

곧 두 엘프의 마나홀은 마나로 가득 차더니 스스로 알아서 서클이 형성되기 시작했다.

마나 동결과 폭주로 인한 둘의 마나홀 이상뿐만 아니라 다른 자잘한 문제들도 이미 이산에 의해 정제되고 순화된 데 더해 통제까지 받는 마나가 스스로 치유하고 복구하며 진입했던지라 달리 걱정할 필요가 없었다.

정작 문제는 다른 데서 생겼다.

본래 있던 그대로 노린 장로는 일곱 개의 선명한 서클이 형성되고, 또 에틴은 다섯 개의 선명한 서클과 그보다 못한 하나의 서클이 다 형성되었는데도 뜻밖에도 이산의 심장에 마나가 상당량 남아 있었던 것이다.

'이게 어찌 된 노릇이지……?'

처음엔 영문을 몰라 일단 마나의 전달을 멈추면서 의아해하던 이산은 이내 그 이유를 추측할 수 있었다.

자신이 캐준 미성홍족초를 비롯한 그간 사용한 약재들에서 나온 기운도 있을 테고, 공기 중에 흩어져 있던 주변의 마나도 유입되었을 터이다. 또 자신의 내기와 현현심결 역시 적으나마 일조를 했을 것이고.

이산은 곧 다시 재개했다.

어차피 자신에게는 별반 소용이 없는 것이지만, 반면에 두 엘프에게는 매우 큰 득이 될 것임을 알기에 그러했다.

물론 지금과 같이 이산이 완벽하게 두 사람의 마나를 정제하고 통제해서 처음부터 새로 이끌고 형성시켜 줄 수 있을 때나 가능한 일이었다. 그렇지 않다면 참으로 위험한 발상일 수 있었다. 일반적으로 깨달음이 동반되지 않은 레벨의 상승과 마나의 확충은 오히려 독으로 작용하기 때문이다. 당연한 일이었다. 괴리와 부조화가 생길 수밖에 없고, 결국은 균열을 일으켜 자멸하기 십상일 테니까. 그렇지만 이런 경우는 달랐다. 서클에 맞게 저절로 깨달음이 뒤따르는 것이다. 설사 그것이 조금 늦더라도 다른 부작용이 생기지도 않고.

오래지 않아 이산은 마나홀을 깨끗이 비웠다.

보통이라면 그 상태가 되면 탈진에 이르고 잘못되면 생명력까지 손실을 입을 테지만 따로 단전이 있고 본신 진기가 건재한 이산이었기에 아무런 영향도 받지 않았다.

어쨌거나 그에 따라 에틴은 선명한 여섯 개의 고리를 갖게 되었고, 노린 장로는 희미하긴 하지만 여덟 개째의 고리가 생성되었다.

이윽고 이산은 휴우, 하고 길게 숨을 내뿜으며 눈을 떴다. 동시에 두 엘프에게서도 손을 뗐고. 두 엘프는 하나는 누워 있고, 하나는 앉아 있는 모습 그대로 눈을 감은 채 새롭게 생성된 서클을 갈무리하며 평온한 얼굴로 명상에 빠져 있었다.

그런 둘을 일별하면서 몸을 일으키던 이산은 이내 의아함을 담고 눈을 끔뻑거렸다. 그새 다른 엘프들은 모두 사라지고 루이샤와 프리엘만이 남아 있는 것을 본 까닭이다.

"참으로 고생 많이 하셨습니다, 이산님."

루이샤가 정중하게 예를 취하며 말했다.

"만 하루가 넘도록 꼼짝도 않고 애를 쓰시다니. 게다가 우리 부족에 또 하나의 8서클 마도사를 탄생시키시다니. 어떻게 보답을 해드려야 저희가 입은 이 은덕들을 다 갚을지 모르겠습니다. 정말 감사드립니다."

벌써 하루도 더 지난 것이다.

그래서 다른 엘프들은 자리에 없는 것이고.

그 사실을 알고 나자 이산은 문득 배가 고픈 것을 느꼈다. 거기다 미리 준비해 두었던 듯 그녀들의 뒤에 있는 탁자에 놓인 먹음직스런 과일들이 한눈에 들어왔고, 은근히 식욕을 자극했기에 더욱 그러했다.

이산이 과일을 손짓했다.

"먹어도 되겠습니까?"

“물론입니다. 얼마든지 드십시오.”

“그럼 실례하겠습니다.”

말이 끝나기도 전에 이산은 어느새 탁자로 이동해 있었고, 다음 순간 과일을 한 입 베어 물고 있었다. 그렇게 맛있게 먹는 그를 프리엘과 루이샤가 그저 미소를 떠올린 채 바라보고만 있을 때였다.

“아아……!”

갑자기 탄성이 울려 퍼졌다.

노린 장로였다. 그제야 완전히 몸을 추스르고 깨어난 것이다. 거기다 그사이 벌써 제 서클에 맞는 각성까지 이루었고.

에틴도 뒤이어 자리를 털고 일어났다. 소리만 내지 않았다 뿐 그 역시 노린 장로와 마찬가지로 얼마간 격동을 감추지 못하는 모습이었다. 죽었다가 살아난 것과 마찬가지인데다 서클까지 높아졌으니 그럴 만도 했다.

“깨어나셨군요, 장로님!”

“무사해서 정말 다행입니다.”

반색을 한 프리엘과 루이샤가 다가가며 말을 건넸지만 그들은 둘을 향해 예의있게 목례를 취하면서도 길게 말을 섞지 않고 곧장 이산의 앞으로 다가오는 것이었다. 그리고는 깍듯이 머리를 숙이며 말했다.

“구명(求命)에 감사드립니다.”

"위대한 존재께 큰 은혜를 입었습니다."

두 사람은 마나 폭주에 빠지면서 눈을 뜨는 것은 고사하고 아예 비몽사몽간을 헤매고 있었기에 누가 자신들을 치료했는지 분명하게 자각하지는 못하고 있었다.

그렇지만 상황만으로도 명약관화하다고 보았다.

이제 꼼짝없이 죽는 일밖에 남지 않았다고 생각했던 마나 폭주를 치료하는 것으로도 모자라 바라 마지않던 마법 경지까지 한층 올려주고, 게다가 자신들이 원래 가지고 있던 것과는 비교가 되지 않을 정도로 순수하고 정제된 마나로 재형성시켜 주다니, 그럴 수 있는 것은 그들이 아는 한 위대한 존재밖에 없었다. 결국 낯선 존재는 이산뿐이었으니 당연히 지목할 수밖에 없었고.

"무엇이든 말씀만 하십시오."

"고대의 맹약에 따라 어떤 일이든 다 하겠습니다."

본래 다른 종족에게 구함을 받은 엘프는 그에 상응하는 보답을 하는 것이 상례였다. 그렇다고 무조건 모든 요구를 들어주는 것이냐 하면 그것은 아니었다. 어디까지나 자의적인 판단과 그에 따른 가부에 의해서였다.

그렇지만 단 하나 드래곤에게만큼은 그럴 수가 없었다.

종족의 안전을 심각하게 위협하는 경우가 아닌 한 그들의 요구는 반드시 들어주어야 했다. 설령 그것이 성노(姓奴)나

혹은 빈 드래곤 레어를 평생 동안 혼자 지키는 고독한 가디언 노릇이라 할지라도. 그것이 바로 아득한 먼 과거에 드래곤이 엘프에게 마법을 가르쳐 주면서 이루어진 고대의 맹약 중 하나이기 때문이다.

그리고 기실 이 고대의 맹약 때문에 프리엘도 이산을 엘프의 숲으로 데려오면서 은근히 걱정을 했던 것이고. 둘이나 목숨을 구해주었다는 핑계로 혹시라도 부족 전체에 대해 무리한 요구라도 하면 참으로 곤란하지 않을 수 없었던 것이다. 물론 이산을 드래곤이라고 오해한 프리엘 스스로가 자초한 쓸데없는 걱정이기는 했지만.

"이산님은 위대한 존재가 아닙니다."

'또냐? 라는 표정을 짓는 이산을 대신해 루이샤가 나섰다.

"인간입니다. 저도 믿기지가 않아서 재삼 확인했지만 분명한 것 같습니다."

"그, 그럴 리가……!"

"인간이 어떻게……!"

예외없이 노린과 에틴도 경악 속에 불신을 드러냈지만 그들은 엘프답게 오래지 않아 수긍했다.

그렇지만 그것으로 끝이 아니었다.

상례에 따라, 그리고 본디 은원이 분명한 것을 선호하는 엘프들이었기에 그들은 자신들의 구명에 대한 보답을 하고자 했다. 자신들이 할 수 있는 선 안에서라면 무엇이든 들어줄 테니 말하라는 것이었다.

프리엘도 그것은 마찬가지였고.

그럴 필요없다고, 보답을 받고자 했던 일도 아니고, 사실은 자신에게도 망외의 소득이 있었으며, 그러니 지금 먹고 있는 이 과일만 해도 충분하다고 이산이 몇 번이나 설득했지만 그들은 전혀 물러서지 않았다. 당장 원하는 것이 없다면 원하는 것이 생길 때까지 따라다니기라도 할 태세였다.

결국 생각다 못한 이산은 앞으로 서로 좋은 이웃이자 친구가 되는 것으로 모든 것을 마무리하자는 궁리를 해냈고, 엘프들도 흔쾌히 받아들였다.

대번에 숲의 여신 프이아의 이름을 건 의식이 행해졌다.

의식이래야 간단한 맹세에 불과했고, 그래서 이산은 다소간 의아한 생각이 들기는 했지만 상대가 엘프인지라 그럴 수도 있으려니 하고 넘어갔다. 이산으로서는 부담스런 상황을 탈피할 적당한 구실을 찾은 것에 불과했고, 받아들여졌으니 그것으로 되었던 것이다.

만약 그가 엘프에 대해 제대로 알고 있었더라면 결코 그런 제안을 하지는 않았을 터였다. 차라리 그들이 원하는 요구 조건을 적당히 제시하고 말았지.

원래 엘프들 간에는 친구란 개념도, 관계도 없었다. 모두

한 종족이고, 부족이며, 가족이란 인식과 그로부터 나오는 친밀감이 있을 따름이었다. 오직 다른 종족과의 사이에서만 이루어지는 매우 독특하고 특별한 관계가 친구였다.

당연히 인간들 사이의 그것과는 많이 달랐다. 당장 인간들의 그것과는 비교도 되지 않을 정도로 희생과 의무를 다해야 하는 대상이란 점만 해도 그랬다. 물론 꾸준히 신뢰와 교류와 공유의 기반이 이어진다는 가정하에서이고.

이제 이산은 평생 그들이 도저히 수용할 수 없는 무리한 것만 아니면 언제고, 무엇이든, 얼마든지 요구할 수 있는 사이가 된 것이다. 이것은 일회성 보답을 받는 것에 비할 바가 아닌 커다란 소득이자 혜택이었다. 하물며 아무리 친구라도 웬만해서는 도움을 바라거나 요구하는 법이 없는 엘프가 아니던가. 자신들의 숲만 있으면 더 원하는 것 없이 그 속에서 얼마든지 자유롭고 행복하고 즐거울 수 있는 족속이니 그럴 수밖에 없기도 했고. 그러니 실은 말로만 쌍방이지 일방적인 관계라고 해도 과언이 아닌 것이다.

이산은 그것을 유적으로 돌아오고 나서야 알았다.

이산으로부터 그간의 이야기를 모두 들은 듀라노가 놀라는 가운데서도 자신의 일처럼 기뻐하며 말해주었던 것이다.

이산은 그제야 친구의 의식을 행하고 난 다음 그전까지와 달리 격의없이 대하는 달라진 그들의 태도가 이해가 갔다.

또 자신이 바로 떠나오려 하자 왜 그렇게 얼마간이라도 엘
프의 숲에 머물다 가라고 잡았는지, 그리고 긴 시간을 말도
없이 비웠는지라 유적으로 얼른 돌아가지 않으면 안 되는 상
황을 설명하자 가까운 시일 내에 다시 방문하겠다는 약속을
기어이 받으려 들었는지, 나아가 노린과 에틴 같은 경우는 아
예 동행을 하겠다고 졸랐는지, 그러면서 척 봐서도 참으로 진
귀해 보이는 무구나 마법 아이템이나 아티펙트 같은 것을 부
랴부랴 이것저것 꺼내 용도와 기능을 설명해 주면서 자꾸만
마음에 드는 것이 있으면 가져가라고 채근했는지 그 이유를
깨달았다.

"괜한 짓을 했군요."

이산이 쩝, 하고 빈 입맛을 다시며 말했다.

"그냥 아무것이나 달라고 하고 끝낼 것을."

"굴러온 복을 두고 무슨 그런 소리를!"

듀라노가 제격 반발하며 일장 연설을 늘어놓았다.

"세상의 얼마나 많은 인간들과 나라가 엘프들과 교류를 갈
망하는지 아는가? 마법, 특별한 마법 아이템과 아티펙트, 신
비한 약초, 그것을 이용한 치료술, 정령술, 풀이나 나무껍질
을 가공해서 만든 옷, 그리고 인간의 솜씨로는 불가능한 활,
궁술, 나무 열매로 만드는 최고의 술, 엘프 차, 초목을 키우고
가꾸는 힘, 신이 빚어놓은 아름다움, 천 년의 삶 등등 다 열거

하기가 힘들 정도로 인간이 갖지 못한 많은 것을 가진 종족이
그들이네.”

“……!”

“게다가 워낙 자연을 사랑하고 그 속에만 안주하는지라 세
상에 잘 나오지 않아서 그렇지 엘프들은 유사인종 중에서도
인간을 제외하고는 가장 수가 많고 고귀한 종족이네. 서로 간
의 결속력도 대단하고. 나아가 궁술은 기본이고 검술이나 정
령술, 마법을 셋 다, 혹은 적어도 그중 하나는 익히고 있는 엘
프 전사들로 말하자면 인간 기사 두세 명은 덤벼야 하나를 감
당할까 말까 할 정도로 무력까지 높으니. 그래서 정당하지 않
게 자신들이 피해를 입거나 누군가 해침을 당하면 절대로 용
서하지 않을 수가 있는 것이고. 물론 여러 가지 이유로 추방
당되거나 어떤 부족에도 적을 두지 못한 엘프 같은 예외의 경
우도 있네. 하기야 그 덕에 나도 마왕 소환에 반드시 필요한
타락한 엘프의 심장을 어렵게나마 어찌어찌 구할 수 있기도
했지만.”

한 호흡 쉰 듀라노가 말을 계속했다.

“어떻든 그러니 그들과 친구라는 것은 인간들의 세상에서
는 가장 든든한 후원자를 둔 것과 같은 것이네. 아마도 자네
가 엘프의 친구라는 사실을 알게 되면 보지도 않고 높은 작위
를 수여할 나라가 수두룩할걸? 하물며 그간 엘프들과 좋은 관

계를 유지하며 왕래하는 경우나 혹은 개개의 엘프와 친구가 된 경우는 그래도 더러 있었지만, 한 부족 전체와 친구가 되었다는 사람은 내 짧은 식견으로는 들어본 바가 없음에야. 그 것도 수만에 이르는 대부족이라니. 이것은 세상이 놀라 뒤집 어질 일일세."

"……."

"뭐, 사실 그런 것이야 자네가 바라는 바가 아니겠지만 어 쨌거나 이것은 참으로 큰 행운이고 복이라는 것을 알아야 하 네. 다 자네가 마음을 잘 쓰고 호의를 베푼 탓이기도 하고. 그 리고 그들도 바보가 아닌 이상 그럴 만하다고 생각해서 한 일 일 테니 자네가 굳이 곤란해할 것도, 부담스러워할 것도 없는 일이고."

"뭐, 큰 상관이야 없지요."

이산이 어깨를 으쓱하며 말을 받았다.

"신경 쓰지 않으면 될 일이니. 제가 별반 도움받을 일이 있 을 것 같지도 않고. 말 그대로 여기 있는 동안이나마 그냥 좋 은 이웃으로 지내면 되겠지요."

"그렇지가 않네. 당장 그들이 필요하네."

이산의 눈이 둥그레졌다.

"예? 무엇 때문에요?"

"이제 마법을 배워도 된다며?"

"그야 듀라노님이 가르쳐 주면."

"어리석은 소리."

듀라노가 바로 이산의 말을 잘랐다.

"그들을 두고 왜 내게서 배워?"

이산의 표정이 곤혹스러움으로 물들었다.

"그렇게 가르치고 싶어하더니 그새 마음이 변했습니까?"

"그런 이야기가 아니잖은가."

듀라노가 답답하다는 듯이 말했다.

"난 겨우 5서클이네. 그것도 흑마법이고. 아니, 그런 것이 아니라도 훨씬 안정적인 엘프 마법을 두고 왜 인간의 불완전한 마법을 배운단 말인가? 더구나 이미 마나홀도 엘프들의 마나로 만들어졌다면서?"

"그게 연관이 있습니까?"

이산이 의아한 얼굴을 했다.

"제 무공 같은 경우는 단전이 만들어지고 난 후에는 그 속을 무엇으로 채우든 결국 하나로 합일만 시킬 수 있으면 별 상관이 없는데요?"

듀라노가 머리를 흔들었다.

"마나홀은 다르네. 더구나 인간의 마법과 엘프의 마법이 차이가 나는 것은 마나홀에서부터 출발하는 것일세. 물론 하고자 한다면 엘프의 마나홀에 인간의 마법을 접목시키는 것이 아주 불가능한 것은 아니겠지만, 긴 시간과 노력을 들이지 않으면 안 될 것이네. 마법을 가르쳐 줄 엘프가 없는 것도 아닌데 쓸데없이 왜 그렇게 한단 말인가? 하물며 8서클도 있다면서? 나라면 당장 보따리 싸들고 따라다니면서라도 가르침을 청할 것이네. 8서클은 인간에게는 영원한 미지의 경지일세. 나와는 아예 차원이 다르다는 걸 알아야 하네. 다시없을 천고의 기연이나 마찬가지란 말일세."

"그럼 같이 배우시겠습니까?"

듀라노의 눈이 둥그레졌다.

"어, 어떻게……?"

"노린 장로라면 여기로 와서 가르쳐 달라고 해도 흔쾌히 그렇게 해줄 것 같고, 그렇다면 같이 배우는 것도 그리 어렵지는 않을 것 같습니다만?"

"마음은 고맙지만, 불가능한 일이네."

한껏 상기되었던 표정을 지우며 머리를 흔드는 듀라노였다.

"엘프는 인간에게 마법을 전수하지 않네. 자네야 친구이니 예외고."

"……!"

"하물며 나는 흑마법사네. 엘프가 흑마법사를 얼마나 싫어하는지 전에 말한 적 있을 텐데? 물론 그것도 다 엘프들에게

못된 짓을 많이 한 흑마법사들이 자초한 일이기는 하지만. 또 그것이 아니라도 속성 자체가 상극이니 애초에 어울릴 수가 없기도 하고. 그러니 보자마자 살수를 쓰지나 않으면 다행일걸? 그리고 그전에 무엇보다 마법 체계가 다르네. 지금까지 배운 것을 완전히 버리고 새로 시작하지 않고는 배울 수가 없네. 살날도 얼마 남지 않은 이 나이에 새로 시작하는 것은 무리일세. 게다가 마나홀까지 깨진 신세인걸.”

“아참! 마나홀은 고칠 수 있습니다.”

이산이 깜빡 잊었다는 얼굴로 말했다.

그리고 품에서 녹색의 주머니를 꺼냈다.

프리엘이 가지고 있던 마법 주머니였다. 거기에는 오면서 캔 미성홍족초 큰 놈 하나가 들어 있었다. 이산은 급히 유적으로 돌아오는 와중에도 에틴에게 듀라노의 마나홀을 고칠 방법을 묻는 것을 잊지 않았던 것이다.

“그, 그게 뭔가?”

이산이 꺼내 드는 미성홍족초를 보고 듀라노가 화들짝 놀란 얼굴을 했다. 마왕 소환을 위해 별의별 것을 다 보고 해본 흑마법사인 그로서도 생전 본 적도 들은 적도 없는 기물이었던 것이다. 생긴 모양도 특이한데다 버둥거리며 괴이한 기성(奇聲)까지 내고 있었으니.

“설마 그것으로……?”

“이것이면 마나의 근원을 살릴 수 있답니다.”

이산은 약초에 대해 자세히 설명한 다음 말했다.

“이제까지 저는 제가 지닌 단전과 같은 것으로 보고 복구할 방안을 강구하고 있었는데, 그것이 아니더군요. 시간이 문제일 뿐 근원만 살아나면 가만히 놔두어도 저절로 마나홀이 재생된다면서요?”

“그야 그렇지만……”

“어서 드십시오.”

듀라노의 손에 약초를 쥐어주며 이산이 말했다. 그에 듀라노는 화들짝 놀란 얼굴을 했다.

“이, 이걸 그냥 먹으라고?”

“이 경우는 생으로 먹는 게 가장 좋답니다. 맛도 그리 나쁘지 않다고 하고요. 그러니 일단 드시고 집중해서 약초의 기운을 마나홀로 모으십시오. 저도 돕겠습니다. 제가 내기로 도와 안정시키면서 다스린다면 약효를 마나홀에 고착시키는 것이 훨씬 쉬울 것이라고 했습니다. 고착만 되면 재생은 시간문제이고요.”

“……”

“얼른 드세요.”

꿈틀거리는 약초를 께름칙한 눈으로 쳐다보며 좀처럼 입으로 가져가지 못하던 듀라노가 이산의 거듭된 재촉에야 질끈 눈을 감으면서 마지못해 약초를 먹기 시작했다.

동시에 이산도 그의 몸에 손을 붙이고는 내력을 운용했다.

아무리 이산이라도 약초의 기운을 유도해서 마나홀에 골고루 분포하며 고착시키는 것은 긴 시간의 상당히 힘든 작업이 될 것이라고 예측했던 에틴의 말과는 달리 별다른 큰 어려움 없이 쉽게 끝이 났다. 현현심결 덕이었다. 노린과 에틴을 치료하면서 요령이 생긴 덕분이기도 했고.

그로부터 듀라노가 어느 정도나마 제 기능을 발휘하도록 마나홀을 재생해 내는 데는 한 달이 더 걸렸다. 그것도 혼자서 했더라면 아무리 열심히 노력해도 그보다 훨씬 더 오랜 시간을 잡아먹었을 테지만 간간이 이산이 도움을 준 탓에 일찍 회복된 것이었다. 하지만 이산으로서도 듀라노의 마나홀 속으로 내기를 움직여 마나의 활성화를 돕는다던지 하는 직접적인 도움은 줄 수가 없었다. 엘프들의 것과는 달리 듀라노의 마나가 이산의 내기를 거부하고 반발했던 것이다. 아마도 타고난 상성이 맞지 않거나, 아니면 흑마법사인 탓에 마나의 성질이 달라서일 터였다.

어쨌거나 그러고도 듀라노는 다시 긴 세월과 노력을 쏟아붓지 않으면 안 되었다. 마나 복구와 서클 회복이라는 길고 지루한 고난이 남았던 것이다. 걸리는 시간으로만 따져도 그야말로 마나홀 재생은 아무것도 아닐 정도였으니.

그사이 이산은 듀라노의 조언대로 엘프의 숲으로 찾아가 마법을 배웠다.

대상은 노린이었다.

본래 노린은 엘프라면 누구나 조금씩은 습득하게 마련인 활이나 검, 체술 같은 것에는 전혀 관심을 두지 않고 특이하게도 평생을 오직 마법에만 죽어라 매달려온 자였다. 그 덕인지 아무리 엘프라고 해도 쉽게 오를 수 없는 7서클에 일찍부터 올랐고. 그렇지만 거기서 그치지 않고 하이 엘프가 아니면 거의 찾아보기 힘든 엘프 최고의 경지인 8서클에 들기 위해 온갖 노력을 경주하던 중 무리한 실험을 행하다가 결국 마나 동결에까지 이른 것이었다.

그런데 그 위험한 상황에서 벗어났을 뿐만 아니라 전화위복으로 그토록 소원하던 8서클에 입문까지 했으니, 그가 이산에 대해 가지는 감정이 어떨지는 불문가지였다. 그래서 이산이 마법을 배우고 싶다는 이야기를 꺼내자마자 대뜸 자신이 하겠다고 나섰던 것이다. 그의 그런 결정을 감히 반대할 엘프가 없었을 것은 당연하고.

물론 노린에게도 다른 기대가 없지는 않았다.

가르치면서 배운다는 말도 있듯이 이산처럼 신비한 능력을 지닌 사람을 가르치다 보면 틀림없이 자신도 배우는 바가 있을 것이란 생각이었고, 그리하여 작은 깨달음이라도 얻어

온전히 8서클에 오를 수 있기를 희망하는 내심의 은밀한 바람이 그것이었다.

그리하여 그는 자신만의 공간이자 마법 수련 장소였던, 엘프 숲에서도 몇 없는 거대한 나무 밑동의 공동까지 개방해서는 이산을 가르치기 시작했다.

기대는 어긋나지 않았다.

이산을 가르치며 그는 감탄에 감탄을 거듭하지 않을 수 없었다. 자신도 마법을 처음 배울 당시 희대의 천재라는 소리를 들었지만 이산은 격이 달랐다.

천재란 말이 부족할 정도였다.

어지간히 재능있는 자라 할지라도 몇 년은 족히 걸릴 마법 언어를 비롯한 마법 전반에 걸친 광범위한 기초 지식을 이산은 불과 서너 달 만에 모두 습득해 냈다. 때때로 유적을 왕래했으니 온전한 서너 달도 아니었다. 거기다 덤으로 엘프어까지 익혔고, 또 유적의 마법 관련 책과 엘프 숲의 책들도 섭렵하면서였다.

그렇다고 단순히 습득만 한 것도 아니었다.

하나를 가르치면 열을 아는 것은 기본이고, 그것에서 또 다른 사실을 유추해 낼 뿐만 아니라 조금이라도 오류가 있거나 불합리한 것은 단번에 집어냈다. 가르치는 노린이 도리어 배우는 바가 더 많을 지경이었다. 몇 년을 혼자 고민해도 발견할까 말까 한 것들이 이산의 손을 거치면서 손쉽게 본모습을 드러냈으니. 그것만으로도 노린에게는 기대의 충족은 물론이고 횡재가 따로 없을 지경이었다.

그렇지만 끝까지 그렇게 쉽기만 한 것은 아니었다.

그렇게 모든 제반 여건을 갖춘 후, 정작 본격적인 실제 수련에 들어가자 생각도 못한 문제가 발생한 것이다. 진도가 조금도 나가지를 않았다.

벌써 며칠이나 노력하고 있는데도 마나홀에 마나가 모이지를 않았다. 아니, 모이기는 쉽게 모이는데 그보다 더 쉽게 새 나가 버린다는 것이다.

"정말 알 수가 없는 노릇이군요."

끝내 노린 장로도 당혹한 음성을 발했다.

"마나를 오히려 우리 엘프보다도 더 잘 느끼고 또 마나홀도 이미 형성되어 있는데다, 마나가 마나홀에 모이지 않는 것도 아닌데, 더구나 모이는 양도 상당한데 어째서 집중을 풀기만 하면 하나도 축적되지 않고 모두 사라져 버리고 마는지 도무지 이해가 가지 않습니다."

"다 사라지는 것은 아닙니다."

이산이 한숨을 내쉬며 대꾸했다.

"극히 일부지만 단전으로 흡수되는 것도 있습니다."

마나홀이 형성되지 않았다면 또 몰라도 이미 형성되어 있고 아무 문제도 없는 이상 이것은 일어날 수도 없고, 일어나서도 안 되는 현상이었다.

　무수한 경험과 지식을 가지고 있는 노린조차도 이런 일은 본 적도 들은 적도 없었다. 혹시 마나를 활성화시키고 축적하는 과정에서 잘못이 있지는 않았는가 하고 그간 이산으로 하여금 몇 번이나 다시 시도하게 하는 가운데 면밀히 살피며 관찰해 보았지만 거기에는 아무런 문제가 없었다. 모든 것이 정확했고, 정상적이었다.

Chapter 09

기연

노린 장로가 말을 이었다.

"우리의 마나로 마나홀을 형성할 수 있었던 것만 봐도 엘프의 마나 축적법이 인간의 몸에 맞지 않아서 생기는 현상도 아닌 것 같고, 그리고 마나홀이 비어 있다고는 하지만 근원도 상하지 않았고 생기도 충만해서 문제가 생길 일도 없는데, 거 참, 영문을 모르겠군요."

"너무 고심하지 마세요."

노린과 달리 태평한 모습인 이산이었다.

"마법 발현을 제외하곤 배울 것 다 배운 셈이니 지금부터는 제가 알아서 해보겠습니다. 노력하다 보면 될 때가 있겠지요. 아무리 해도 안 되는 경우라면 그만두면 되고요. 나에게 꼭 마법이 필요한 것도 아니고."

"안 될 말입니다! 그만두다니요!"

노린 장로가 이산의 말을 자르며 펄쩍 뛰었다.

"저와 에틴의 마나를 모두 컨트롤해서 정제할 정도로 높은 의지력과 친화력을 지닌 분이 무슨 그런 말씀을! 그것은 마법 종족이라는 우리 엘프들에게서도 유래를 찾아보기 힘든 것입니다. 이산님은 반드시 마법을 배워야 합니다. 이 난관만 극복하면 일사천리일 것입니다. 순식간에 고위 마법사가 되고도 남을 테고요. 이제 겨우 정식 수련을 시작한 참입니다. 계속 수련을 강행하면서 같이 방법을 찾아보기로 하십시다. 어쩌면 간단한 문제일 수도 있습니다."

이산은 더 말하지 않았다.

그도 실은 너무 고민하고 애를 쓰는 노린 장로가 안쓰럽고 미안해서 한번 해본 소리일 뿐이었다. 말처럼 쉽게 그만둘 수는 없었다. 알면 알수록 신기하고, 호기심을 점점 더 동하게 만드는 것이 마법이란 학문이었으니까. 거기다 애초에 무엇이든 한번 시작하면 끝을 보지 않고는 그만두지 않는 타고난 성격도 있었다.

에틴이 말을 이었다.

"혹시 이산님이 기존에 지니고 있는 검사의 마나가 너무 강해서 그런 것은 아닐까요? 굳이 방해를 하거나 끌어들이는 것이 아닌데도 저절로 마나홀에 모이는 마나가 영향을 받을 수도 있지 않을까요?"

"그렇지는 않습니다."

생각도 않고 이산이 대답했다.

이제껏 전적으로 모든 것을 노린에게 맡긴 채 그가 하라는 대로 하며 그것에만 집중해 온 이산이었다. 하지만 그렇다고 해서 다른 아무것에도 신경 쓰지 못했냐 하면 그것은 아니었다. 그에게는 현현심결이 있었다. 그 공능으로 인해 자신의 몸에서 벌어지는 모든 현상을 벌써 다 알고 있었다. 내공이 문제를 일으킨 것이라면 모를 리가 없었다. 마나 중 일부가 단전으로 흡수되는 것도 이미 마나홀에서 빠져나온 뒤의 일이었다. 그것도 뇌령신공과 같은 성질을 지닌 기운만 흘러드는 것이었고.

그리고 그것만이 아니었다.

마나가 새나가는 것을 몇 번 경험하다 보니 무언가 잡힐 듯 말 듯한 느낌이 있었다. 하지만 그것을 깊이 파고들어 가볼 틈이 없었다. 온전히 자신 속에 침잠되어 이것저것 실험하며 파악해 보아야 하는데 노린이 시키는 것을 하다 보니 행동으로 옮겨볼 시간이 없었던 것이다. 실은 그래서 조금 전 제가 알아서 혼자 해보겠다는 말도 한 터였다. 노린으로서는 이산의 마법을 그만둔다는 말에만 사로잡혀 그 행간에 숨은 의미를 알아채지 못했고.

"그보다 제가 보기에는 무언가 조건이 맞지 않아서일 가능성이 큰 것 같습니다. 이런 식의 마나 축적은 생소한 부분인데다 고려해야 할 방향과 갈래도 많아서 어떤 조건인지 정확히 집어내지는 못하겠습니다만."

"조건, 조건이라……."

노린이 중얼거리며 생각에 잠길 때였다.

시간을 주지 않고 이산이 재차 입을 열었다.

"그래서 말인데, 제게 시간을 좀 주시겠습니까? 이것저것 나름의 시도를 해볼까 합니다."

"하기야 이산님이 나을 수도 있겠군요."

잠시 눈을 끔뻑이던 노린이 그제야 이산의 의도를 알겠다는 듯이 머리를 끄덕이더니 말했다.

"어떻게 해드릴까요? 자리를 피해드릴까요?"

"그럴 필요까지는 없지만, 그래도 이참에 조금 쉬시는 것도 좋지 않겠습니까? 벌써 며칠을 고생하셨는데."

그러나 노린은 완강하게 머리를 흔들었다.

"그런 염려는 마십시오. 달리 8서클 마도사가 아닙니다. 며칠 정도는 아무 상관이 없습니다. 물론 이산님도 그렇겠지

만. 어쨌거나 그보다 잠시만 기다려 주십시오. 마나 집적 마
법진을 조금 손봐야겠습니다."

"갑자기 왜……?"

이산이 의문을 떠올렸다.

"지금까지 잘 가동되지 않았습니까?"

"아무래도 마력을 높여봐야겠습니다. 마나석을 최상급으
로 바꾸면 훨씬 강력해질 것입니다. 그것이 이산님이 어떤 시
도를 하든 간에 도움도 더 되지 않겠습니까?"

그리고는 이산이 무어라 할 기회도 주지 않고 그대로 사라
지더니 이내 다시 나타났고, 그런 그의 손에는 최상급답게 영
롱한 빛을 발하는 마나석이 두 개나 들려 있었다.

마나석을 교체하고 나자 마법진은 생각보다 더욱 강력해
졌다. 지금까지 그랬던 것처럼 마법진의 중앙에 가부좌를 하
고 앉는 순간 이산은 대번에 그것을 느꼈다.

'놀랍군. 일이 잘못되더라도 나중에 마법진만큼은 꼭 연구
를 해봐야겠어. 매우 쓸모가 많을 것 같으니……'

잠시 그런 생각을 하던 이산은 곧 마나를 모으기 시작했다.
이제까지와는 비교도 되지 않을 정도로 빠르게 모인 마나는
순식간에 마나홀을 채웠다.

그렇지만 역시 거기까지였다.

본래는 모이는 와중에도, 그리고 모인 후에도 왕성한 활동

으로 완전히 집약되고 축적되면서 마나홀에 안착을 해야 하고, 나아가 여분의 마나를 정제해서 서클을 만들기 위해 애를 써야 하는데 그렇지가 못했다. 마나홀이 차자 활동은 고사하고 더 이상 축적조차 되지 않았고, 축적을 멈추자마자 기다렸다는 듯이 마나가 빠져나가는 것이었다.

현현심결의 의지로 통제하면 그대로 마나홀에 머무르게는 할 수 있었다. 하지만 단지 그것이 다였다. 아무런 활동도 없이 머물기만 할 뿐이었다. 의지를 거두면 역시 그대로 빠져나가 버렸고. 그에 이산은 생각할 수 있는 갖가지 다른 시도들을 해보면서 골몰했다.

그러던 어느 순간이었다.

그는 문득 노린도 자신도 놓친 중요한 사실이 있다는 것을 깨달았다.

마나홀 문제였다.

노린과 에틴을 치료할 때 둘의 마나가 한꺼번에 밀고 들어오는 바람에 어쩌다 보니 자신의 마나홀이 생성되었고, 그래서 자신과 노린은 엘프의 마나에 의해 형성된 마나홀이니 당연히 엘프의 마나 축적법으로 마나만 모으면 되는 일이라고 생각했다.

하지만 그렇지가 않았다.

자신의 마나홀은 엄밀히 말해 엘프 본연의 마나에 의해서 생성된 것이 아니었다. 왜냐하면 둘의 마나가 현현심결에 의해 합일되고 정제되면서 성질이 확연히 바뀌는 가운데 형성되었기 때문이다. 다시 말해 이산의 마나홀은 엘프의 마나홀과는 그 성질과 기운에 있어 많이 다르다는 것이다.

그렇지 않다면 그 후 운기조식에 들어 대주천을 할 때마다 진기가 심장 어림에 이르면 이끌리기라도 하는 것처럼 자꾸만 마나홀로 진입하고 싶어하는 기미를 보였을 리가 없었다. 물론 이산이 일부러 인도하지 않으면 진로를 바꿀 수도 없고, 또 바꾸지도 못할 정도로 미약한 기미이기는 했지만. 어떻든 처음 두 엘프의 마나가 들어왔을 때 그토록 반발하던 진기가 그런 반응을 보인다는 것은 이상한 일이었다.

이산도 그것을 의아하게 여겼지만 깊이 생각하지는 않았다. 단전과 비슷한 또 다른 공간이 있으니 자연스러운 이끌림으로 그러려니 했다.

그러나 이제 생각해 보니 아니었다.

마나홀이 엘프의 마나 본질을 고스란히 가지고 있다면 그럴 리가 없었다. 이미 현현심결에 의해 변질되어 이산 자신의 기운도 품고 있기에 그랬던 것이다.

결국 이산은 엘프의 마나 축적법으로 끌어들인 마나를 그대로 마나홀에 보내서는 안 된다는 결론을 내렸다. 두 엘프를 치료할 때처럼 막대한 기운이 한순간에 들어와 정제되고 압축되지 않는 한 마나홀에 안착할 수 없다고 보았던 것이다.
무언가 다른 방법이 있어야 했다.

사실 엘프의 마법을 포기한다면 간단했다.

듀라노에게서 듣고, 또 책을 보아서 이미 알고 있는 인간의
마나 축적 방법으로 바꿔서 시작하고, 또 인간의 마법을 배우
면 문제는 일거에 해결될 터였다.

그러나 이산은 그렇게 하고 싶지 않았다.

이제 마법에 대해서 웬만큼은 알고 있는 그였다. 엘프 마법
을 포기할 수는 없었다. 가장 마음에 드는 안정적이라는 측면
을 두고라도 그랬다. 당장 서클의 차이가 있었다. 듀라노가
가르쳐 줄 수 있는 것은 일반 마법은 겨우 3서클이었고, 흑마
법이라 해도 5서클이 끝이었다. 물론 샤이언의 유진이 있지
만 혼자서 이루기에는 아무리 이산이라도 한계가 있었다. 게
다가 흑마법 자체가 이산의 구미에 맞지 않았고.

반면에 엘프 마법은 원한다면 8서클까지라도 얼마든지 배
울 수가 있었다. 물론 엘프가 아닌 이상 8서클의 운용까지야
하지 못한다 할지라도. 더구나 그 외에도 마법의 종류가 다양
하고, 자신이 가진 속성이 있다면 정령 마법도 쉽게 가능하게
해줄 뿐만 아니라, 낮은 서클에 머문다 할지라도 그만큼의 생
명을 늘려준다는 점 등등의 인간의 것에 비해 무수히 좋은 장
점들을 가지고 있었다.

이산으로서는 굳이 좋은 것을 두고 나쁜 것을 택할 까닭이 없었다. 하물며 짧은 시간에도 좋은 방법을 강구해 내는 뛰어난 머리까지 있음에야.

'좋아, 어디 한번 해보자.'

생각을 정리한 이산은 곧 다시 눈을 감았다.

고심 속에 떠오른 착상에 의거해 이번에는 완전히 방법을 달리했다. 외부의 마나를 모아들이는 것이 아니라 내부의 진기를 움직이기 시작했다. 우선 자신의 내력을 마나홀로 인도하면 과연 어떻게 되는지 알아볼 생각인 것이다.

그가 원하는 것은 진기가 마나홀에 별 무리 없이 안착하는 것이었다. 그것은 마나홀과 자신의 진기가 다른 성질이 아니라는 말이었고, 그러면 문제는 단번에 해결되는 것이었다. 엘프의 마나 축적법으로 끌어들인 마나를 마나홀로 바로 보내는 것이 아니라 먼저 단전으로 보내 대주천시켜서는 자신의 기운으로 동화시키고, 그런 연후에 마나홀로 보내면 될 터였다. 하기야 그렇게 되면 본래의 하나가 되어 진기와 마나의 구분도 없어질 테지만.

'됐어!'

이산은 내심 쾌재를 불렀다.

일차는 성공이었던 것이다.

마나홀로 흘러든 진기는 엘프들의 마나가 그랬던 것처럼

거센 원운동을 하더니 그대로 안착한 채 움직일 생각을 안 했다. 게다가 이미 정제된 진기인지라 압축되는 과정도 없었고, 그래서 양이 줄어들지도 않았다.

이산은 제꺽 다음 단계로 넘어갔다.

마나홀에는 계속해서 단전의 진기가 흘러들게 하고, 단전은 엘프의 마나 축적법에 의해 몸 밖에서 들어오는 마나로 다시 채웠다. 그것은 또 대주천을 통해 마나홀로 유입했고. 다른 사람이라면 감히 생각도 할 수 없는 작업이었다. 정신이 분산되다 못해 대번에 주화입마에 빠지고 말 터였다. 그렇지만 이산에게는 현현심결이 있었다. 만약을 대비해 몸속에 펼쳤던 의념의 진까지도 거둔 채 모든 심력을 쏟아붓고 있으니 잘못될 일이 없었다.

결과는 이번에도 성공이었다.

무리도 없었고, 이상의 징후도 나타나지 않았다.

그리하여 이산은 유입하는 마나와 진기의 양을 조금씩 늘려갔고, 종국에는 완전히 제제를 풀었다. 그러자 마나의 유입과 대주천, 그리고 마나홀의 진기 공급이 거침없이 이루어졌다. 마치 거대한 폭포수가 쏟아지는 것 같았고, 또 그것이 대하를 이루어 흐르는 것 같았다.

순식간에 마나홀이 가득 찼다.

그러고도 마나는 그칠 줄을 몰랐고, 어느 순간 팽배한 마나홀에서 마나가 둑 터진 물처럼 새어 나오더니 마나홀을 띠처럼 감싸며 돌기 시작했다.

그와 동시에 이산은 정신이 아득해지는 것을 느꼈다.

뜻밖에도 온몸에서 작은 폭발이 일어났던 까닭이다. 고통을 동반한 것이 아니었다. 오히려 상쾌하고 시원한 폭발이었다. 다른 것이 아니었다. 단전이 포화상태였던지라 합류하지 못하고 온몸에 퍼져 남아 있던 뇌전의 기운과 소환진의 기운이었다. 비록 환골탈태를 이루고 또 단전이 커졌다고는 하지만 워낙 엄청난 양이었던지라 모두 수용할 수가 없었던 것이다. 이산도 모르고 있지는 않았다.

그래서 또 한 번의 탈각과 환골탈태를 목표로 삼을 수가 있었던 것이고.

어쨌거나 그것들이 격랑 같은 진기와 마나의 흐름에 견디지 못하고 이미 잡아놓았던 자리를 털고 움직인 것이다. 그와 함께 이산도 몰아일체의 삼매경에 빠졌다. 띠는 순식간에 두 개, 세 개로 불어났고, 오래지 않아 인간이 지닐 수 있는 한계인 일곱 개까지 이르렀다. 그러고 나서야 마나홀로 흘러들던 진기의 유입이 멈추어졌다.

하지만 그것이 끝이 아니었다.

그럼에도 외부에서 들어오는 마나의 유입은 멈출 줄을 몰랐다. 더불어 아직도 상당량 남아 있던 뇌전과 소환진 기운의 움직임도 마찬가지였고. 이산 역시 그것을 제지하거나 통제하지 않았다. 일곱 개의 서클이 생성되면서 또 다른 각성이 일어났고, 그래서 이제 무슨 까닭이며 다음에 무엇이 올지 분명히 깨닫고 있었던 탓이다. 그것들은 뼈가 되고 살이 되면서 몸을 새로 만들 터였다.

"저, 저럴 수가……!"

노린이 경기 들린 음성을 토해냈다.

사방의 마나가 요동치며 무서운 속도로 이산의 몸으로 흘러들어 가는 것을 보았을 때부터 놀란 입을 다물지 못했던 그다. 나아가 마나가 마치 소용돌이의 벽이라도 쌓는 것처럼 이산의 몸을 감싸고돌고, 또 그런 속에서 이산이 환골탈태를 이루어 이십대 초반의 불현듯 커진 몸으로 재구성되는 것을 보았으니 과연 어떠했겠는가.

"마, 말도 안 돼!"

노린으로서는 눈앞에서 벌어지고 있는 일이 도무지 현실 같지가 않았다.

서클 하나 올리는 것도 얼마나 힘든 일이던가. 그리고 상위로 올라갈수록 기하급수적으로 어려움이 불어나는 것이 마법 레벨이거늘, 대체 누가 있어 단번에 7서클을 이루며 육체마저 재구성한단 말인가. 제대로 된 자신의 마법 마나 한 줌 가져보지 못했던, 그리고 수련마저 이제 막 시작한 마법에는 생초보인 인간이 아니던가. 그것도 그냥 일곱 개의 서클이라면 이렇게나 놀라지는 않았을 터이다. 서클 하나하나가 엘프인 자신의 것보다도 더 굵고 치밀했다.

그것은 다른 말이 아니었다.

마력이 그만큼 더 세고 또 오래 쓸 수 있다는 것과 같았다. 당장 자신과 붙어도 적어도 마력에서만큼은 그리 밀리지 않을 터였다. 게다가 아무리 육체의 재구성이라고는 하지만 그렇다고 순식간에 몸까지 커지다니.

듣도 보도 못한 일이었다.

"어, 어떻게 이런 일이 일어날 수 있는 거지……?"

노린은 더할 수 없는 경악만 드러내며 멍하니 이산을 바라볼 따름이었다. 이산은 여전히 가부좌를 한 자세 그대로 몰아지경에 빠져 있었고.

그러다 얼마나 흘렀을까.

"이럴 때가 아니지."

정신을 차린 노린이 말했다.

"옷이라도 가져다 놓아야겠군."

환골딜태로 인해 이산의 옷은 먼지로 화해 흩어져 버렸던 것이다. 자연 이산은 알몸일 수밖에 없었고.

그런데 그런 그의 주변이 깨끗했다. 첫 번째 환골탈태와는 다르게 별다른 노폐물이나 탁기의 배출이 없었다. 이미 환골탈태를 이룬 몸이기에 몸속에 그런 것이 쌓일 까닭이 없었던 데다 옷이나 모발처럼 일부 나온 것도 모두 산화되어 공기 중에 흩어져버렸기 때문이다. 더불어 조금이라도 쓸 만한 것은 모두가 이산의 몸이 성장하는 데 밑거름으로 사용되었고.

이산이 깨어난 것은 그로부터 족히 몇 시간은 더 흐르고 난 다음이었다.

"축하합니다, 이산님."

한순간에 소년에서 청년으로 변해 버린 자신의 몸부터 둘러보는 이산을 향해 노린이 옷을 내밀었다.

그사이 엄청난 마나 파장에 놀라서 찾아온 루이샤를 비롯한 많은 엘프들을 '지금 중요한 순간이니 나중에 알려주겠다'며 되돌려 보내느라 정신이 없었던 빛은 그런 노린의 어디에도 보이지 않았다.

"우선 옷부터 입으십시오."

그리고 이산이 옷을 걸치기를 기다려 재촉하듯이 말했다.

"대체 어떻게 된 일입니까? 어떻게 그런 일이 벌어질 수 있습니까? 제게 좀 자세히 알려주실 수 없겠습니까? 최소한 몇 달은 매달려도 모자람이 없을 귀한 연구 자료가 될 것 같습니다만?"

거부할 까닭이 없었다.

이산은 마나홀의 문제를 발견할 때부터 시작해서 비교적

자세하게 모든 사실을 알려주었다. 물론 뇌전의 기운과 소환진의 기운은 적당히 둘러댔고. 사실대로 말하려면 자신이 다른 세계에서 온 것과 그 사정까지 다 밝혀야 하는데, 그러고 싶지는 않았던 것이다. 굳이 감추고 싶어서라기보다는 자신도 잘 모르는 일을 말해서 더한 놀람을 줄 필요는 없다고 생각했던 까닭이다. 아울러서 이제 자신도 이 세상 사람이고, 또 그렇게 살아가지 않으면 안 되는 이상 과거를 모두 잊고 완전히 새로운 인생으로써 살아가겠다는 결심을 한 바 있기 때문이기도 했고.

"그렇지만 아직은 모릅니다."

마지막에 이산은 덧붙였다.

"비록 순수한 엘프 마나는 아니지만 어쨌든 엘프의 마나 축적법으로 끌어들인 마나인지라 엘프 마법을 사용하는 것이 가능하지 않을까 저는 생각합니다만, 과연 그런지는 이제 실험을 해봐야 알 수 있을 것 같습니다."

그랬다. 마지막 실험이 남아 있었다.

엘프의 마나 축적법으로 모은 것이라고는 하지만 이미 변형되어 이산의 본신진기와 하나가 되어버린 마나로 과연 엘프 마법을 실현할 수 있느냐 하는, 넘어야 할 가장 중요한 문제가 남아 있었던 것이다.

알아보는 것은 간단했다. 가장 쉬운 마법 중 하나를 골라 엘프 마법으로 실현해 보면 될 일이었다. 그리하여 노린이 일러주는 수식대로 마나를 재배열한 이산이 주문 영창도 없이 바로 시동어를 외쳤다.

"라이트!"

그러자 다음 순간이었다.

팟! 하고 사람의 머리보다 더 큰 광구(光球)가 이산의 앞 허공에 생성되었고, 동공의 천장에 박힌 마법등은 아무것도 아닐 정도로 눈부시게 밝고 찬연한 빛을 뿌려댔다. 마치 태양이라도 불러온 듯했다.

그에 이산 자신이 놀라 아! 하고 탄성을 발했고, 그러자 광구로 이어지던 마나의 흐름과 파장이 끊어지면서 광구도 감쪽같이 사라졌다.

"허어……!"

정작 놀란 것은 노린이었다.

제대로 된 풀이나 설명도 없이 단 한 번 마나 배열의 수식을 불러주었을 뿐이다. 그런데 단번에 마법을 실현하는 것이었으니. 게다가 그 크기와 밝기는 물론이고 발현 속도는 더욱 보는 눈을 의심할 지경이었다. 자신이라도 매직스태프 같은 마나 증폭 물품을 가지지 않는 한 그보다 더 빠르게 실현할 수는 없을 터였으니까 말이다.

"보지는 못했지만 위대한 존재도 이 정도까지는 아닐 것입

니다. 정말 대단합니다. 마법의 역사를 새로 쓰지 않으면 안

될 것 같습니다.”

“과찬의 말씀입니다.”

이산이 겸연쩍은 얼굴을 했다.

“아직 수식을 비롯해 배울 것이 많이 남아 있지 않습니까.”

“그런 것이야 이산님의 두뇌라면 몇 년 걸리지도 않을 것

입니다. 어차피 마법의 연구는 평생을 통해 이루어지는 것이

니 그것은 예외로 두고 말입니다.”

이산이 짐짓 고개를 숙였다.

“어쨌든 앞으로도 잘 부탁드립니다.”

“그것은 제가 드려야 할 말 같군요.”

노린이 웃으며 응대했다.

“마법 수식과 운용을 가르쳐 드리는 것 말고는 오히려 질

문을 제가 더 많이 하게 될 것 같으니까요.”

그것은 별반 거짓말이 아니었다.

이산은 그로부터 족히 몇 달을 그의 질문 공세에 시달려야

했다. 무엇이 그리 궁금한 것이 많은지 생각지도 못한 갖가지

질문들을 퍼부어댔다. 특히나 이산의 내공에 관해서는 광적

인 집착을 보였고. 그래서 이산은 아예 엘프들에게 내공심법

을 하나 가르쳐 주느냐 마느냐 하는 것으로 심각하게 고민까

지 했을 정도였다.

꽤 여러 가지 내공심법을 알고 있는 이산이었다. 공력이 조화지경에 이르고, 또 뇌정자가 더 이상의 내공심법은 없다고 장담한 그대로 무궁무진한 능력을 발휘하는 뇌령신공 하나만 해도 충분하기에 다른 것을 익히지는 않았지만, 적당한 것을 택해 가르치는 것은 문제가 아니었다. 다만 과거 세계의 무공을 전혀 다른 세상인 이곳에다 전파하는 것이 과연 옳은 것이냐 하는 데서 약간의 망설임은 있었다.

그에 대한 결정은 의외의 계기로 쉽게 났다.

본래 이산은 노린에게 마법을 배우며 유적과 엘프의 숲을 며칠에 한 번씩 오갔는데, 그런 어느 날이었다. 그날도 여느 때처럼 노린의 수련장으로 가기 위해 새벽의 공기를 가르면서 엘프의 숲을 질주하고 있을 때였다.

어디선가 챙, 챙 하는 금속성이 울려 퍼지는 것이 아닌가.

호기심이 생긴 이산은 곧 그곳으로 향했고, 거기서 그는 검술 연습에 매진하고 있는 두 엘프를 발견할 수 있었다. 다름 아닌 프리엘과 에이릴이었다. 엘프답게 둘은 검술도 익히고 있었던 것이다.

이산이 딱히 기척을 숨긴 것이 아니었음에도 둘은 그의 등장을 전혀 눈치채지 못하고 있었다. 얼마간 거리를 두었던 데다 경지가 경지인지라 이산이 신경 쓰지 않고 움직여도 어지간해서는 기척이 드러나지 않기 때문이기도 했고, 또 진검 대련인지라 프리엘과 에이릴도 온 정신을 대련에만 쏟고 있었기 때문이기도 했다. 그리하여 대련을 마치고 물러서다가 짝짝짝, 하는 이산의 박수 소리에 화들짝 놀라 돌아볼 수밖에 없었고.

"이산님!"

놀람도 잠시, 프리엘이 반색을 했다.

"언제부터 계셨습니까? 말씀하시지 않고요!"

에이릴은 어리둥절한 기색을 보이다가 이내 고개를 숙여 보일 따름이었고.

프리엘과 달리 그녀는 청년으로 변한 이산을 처음 보았던 것이다. 물론 그 사실을 모르고 있지는 않았고. 정령과 친화력이 워낙 좋은 엘프들이기에 자신의 공동 안에서 나가지 않고도 부족 안에서 벌어지는 일은 거의 모두라고 해도 좋을 만큼 잘 알고 있었다.

"얼마 되지 않았습니다."

이산도 가볍게 예를 취했고, 대꾸했다.

"지나가다가 소리가 들리기에 들렀습니다. 그나저나 열심이군요. 상당한 실력들이기도 하고."

입에 발린 소리가 아니었다.

종족이 종족인지라 검과 몸이 한 가지로 빠르고 경쾌했으며, 날카로웠다. 마나를 겨우 검에 실을 줄 아는 수준이었고. 이 세상의 경지로 따진다면 아마도 소드 유저 중급을 간신히 넘어선 정도로 보면 될 터였다. 아쉬움이 있다면 검술이 너무 변화에만 치중하고 가벼워 보인다는 것이고. 그렇지만 이런 정도만 해도 운기와 내공이라는 개념이 따로 없는 이 세상에서는 매우 훌륭한 수준이라고 봐야 했다.

처음 이산이 이 세상의 검술 체계를 듣고는 얼마나 놀랐던가. 무작정 검술을 먼저 수련한다니. 그런데도 마나를 느끼는 이가 나오고, 또 거기서 오러와 오러 블레이드를 발하는 경우까지 생긴다니.

무림에도 동공(動功)이 없는 것은 아니지만 그것으로 검기는 몰라도 검강을 발현해 내는 경지까지 간다는 것은 거의 불가능했다. 필시 무림보다 몇 배는 더 많은 자연지기가 이유일 터였다. 하기야 또한 그래서 마스터가 되는 것이 하늘의 별을 따는 것만큼이나 힘들고, 따라서 들은 대로라면 과거 세상보다 몇 배는 클 것으로 여겨지는 이 대륙 전체에서 마스터라 칭해지는 이가 겨우 손에 꼽을 정도밖에 되지 않는다는 까닭이기도 할 터였다.

그리고 경지도 그랬다.

마나를 느끼고 활용하면 소드 유저고, 오러를 발하면 소드 엑스퍼트고, 오러 블레이드면 소드 마스터라니. 더구나 그 격차는 무엇으로도 매울 수가 없다니. 어떻게 그런 것으로 실력과 수준을 가늠하고 상하를 매길 수 있단 말인가. 진정한 검은 외형의 드러남과 살상의 힘으로 나타나는 것이 아니거늘.
하물며 환경은 말할 것도 없고 육체적, 정신적 상황에 따라서
도 확연히 달라지는 것이 인간이고 동물인 것을.

이산으로서는 도무지 이해가 가지 않는 일이었다.

그래서 세상에 나가게 되면 반드시 그것부터 견식하고 확
인해 보리라고 마음먹게 되었던 것이다. 또 그런 까닭이 있었
기에 검이 부딪치는 소리를 듣자마자 호기심을 느끼고는 불
문곡직 달려온 것이고.

하지만 두 엘프에게 손을 섞어보자고 할 수는 없었다.

수준도 수준이고, 또 둘 다 여성 엘프인데다 어떤 상황인지
도 모르는 일이다 보니 아무래도 얼마간의 거리낌이 있었다.

그리하여 적당히 인사를 나누고는 떠날 참이었지만, 상황
은 그렇게 되지 않았다.

"저는 그런 소리를 들을 자격이 없습니다."

프리엘이 한숨을 내쉬며 말꼬리를 잡았다.

"벌써 수십 년째 제자리걸음입니다. 에이릴은 해가 갈수록
느는 것이 눈에 보이는데. 이러다간 곧 추월당하고 말 것입니
다. 대체 뭐가 문제일까요?"

"수련 방법을 바꿔보는 것도 좋을 것 같습니다만."

대련만 보고도 수련 방향이 이제 두 사람의 수준에 미치지
못하고 있으며, 그래서 수준에 걸맞은 수련 방법으로 바꾸지

않으면 긴 시간 답보상태에 머물 수밖에 없다는 것을 알아보았기에 무심코 내뱉은 말이었지만, 그것이 문제였다.

프리엘이 언제 그렇게 수심에 차고 한숨을 뱉었냐는 듯이 수정처럼 반짝이는 눈을 하고는 물고 늘어졌던 것이다.

"어떻게 말입니까? 구체적으로 말씀해 주시면 안 될까요?"

무림이라면, 아니, 이 세계라도 인간이었더라면 사승 관계도 아니면서 이렇게까지 노골적으로 묻고 나서지는 못했을 터이다. 그저 앞서 한마디 들은 것만으로도 감지덕지하고 말지. 나머지는 자신의 몫이라고 여기는 것은 당연하고.

엘프였기에 가능한 일이었다.

엘프에게는 사제 관계라는 것이 없었다.

아니, 스승이니 제자니 하는 말 자체가 아예 없었다. 모두가 한 가족이자 동족이라는 유대감을 가지고 있기 때문이다. 배우고자 찾아오면 여건이 허락하는 한 누구라도 가르치고, 가르침을 받고자 하면 누구에게든 배울 수 있었다. 그것을 가지고 인간들처럼 대가가 오가지도 않고, 또 사제 같은 관계를 형성해야 되는 것도 아니었다.

물론 엘프들 사이에서만 이루어지는 일이었다.

다른 종족에게는 가르치지도 배우지도 않았다.

만약 상대가 이산이 아니었다면 프리엘은 설사 이산보다 훨씬 더 뛰어난 고수이면서 또 잘 아는 사이라고 해도 결코 이런 부탁을 하지는 않았을 터였다.

왜냐하면 이산은 부족의 친구였으니까.

"가르쳐 주세요. 어떻게 하면 되지요?"

프리엘의 재촉에 이산은 결국 입을 열었다.

"검을 조금 무겁게 전개해 보세요."

"검을 무겁게 전개해요?"

프리엘이 의아한 얼굴을 했다.

"무거운 검을 쓰라는 말인가요?"

"그것도 한 가지 방법이긴 하지만, 그보다는 무거움을 검에 싣는 것이 훨씬 효과적입니다."

프리엘이 고개를 갸웃 했다.

"무거움을 검에다 실어요?"

이산은 머리를 끄덕였다.

"그렇지요."

"어떻게요?"

"……."

결국 이산은 평소 들고 다니던 목검으로 시범을 보여주지 않으면 안 되었다. 먼저 이산은 자신이 본 두 엘프의 검술을 그녀들이 펼쳤던 그대로 펼쳐 보였고, 이어서는 제 말대로 무거움에다 느림의 요결까지 실어서 간단하게 또 한 번 펼쳐 보여주었다.

"차이를 알겠지요?"

그때까지도 더할 수 없이 경악에 찬 모습으로 멍하니 바라보고만 있는 둘이었기에 이산으로서는 검술의 차이를 알아보아서 그러려니 해서 한 말이었지만, 그러나 그녀들의 그러한 모습은 그 때문이 아니었다.

"어, 언제 우리의 검술을……?"

"어떻게 그렇게 정확하고 익숙하게 펼칠 수가……!"

그녀들이 이산과 만난 지 겨우 반년이었다. 설령 그때부터 엘프 검술을 익혔다손 치더라도 이럴 수는 없었다. 하물며 그때는 물론이고 그 이후로도 가르쳐 준 적이 없음을 알고 있음에야. 그리고 노린 장로는 검술을 익히지도 않았으니 그가 마법과 곁들여서 가르쳤을 공산도 없었다.

그런데도 자신들보다 더 정련되고 노련한 엘프 검술이라니.

다른 모든 종족을 통틀어서도 가장 익히기 어렵고 난해하다고 알려진 것이 엘프 검술이 아니던가. 그녀들로서는 경악과 충격을 느끼지 않을 수 없었던 것이다.

결국 결론은 하나로 귀결되었고.

"예전에 이미 익히고 계셨습니까?"

"누군가 또 다른 엘프 친구가 있나 보군요?"

"지금 그런 것이 중요한 문제가 아닐 텐데요?"

조금 전에 잠시 지켜본 것만으로도 충분했다고 하면 또 얼

마나 더 놀라고 어떤 질문을 해댈지 몰라 이산은 얼른 화제를
바꾸었다.

"아까 질문에나 대답해 보십시오. 처음과 두 번째 사이에
서 어떤 차이를 느꼈습니까?"

"그, 그것이……!"

두 엘프는 꿀 먹은 벙어리가 되었다.

이산이 엘프 검술을 능숙하게 펼치는 것에 놀라 제대로 보
지를 못했던 것이다.

할 수 없이 이산은 또 한 번 시전을 해 보여야 했다. 그제야
둘은 집중했고, 작으나마 차이를 집어냈다. 그러나 이산이 의
도한 것을 제대로 분명하게 집어내지는 못했다. 그래서 이산
이 자신이 한 그대로 따라해 보라고 시키자 검에다 무거움을
싣는 것은 고사하고 오히려 자신들의 본래 검로(劍路)마저 잃
고 손발이 어지러워졌다.

보다 못한 이산이 말했다.

"느리지도 빠르지도 않은 균일한 속도로 천천히, 그리고
더 무거운 검을 들고 있다고 생각하면서 검을 휘둘러 보세요.
성 어리우면 검에 마나를 주입해도 좋고요."

"마나를 주입하면 오 분도 안 돼 탈진할 텐데요?"

"검에 무게를 실을 만큼만 뽑으면 됩니다."

"저희로서는 불가능합니다."

대번에 헉헉대며 프리엘이 말했다.

"마나를 조절할 수가 없습니다."

그것은 에이릴도 마찬가지였다.

그에 이산도 곧 깨달았다.

체계적으로 내공을 수련했다면 아무리 내공이 적어도 그렇게 어려운 일이 아니겠지만, 이들은 그런 것이 아니기에 불가능하다는 것을. 물론 수준이 오른다면 가능하겠지만 지금으로써는 어떻게 할 방법이 없었다.

물론 방법이 아주 없는 것은 아니었다.

지금이라도 내공심법을 수련하면 될 일이었다. 그러면 당장의 검술 수련에 효과를 보는 것은 물론이고, 오래지 않아 이들이 그토록 원하는 진정한 검사인 소드 엑스퍼트로 성큼 뛰어오를 수도 있을 터였다.

이산은 그렇게 생각했다.

그리하여 그는 결국 그간 고민해 오던 것을 털어버리고 엘프들의 특성에 맞는 내공심법을 하나 전수할 결심을 굳히게 되었다.

그렇지만 얼마 지나지 않아 이산은 그것이 불가능하다는 것을 깨닫지 않으면 안 되었다. 오랫동안은 아니지만 이미 마나를 검에 실을 줄 아는 둘이었다. 그렇다면 그만큼의 내기는 몸에 내재되어 있다는 이야기였고, 따라서 자신이 도와서 그

내기를 움직여 단전을 만들고, 또 그것을 기반으로 내공법문
에 따라 진기를 유통시켜서는 몸으로 각인하게 만들면 될 일
이었다. 이산은 그렇게 생각했고, 또 그 편이 훨씬 수월하리
라 예상했지만 그렇지가 않았던 것이다.

문제는 이미 마법사의 마나홀을 가지고 있다는 것이었다.

그것의 간섭으로 단전 자체를 만들 수가 없었다. 아니, 진
기를 모으는 것 자체가 불가능했다. 일단 제멋대로 흩어져 있
는 내기, 즉 검사의 마나를 모아 단전을 만들어야 무엇을 해
도 할 텐데, 심장 근방으로 움직이기만 하면 마나홀은 반발했
고, 그에 몸만 극심한 고통을 느껴야 했다. 그렇다고 심장 부
근을 지나지 않을 수도 없는 일이었다. 이산처럼 마나와 진기
가 하나가 아니었고, 그렇게 될 수도 없기에 생기는 일이었
다. 이산으로서도 자신에게 일어난 일은 천에 하나, 만에 하
나도 나오기 힘든 특수한 경우라는 것을 몰랐던 데서 온 시행
착오라 할 수 있었다.

결국 이산은 포기하지 않을 수 없었다.

단지 마법사의 마나홀을 가진 이는 뒤늦게 단전을 만들어
내공을 쌓는 것이 불가능하다는 결론을 얻은 것으로 만족해
야 했다. 덤으로 엘프들에게 내공심법을 전수하느냐 마느냐
로 고민할 필요도 없게 되었고.

자연 프리엘이 검술의 경지를 높이기 위해서는 이제까지

해온 대로 열심히 검을 휘두르는 것밖에 남지 않았다. 물론 수련 방법은 이산의 조언대로 달리해야겠지만. 그리고 그것만으로도 후일 큰 차이로 드러나겠지만. 어떻든 그렇게 열심히 휘두르다 보면 내기가 저절로 알아서 마나홀의 간섭이 미치지 않는 몸속의 부분 부분에 쌓이고 분포할 터였다. 그러면서 한 계단 올라서게 되는 어떤 계기를 기다리는 외에는 다른 수가 없었다. 그리하여 운이 좋아 경지가 높아지고 나면 단전 없이도 어느 정도 내기의 수발이 자유로워지게 될 터였고, 엑스퍼트가 되는 것이었다.

"휴우, 끝내는 원점으로 되돌아오고 마는군요."

한숨을 쉬며 말한 이산은 다시 처음의 이야기를 거듭했다.

"이제는 정말이지 프리엘님 말대로 무거운 검을 준비하는 외에는 달리 뾰족한 방법이 없겠습니다. 그것으로 온 힘을 다 쏟으면서도 최대한 느리고 정확하게 초식을 펼치십시오. 그럼으로써 힘과 무거움과 안정과 중심을 자연스럽게 느끼고 습득하는 것입니다. 그래서 어느 정도 익숙해지면 다시 검을 본래의 것으로 바꾸어서 하는 것이고요."

무림에서도 제대로 된 검객으로 인정받으려면 반드시 거쳐야 하는 중(重)과 만(晚)의 수련 방법이었다. 물론 이산도 거쳤고. 조화지경에 오른 내공 때문에 방식과 기간은 다를 수밖에 없었지만.

"오늘은 일단 제게 요령만 배우십시오. 그러면 검이 준비되는 대로 얼마든지 스스로 수련할 수 있을 것입니다."

그 후로 이산은 무려 열 번도 더 넘게 시범을 보여야 했고, 그러고도 그 몇 배가 넘는 시간을 할애해 둘의 자세와 몸과 발의 움직임, 검의 전개를 봐주어야 했다. 그렇게 해서 간신히 어느 정도 그 방식과 요령을 숙지시킨 그는 거의 한나절이 넘어서야 자리를 뜰 수 있었다.

그렇지만 그것으로 끝이 아니었다.

그가 떠난 후에도 프리엘과 에이릴은 이산이 가르쳐 준 것을 잊어버리지 않기 위해 연습을 계속하고 있었는데, 그것을 다른 엘프가 보았던 것이다. 그것도 과거 둘에게 검술의 기초를 닦아주었던 엘프 숲 최고의 검사라고 자타가 공인하는 소드 마스터 엘리아였다.

그녀는 보자마자 놀람에 찬 음성을 토해냈다.

"대체 이러한 것을 어디서 배웠지요?"

프리엘과 에이릴은 굳이 숨겨야 할 까닭이 없었고, 이야기를 다 들은 엘리아는 그대로 몸을 날려서는 한달음에 이산을 찾아왔던 것이다.

"엘리아가 어쩐 일입니까?"

한참 이산에게 마법 수식을 강의하고 있던 노린이 먼저 놀란 얼굴을 하고 물었다. 엘리아가 오십여 년 전부터 엘프들이

하는 통상적인 활동조차 하지 않고 자신의 수련 장소에서 두
문불출하면서 검술 수련에 빠져 있다는 것을 잘 알기에 그렇
게 반응한 것이었다.

"무슨 일이라도 있습니까?"

"그, 그것이……."

엘리아는 한순간 당황했고, 그래서 무슨 대꾸를 잇는 대신
에 다만 머리만 얼른 숙여 보였다. 스스로의 생각에만 사로잡
혀 무작정 찾아오다 보니 이곳이 어떤 곳이며, 누가 있는지에
대해 생각을 못했던 것이다. 다른 사람도 아닌 부족 장로의
공간이자 게다가 혼자만의 수련 장소였다. 아무리 엘프라도
허락없이 들락거릴 수는 없었다.

보고 있던 이산이 불쑥 물었다.

"저를 찾아오신 것입니까?"

몇 번이나 자신을 힐끔거리는 그녀의 태도에서 충분히 그
것을 짐작할 수 있었던 것이다. 단지 그 이유가 무엇인지 짐
작이 가지 않을 뿐이었다.

기다렸다는 듯이 엘리아가 대답했다.

"이산님이시지요? 처음 뵙겠습니다."

"제게 무슨 볼일이 있으신가요?"

"부탁을 드릴 것이 있습니다."

잠시 망설이며 은근히 노린의 눈치를 살피는 듯하던 엘리

아가 이내 입을 열었다.

"저와 대련을 해주십시오."

"……!"

"프리엘과 에이릴에게 가르친 것을 보았습니다."

이산은 물론이고 노린까지도 어리둥절하고 당혹스런 표정을 감추지 못할 때 엘리아가 재빨리 말을 이었다.

"그들에게 무슨 말을 했고 어떻게 지도했는지도 다 들었고요. 그것은 제가 마스터에 오르고 난 뒤에야 겨우 알 수 있었던 이치입니다. 그렇다고 해도 저로서는 그렇게 간단하게 정리할 수도 없고, 또 남에게 가르칠 수는 더욱 없고요. 그것만 봐도 최소한 이산님은 나와 동급이나 그 이상의 마스터일 터, 대련을 해본다면 그간 제 앞을 가로막고 있던 벽을 깰 수도 있지 않을까 생각해서 드리는 부탁입니다."

"엘리아도 나와 비슷합니다."

노린이 거들고 나섰다.

"다른 것은 등한시하고 오직 검술에만 매진했지요. 그래서 불과 오백 살 남짓임에도 현재 우리 부족에서 검으로는 제일 강힙니다. 당연히 부족 내에서는 자신의 성장에 도움이 될 만큼 제대로 된 대련 상대를 구할 수가 없고, 그래서 이제까지 혼자 고민하고 번민하면서 수련할 수밖에 없었고요. 그러니 웬만하면 한번 대련을 해주시지요."

노린으로서는 엘리아를 도울 수 있는 일인데다 이산의 무위까지 확인할 수 있는 기회를 놓치고 싶지 않았기에 은근슬쩍 끼어들어서는 종용하는 것이었다.

"제가 마다할 까닭은 없군요."

이산도 싫을 리가 없었다.

아니, 오히려 제가 먼저 청하고 싶은 일이었다.

줄곧 수련을 해왔다고는 하지만, 따지고 보면 이제까지 제대로 된 검사는 고사하고 검을 든 사람과도 대련을 해본 적이 없는 그다. 자연 검사와의 대련에 간절히 목말라 있을 수밖에 없었다. 그리고 안 그래도 마법을 어느 정도 익히고 나면 노린이나 루이샤에게 부탁을 해서라도 이름난 엘프 검사와 대련을 해볼 생각을 가지고 있었는데, 하물며 상대는 소드 마스터였다.

곧 셋은 자리를 옮겼다.

어차피 둘이 대련을 하기에 공동은 좁았다. 게다가 마스터끼리의 대결이었다. 까딱하다가는 숲이 상할 수도 있다는 노린의 강력한 주장에 따라 그들은 숲의 결계를 벗어나 한적한 장소로 이동했다.

물론 이동은 노린이 주재했고, 아무도 이의를 달지 않았다. 8서클 마도사의 워프가 얼마나 빠르고 안정적인지 알기에 그러했다.

Chapter 10

로미런

“그럼.”

목례를 한 엘리아가 먼저 검을 들고 자세를 취했다.

가냘픈 미모의 엘프가 들고 있기에는 어울리지 않을 법한 크고 묵직한 바스타드소드였지만, 묘하게도 엘리아가 들자 박력이 있고 어울렸다.

이산도 마주 예를 취하며 목검을 겨누었다.

서서히 둘의 기운이 사방으로 펴져 나가면서 긴장감이 고조되기 시작했다.

그에 영향을 받은 것은 노린이었다.

　10여 미터 정도 거리를 두고 흥미진진한 얼굴을 하고 있던 그는 헛! 하는 헛바람 소리를 내면서 얼른 뒤로 다시 10여 미터나 물러서야 했다. 둘의 기운이 확장되면서 옭아매는 듯한 압박감을 느꼈던 것이다. 물론 마법으로 몸을 보호하는 방법도 있었지만, 구경하는데 굳이 그렇게 해서까지 가까이 있을 이유는 없었다.

　"타앗!"

　먼저 움직인 것은 엘리아였다.

　역시 엘프 검술이었고, 쾌검이었다.

　하지만 프리엘이나 에이릴의 것과는 차원이 달랐다. 검은 말할 것도 없고 신형까지도 잔영만 남을 정도로 빨랐고, 그러면서도 가로막는 것은 무엇이든 베고 부숴 버릴 무지막지한 힘이 담겨 있었다. 오죽하면 검이 지나가는 사방 일 미터 궤적 안의 공간이 무섭게 일그러지며 요동치겠는가. 어설픈 고수라면 그 안에 검을 들이밀지조차 못할 터였다. 산산이 부서진 검편만 남을 테니까.

　반면에 이산은 정(靜)이었다.

　별반 몸을 움직이지도 않았고 검도 그리 빠르지 않았다. 그저 슬쩍슬쩍 뻗어내는 것 같을 따름이었다. 그럼에도 엘리아의 그 무시무시한 검이 그것을 뚫지 못했다. 이산은 정면으로 부딪치지 않았다. 가장 적절한 순간에 그녀의 검로나 검면을 쳐서 부드럽게 흘려내고 또 튕겨냈다. 사량발천근(四兩撥千斤)과 이화접목(移花接木)의 요결을 실었기에 아주 적은 움직임과 힘만으로도 가능했다.

엘리아는 오래지 않아 깨달았다.

적어도 운용과 기술에 있어서는 이산이 자신보다 훨씬 월등하다는 것을. 따라서 이런 식으로는 아무리 기를 써봐야 그의 옷자락 하나 건드리기 힘들다는 것을.

그리하여 그녀는 공세를 멈추고 뒤로 물러섰다.

"과연 제 짐작이 틀리지 않았군요. 저로서는 넘볼 경지가 아닙니다. 대단하십니다. 그렇지만 아직 한 가지는 남았으니 마저 펼쳐 보이도록 하겠습니다."

이어 그녀가 재차 검을 겨누었다.

그러자 이제까지와 달리 검에 밝은 광채가 어리더니 마치 검끝이 연장되는 것처럼 현란한 광채가 검의 형상으로 쭈욱 뻗어 나오는 것이었다. 그것도 거의 2미터 가까이나 되었다. 검을 익히는 자라면 누구나 바라 마지않는, 그러나 결코 이루기 쉽지 않은 지고의 경지이자 검술의 총아인 검강, 즉 오러 블레이드였다. 이 세상의 기준으로 따지면 소드 마스터 중에서도 상당히 높은 경지란 이야기였고.

"오오! 벌써 저 경지에……!"

탄성을 발한 것은 노린이었다.

그로서도 엘리아의 진실한 경지는 처음 보았던 탓이다. 또 검에 재능이 있고 오래 사는 엘프라고는 하지만 이 정도 경지에 오르는 경우는 매우 드물었던 탓이기도 했고.

그러나 정작 이산은 별다른 감흥을 보이지 않았다. 그의 눈에는 과거 자신이 내공으로만 펼쳤던 미완성의 검강과 별다른 차이가 없었던 까닭이다. 그저 검이 조금 더 날카로워지고, 길이가 더 늘어났다는 것 외에는 특별한 점이 보이지 않았다. 이제 그는 그 경지를 훨씬 뛰어넘고 있었으니 당연한 일이었다. 하기야 그래서 지금까지 그토록 쉽게 엘리아를 상대할 수 있었던 것이기도 했고.

사실 그는 격돌 전까지만 해도 은근한 기대와 긴장과 흥분을 품고 있었다. 처음으로 검을 든 상대다운 상대와 대련을 벌이는 것이었으니 그럴 수밖에 없었다. 하물며 그토록 궁금해하고 갈망하던 소드 마스터가 아니던가.

그렇지만 엘리아와 검을 들고 마주 서서 기세를 교환할 때 이미 확연히 깨달을 수 있었다. 비록 지금까지 겪은 개개의 몬스터나 맹수들보다 훨씬 강한 상대이기는 하지만, 그렇다고 마음속으로 그토록 기대했던 것처럼 긴장감을 들게 하거나 투기를 끓어오르게 만들 만한 상대는 아니라는 것을. 굳이 비교하자면 지난날 프리엘과 에이릴을 구할 때 만났던 자이언트 오크 무리 전체와 비슷하거나 조금 나은 정도에 불과했다. 애써 알려고 하지 않아도 엘리아가 기세를 발하는 순간 감각이 저절로 그것을 일러주었던 것이다. 몬스터들과의 실전과도 같은 온갖 기괴하고 난측한 수련과 훈련을 무수히 거치면서, 또 그런 가운데 경지가 오르면서 자연스럽게 체득한 기감이었다. 기실 이산은 그 정도가 아니라 이미 의지만으로도 자신의 영역을 구축할 수 있고, 그 안에 들어온 상대를 마음대로 요리할 수 있는 경지에 올라 있었다. 본인이 잘 실감하지 못하고 있을 뿐.

"차핫!"

이번에도 엘리아가 먼저 움직였다.

기세와 위력이 이전과 비할 바가 아니었고, 엘리아 역시도 내심 이기기는 힘들지 모르지만 적어도 이산의 진신절학은 끌어낼 수 있으리라고 생각했다.

그렇지만 결과는 전혀 아니었다.

이산은 이전과 조금도 다름없이 대응했다. 검강을 발하지도 않았다. 일반적으로 미스릴같이 희귀하고 매우 강한 광물로 만들어진 검이라 할지라도 오러 블레이드에는 견뎌내지 못한다는 것이 정설이었다.

하물며 이산의 검은 목검이었다.

아무리 흘린다고 해도 오러 블레이드와 부딪쳐서는 성할 수가 없었다. 단번에 부서져야 했다. 설사 오러를 둘렀다고 해도 마찬가지였다. 오러와 오러 블레이드는 천양지차였다. 견딜 수가 없었다. 그래야 정상이었다.

그러나 이산의 목검은 오러 블레이드를 막고 흘리는데도 처음 그대로 멀쩡하기만 했다. 엘리아가 기를 쓰며 전력을 다하고 있음에도 그러했다. 더구나 오러조차 두르지 않은 순수한 목검이었다.

엘리아로서는 미치고 환장할 노릇이었다.

상대의 검은 아무리 봐도 목검이었다. 엘프인지라 처음 목격할 때 이미 무슨 나무로 만든 것인지 바로 알 수 있었다. 그렇다고 무슨 마법이 부여된 마법검도 아니었다. 그 어디에도 마법진은 그려져 있지 않았다. 더불어 숨겨진 마법진이 있고, 그것이 작동을 한다면 반드시 있게 마련인 마나의 움직임도 없었다. 틀림없이 평범한 목검이었다.

그런데 그것을 어쩌지 못하고 있었다.

종내는 자신의 오러 블레이드가 잘못된 것은 아닌가 하는 의심마저 들 지경이었다.

결국 그녀는 손을 멈추고 말았다.

대신에 폭포수 같은 질문을 퍼부었다.

"대체 이게 어떻게 된 일입니까? 어째서 오러조차 두르지 않았는데 오러 블레이드를 막고 흘릴 수가 있습니까? 오러를 끌어올리고 있는데도 제가 혹시 몰라본 것입니까? 아니면 그

목검에 제가 알지 못하는 어떤 신비한 힘이라도 있는 것입니까? 어떻게."

"타핫!"

갑자기 이산이 온 사방이 쩌렁쩌렁 울릴 만큼 커다란 기합 소리를 토해내며 그대로 두면 한없이 계속될 것 같은 엘리아의 말을 잘라내는 것이 아닌가. 얼마나 소리가 컸는지 가까이 있던 엘리아는 물론이고 노린조차도 화들짝 놀라며 기겁하는 모습을 보였을 정도이다.

그리고 그것이 끝이 아니었다.

다음 순간 엘리아는 경악성을 토해내야 했다.

"헉!"

어느새 이산의 목검 끝이 금방 찔러 들어올 듯한 형상으로 자신의 양미간에 닿아 있는 것을 본 까닭이다. 나아가 거기서 흘러나오는 기운이 사지를 결박하며 꼼짝달싹 못하게 만들었기 때문이기도 하고.

'언제? 어떻게……?'

엘리아는 정말이지 목검의 궤적은 고사하고 이산의 움직임조차 조금도 보지 못했다. 느끼지도 못했다. 이것은 있을 수가 없는 일이었다. 자신은 마스터였다. 눈 감고, 귀 막고 있어도 결코 일어날 수 없는 일이었다.

그녀는 공황상태에 이르고 말았다.

절대적이라고 생각했던 스스로에 대한 가치와 존재와 믿음이 한순간에 뒤집어지며 회의와 혼란과 혼돈의 구렁텅이에 빠져 버렸으니 무리도 아니었다. 그녀는 아무 생각도 나지 않았고, 아무 생각도 할 수 없었다. 자신이 어디에 있는지, 지금 어떤 상황인지 하는 것도 모두 잊었다.

위험한 상황이었다. 이대로 두다가는 까딱하다가는 무인에게 있어서는 치명적이라고 할 수 있는 주화입마가 찾아올 공산이 컸다.

그때였다.

"검이 무엇입니까?"

불쑥 이산이 물었다.

"검의 길은 또 무엇입니까?"

기합 소리에 비할 수는 없지만 그래도 상당히 큰 음성이었다. 게다가 검을 엘리아의 미간에 그대로 둔 채였고, 눈으로는 전광과도 같은 안광을 뿜어내면서였다.

"아아……!"

탄성과 함께 제정신을 차리는 듯하던 엘리아가 이내 다시 눈의 초점을 잃었다. 그렇지만 조금 전과는 확연히 달랐다. 회의와 혼란이 아니라 무언가에 골몰하는 눈빛이었던 것이다.

엘리아가 탄성을 발할 때 이미 목검을 뗐던 이산은 조용히 뒷걸음질 쳐 5미터 거리를 두고 멈추었다. 그에 어리둥절한 얼굴로 보고 있던 노린도 어느새 그의 곁으로 다가왔고, 대뜸 입을 열었다.

"이것이 무슨."

"쉿!"

짧은 소리로 노린의 입을 막은 이산이 전음을 발했다.

[중요한 순간이니 말할 것이 있으면 마법 메시지로 하십시오. 나는 이렇게 전음으로 할 테니.]

[어떻게 된 상황입니까?]

[무언가 깨달음이 있는 모양입니다. 어쩌면 한 단계 올라갈 수 있을지도 모릅니다.]

[아! 과연!]

노린이 탄성을 발했다.

[그래서 돌연 그렇게 큰 소리를 내고 또 검을 겨누었던 것이군요. 이산님의 능력이 어디까지인지 모르겠습니다. 부족 최강이라는 소드 마스터 엘리아를 검으로 쉽게 제압하고, 더구나 그녀가 긴 세월 그토록 소원해도 도무지 끈조차 잡지 못하던 것을 단번에 길을 뚫어주시다니.]

이산이 어깨를 슬쩍 추어올렸다.

[제가 한 것은 별로 없습니다.]

[겸양하실 것 없습니다.]

[그런 것이 아닙니다.]

이산이 머리를 흔들며 대꾸했다.

[그간의 수련으로 이미 준비가 다 되어 있었습니다. 다만 촉발할 계기가 없었을 뿐입니다. 다행히 제가 알아볼 수 있었기에 그것을 터뜨려 준 것에 불과하고요. 그러니 제가 아니더라도 어떻게든 되었을 일입니다.]

[대신 시간이 많이 걸리겠지요.]

[글쎄요. 아직 결과가 나온 것도 아니니.]

노린이 활짝 웃었다.

[다 잘될 것입니다.]

[…….]

그것으로 둘의 대화도 끝이 났고, 그로부터 근 한 시간 반이나 지나서야 엘리아는 깨어났다. 그러고도 음미하듯 잠시간 가만히 있던 그녀는 이윽고 몸을 움직이더니 이산을 향해 깊이 예를 취했다.

"정말 감사합니다."

"축하합니다."

이산도 웃으며 화답했다.

엘리아의 달라진 기도를 한눈에 알아보았기에 그러했다. 하기야 노린 역시 그것은 마찬가지였고. 과거의 엘리아가 잘 벼려진 검처럼 손대면 그대로 베일 것 같은 예리함을 저절로 풍기고 다녔다면 지금은 오히려 둔중했다. 아니, 모르는 사람이 본다면 아무것도 익히지 않은 것처럼 겉으로 드러나는 것이 없었다. 한마디로 이제 완숙의 경지로 들어서면서 모든 것이 깊이 갈무리된 것이다.

노린이 궁금증을 드러냈다.

"이제 하이 마스터가 된 것인가요?"

마법만 파고들었던 그고, 그래서 엘리아의 수준이 높아졌다는 것은 충분히 알겠지만 과연 그것이 어떤 경지인지는 정확히 알지 못해서 나온 소리였다.

그러나 엘리아에게서는 아무 대꾸도 나오지 않았다. 이산을 돌아봐도 한 가지였다. 다만 둘 다 희미한 미소만 떠올리고 있을 따름이었다.

사실 똑같은 검술을 배워도 배우는 자마다 그 성취와 성향이 다르듯이, 깨달음도 마찬가지였다. 이루는 자마다 다 다를 정도로 무수한 갈래와 경지가 있었다. 다행히 엘리아는 이산이 말하고자 했던 바에 근접한 갈래를 타고 있었고, 또 그런 벽에 막혀 있었기에 단번에 깨달음에 이른 것이다. 그리하여 이제 엘리아도 비록 자신이 하이 마스터에 발을 들여놓았지만 소드 마스터니 하이 마스터니 하는 구분이 큰 의미가 없고, 또 그렇게 구분할 수도 없음을 깨닫고 있었다. 오러니 오러 블레이드니 하는 것도 별반 다를 것이 없었고.

그래서 아무 말도 하지 않는 것이다.

물론 그것을 억지로 설명하자면 할 수는 있겠지만, 중언부언 장황하게 늘어놓아야 할 뿐만 아니라 더구나 가장 중요한 요점은 말로서는 설명할 수 없는 부분이었다. 그러니 그러할 수밖에 없었다.

"……?"

노린이 의문을 담고 눈을 끔뻑거리며 둘을 번갈아 쳐다보다가 더는 못 참겠다는 듯이 다시 입을 열었다.

"뭐가 어떻게 된 건지 나도 좀 압시다."

엘리아는 쑥스러운 표정을 지었다.

"겨우 단초를 잡은 것에 불과합니다."

그녀의 대답에 만족하지 못한 노린이 재차 무어라 입을 열려 했지만 그는 그럴 수가 없었다. 그에 앞서 이산이 손짓하며 말했던 까닭이다.

"얼른 가보세요. 힘들게 얻은 것인데 온전히 자신의 것으로 만들어야지요. 완전히 습득하고 몸에 익히자면 아마도 꽤 많은 시간과 노력을 들여야 할 것입니다."

"나중에 또 부탁드려도 되겠습니까?"

조금 머뭇거리던 엘리아가 물었다.

"상대를 해주시겠습니까?"

"얼마든지요."

대답하면서도 이산은 그 시기가 적어도 이삼 년 후에나 오리라고 예상했다. 자신의 경우는 어차피 척도가 되지 않았기에 과거 석잠의 경우에 비춘 것이었다.

하지만 아니었다. 그녀는 불과 일 년 만에 수련을 끝내고 다시 나타났다.

그런데 다시 나타난 그녀는 과거의 그녀와 많이 달랐다.

지난 약속도 약속이고, 또 그녀의 성정으로 보아서도 나타나자마자 대련부터 해보자고 덤비는 것이 당연한 일일 텐데, 그래서 이산도 그에 응할 각오를 단단히 한 바였지만 뜻밖에도 그렇지가 않았다. 처음 나타나서 이산을 바라보며 기세를 뿜어낼 때만 해도 예측을 벗어나지 않는 듯했지만, 곧 한숨을 내쉬더니 태도를 바꾸었다. 오랜만에 뵙는다는 인사와 함께 깍듯이 예부터 취하는 것이었다. 물론 같이 있던 노린에게도 함께.

그리고 불쑥 묻는 것이었다.

"여기가 마지막이 아니라 오히려 시작인 듯하니 올라갈 길은 더욱 멀고 험하겠지요?"

"……!"

눈을 끔뻑거리던 이산이 대꾸했다.

"아마도 그렇지 않겠습니까."

"이산님은 어디까지 가셨습니까?"

“글쎄요. 별반 차이가 있을는지…….”

잠시 이산을 응시하던 엘리아가 다시 한숨을 내쉬었다.

“휴우, 물은 제가 어리석지요. 기세만 풀어보아도 이제는 상대가 아님을 바로 알 수 있음에야.”

처음에 이산에게 기세를 뿜었던 이유이다.

이산이 미소를 지으며 대꾸했다.

“곧 저를 따라잡을 수 있을 것입니다.”

“그 자리에 가만히 계셔도 힘들 것으로 여겨집니다만.”

“앞일은 아무도 알 수 없습니다. 한순간에 훌쩍 뛰어넘을 수도 있는 노릇입니다. 제가 바로 그 산증인이기도 하고요. 우연과 기연에 의해 여기까지 왔으니까요.”

“그렇게 위로하지 않으셔도 됩니다.”

엘리아가 환한 미소를 물면서 말했다.

“이제는 압니다. 지금부터는 기를 쓰고 수련한다고 되는 일도 아니고, 조급해서 될 일은 더욱 아니라는 것을. 그래서 천천히, 자유롭고, 편하게 가보기로 했습니다. 설사 이대로 멈춘 채 더 나아가지 못한다 하더라도 더 이상 아득바득하며 매달리지 않기로 말입니다.”

“옳은 판단입니다.”

이산이 고개를 끄덕였다.

“지금은 그럴 때가 되었지요.”

"그래서 말인데, 무얼 하면 좋을까요? 그동안 죽자고 홀로 수련만 해왔던 터라 수련을 하지 않으면 무엇을 어떻게 해야 할지 모르겠습니다."

"무엇인들 어떻겠습니까."

이산이 미소 지었다.

"하고 싶은 것을 하십시오. 마법을 배우는 저도 있지 않습니까. 마음이 이끄는 대로 하면 될 일입니다. 그러다 아예 검을 버리게 되면 그것도 좋고요."

"이산님을 따라다니는 것은 어떨까요?"

천만뜻밖의 제안을 꺼내는 엘리아였다.

"마법 공부도 당장 필요한 것은 한두 달이면 어지간히 끝나고, 그러면 인근의 숲을 탐색하며 둘러보려 한다고 들었습니다. 이산님은 제 몫을 충분히 하면서도 대화도 나눌 수 있는 또 하나의 동료를 얻어서 좋고, 저는 알게 모르게 배울 것이 많을 테니 서로 간에 이득이 아니겠습니까?"

기실 이산은 두 번의 환골탈태를 하면서 무공에 있어서는 목표했던 것을 모두 이룬 셈이었다. 따라서 이제 명상 속에서 스스로를 단련하거나 상상의 상대와 겨루는 심상(心象) 수련을 제외한 다른 수련은 아무 의미가 없었다. 조식도 그랬다. 의식적으로 할 필요가 없었다. 신경 쓰지 않아도 알아서 진기가 저절로 돌고, 모이고, 정제되었다. 당연히 마나홀도 넘나

들며 조절하고 조율했고.

더구나 현현심결까지 있으니 더 말할 것이 없었다.

그러니 마법 수식을 배우는 것만 끝나면 당장은 별달리 해야 할 일이 없었다. 마법을 연습하고 실습하는 것이야 어디에서든 할 수 있는 것이고, 그래서 그동안 궁금하게 여기던 주변을 탐색해 볼 요량을 했다. 더욱 강력하고 무시무시한 몬스터들에다 드워프니 웨어울프니 하는 유사인종들까지 있다는 엘프들의 이야기에 구미가 동한 지 오래였던 것이다. 게다가 근자에 들어서야 겨우 두 개이기는 하지만 서클을 회복한 듀라노도 원하는 바였고. 둘이서 마법의 실전 공부도 겸해 산맥 깊숙이 들어가는 모험을 해보기로 했던 것이다. 그런 뜻을 이산이 불과 어제 노린에게만 슬쩍 내비쳤었고. 그런데 그것을 벌써 엘리아까지 알고 있었으니.

"그리 현명한 생각 같지는 않습니다."

한순간 당혹을 감추지 못하던 이산이 얼른 말을 잘랐다.

"괜한 고생 자초할 것 없이 그보다는 차라리 다른 이들을 가르쳐 보는 것은 어떻겠습니까? 과거에 그렇게 해서 막힌 벽을 뚫은 경우도 있다는 이야기를 들은 적이 있습니다. 그럴 단계는 지났다 해도 최소한 스스로를 돌아보며 얻는 것은 있지 않겠습니까?"

"그것 참 좋은 생각입니다."

엘리아가 무어라 입을 열기도 전에 맞장구치며 들어온 것
은 지금까지 묵묵히 두 사람의 대화를 들으며 머리를 끄덕이
고만 있던 노린이었다.

"아이들도 가르치고, 스스로의 발전도 도모하고, 그보다
좋은 일거양득이 어디 있겠습니까. 사실 말이 나와서 말이지
만 엘리아는 그동안 일족의 의무인 가르침을 베푸는데 있어
많이 인색했습니다. 그간에 가르친 것이라곤 백여 년 전의 몇
몇이 다가 아닙니까."

"자, 장로님……!"

엘리아가 당황한 음성을 발했지만 무시하고 노린은 엄중
한 신색으로 말을 이었다.

"물론 수련 때문이란 걸 모르지 않습니다. 그래서 모두가
인정하고 지금까지 아무 말하지 않았고, 또 수련을 방해하지
못하게 막기까지 했던 것이고요. 그렇지만 이제 여건도 되고
했으니 가르쳐야지요. 지금 엘리아에게 검술을 배우고 싶어
하는 이들이 얼마나 많은지 아십니까? 아마도 지금 당장 줄을
세워도 일이백 미터는 족히 넘을 것입니다. 다 가르치라는 것
은 아닙니다. 일정 수준 이상에 오른 재능있는 아이들만이라
도 가르쳐서 후대를 키워주십시오. 제이, 제삼의 엘리아가 많
이 나올수록 좋지 않겠습니까. 이것만은 결코 회피해서는 안
될 일입니다."

“……”

엘리아는 꿀 먹은 벙어리가 되었다.

대신에 입을 연 것은 이산이었다.

“그럼 제게도 마찬가지로 적용되겠군요. 잘되었습니다. 그 동안 너무 많은 것을 받기만 해서 안 그래도 조금이나마 돌려 줄 방법이 없을까 고민하고 있었는데. 산맥을 탐사하는 것이 야 뒤에라도 상관없는 일이니.”

“이산님까지 그럴 필요는 없습니다.”

노린이 손을 내저으며 얼른 말을 받았다.

“이산님이 우리의 규약에 얽매일 까닭은 없습니다. 이산님 은 엘프가 아니라 엘프의 친구니까요. 그리고 그동안의 도움 만으로도 차고도 넘칩니다. 프리엘과 에이릴을 지도하고, 엘 리아를 이끌어준 데다, 어떻든 저와 에틴에게도 크나큰 도움 을 주셨으니.”

“그렇지만.”

“정 부족하다 여기시면.”

이산이 무어라 반박하려는 것을 자른 것은 엘리아였다.

“저를 비롯한 일정 경지에 올라 있는 다른 일족들에게 간 간이 지도 대련이나 한 번씩 해주시면 됩니다. 물론 기간도, 심도도 이산님 뜻대로 하시고요. 그 정도만 해도 오히려 저희 가 감지덕지해야 할 일입니다. 어디 가서 이산님 같은 분과 대련하며 지도를 받아보겠습니까. 더구나 저희가 아무리 과하고 격해져도 아무 상관 없이 대련을 이끌 능력까지 지니고 계시니 더욱 그렇고요.”

“맞습니다.”

노린도 거들었다.

“이산님께 한참 밑의 아이들을 가르치게 하는 것은 쓸데없는 낭비나 다름없습니다. 그들을 가르칠 만한 이들이 없는 것도 아니고. 그러니 굳이 더 베풀고 싶으면 엘리아의 말대로만 해주셔도 충분합니다.”

결국 이산도 수긍했다.

그런데 그렇게 이야기가 일단락되고 있을 때였다.

문득 멀리서 한줄기 미세한 마나의 움직임이 있더니 곧장 이산 등이 있는 공동으로 날아와서는 그대로 허공에서 흩어지며 음성으로 변하는 것이 아닌가.

[찾아뵈어도 되겠습니까, 장로님? 저 로미런입니다. 많이 기다리셨지요? 50년간의 길고도 지루했던 세상 경험을 탈 없이 모두 마치고 이제야 돌아왔습니다.]

엘프 마법 중에서도 정령을 부릴 줄 아는 5서클 이상의 레벨이 아니면 쓸 수 없는 특화된 마법 메시지였다.

본래 엘프 사회에서는 장로 중 팔백 세를 넘기는 자는 바로 오백 살이 넘은 자들 중에서 특별한 능력을 보이는 이를

선택해서 자신의 후계로 삼는 것이 관례였다. 후계로 지명
된 이는 또한 장로가 자연의 품으로 돌아가기 전에 세상으
로 떠나서 오십 년간 다른 지역의 일족들을 찾아다니며 교
분을 나누는 한편 다른 종족과도 어울리면서 세상 경험을
쌓고 돌아와야 하는 것이 의무였다. 그래야 진정한 후계자
로 인정받고 장로의 유고 시에 그 자리를 이어받게 되는 것
이다.

로미런도 그런 이들 중 하나였다.

이산도 익히 그 사실과 이름을 들어서 알고 있었고. 왜냐하
면 로미런에게 마법을 가르친 이도, 또 후계로 지정한 이도
바로 노린이었던 까닭이다.

"호오, 벌써 그렇게나 되었나?"

노린이 반색을 하며 말했다.

"무사히 잘 다녀온 모양이니 다행이군요."

흔하지는 않아도 사고나 다른 이유로 인해서 돌아오지 못
하거나 돌아오지 않는 경우도 있었던 것이다.

곧 노린도 높은 서클답게 마법만을 이용한 응답 메시지
를 보냈고, 그로부터 오래지 않아 한 엘프가 공동에 나타났
다. 엘프답게 흠잡을 데 없이 잘생기고 늘씬한 몸을 지니고
있는 반면에 특이하게도 인간 마법사처럼 로브를 걸친 데
다 거창하고 화려한 마법 지팡이까지 소지하고 있었다. 더

욱 특이한 점은 엘프에게서도 찾아보기 힘든 녹회색의 눈동자를 지니고 있다는 것이었고. 그는 노린과 엘리아에게 차례로 반갑게 인사를 하더니 이산에게도 스스럼없이 말을 건넸다.

"만나서 반갑습니다. 이산님이시지요? 이야기를 전해 듣고 많이 궁금했는데, 보니 바로 알겠습니다. 과연 그렇게 숲이 떠들썩할 만합니다."

이산도 예를 취했다.

"처음 뵙겠습니다, 로미런님."

"앞으로 저도 잘 부탁드리겠습니다."

로미런이 눈을 찡긋 하며 말을 받았다.

"저도 알고 보면 꽤 괜찮은 놈이니 부디 나 몰라라 하지 마시고 베풀어주십시오."

"무슨 말씀이신지……?"

이산이 의아한 얼굴을 할 때였다.

"귀담아들을 것 없습니다, 이산님."

노린이 한숨을 내쉬며 끼어들었다.

"본래 조금 퓨수 끼가 있습니다. 오십 년이나 세상에 나가 있었어도 별반 변한 게 없군요."

"아니, 무슨 그런 말씀을!"

과장되게 펄쩍 뛰는 로미런이었다.

"거들어주셔도 뭣할 텐데 재를 뿌리시면 어떡합니까! 이미 8서클에 오르셨다고 그러면 안 됩니다. 장로님뿐만 아니라 에틴님도, 엘리아님도 이산님 덕에 레벨이 올랐다면서요? 저도 그러고 싶습니다. 벌써 6서클 끝에서 헤맨 세월이 얼마나 오래되었는지 모릅니다. 잘 아시잖습니까!"

절절하기까지 한 로미런의 열변이었지만 노린도, 엘리아도 들은 척도 하지 않았다. 생떼 쓰는 아이라도 되는 것처럼 아예 쳐다보지도 않았다.

이산만 멍하니 그를 바라볼 따름이었다.

그로서는 마치 인간처럼 이렇게 적극적이고, 말 많으며, 천연덕스럽게 제 원하는 것을 말해대면서 떼를 쓰는 엘프가 있다는 것이 신기하면서도 황당했던 것이다. 거의 모든 엘프가 그 반대의 속성을 가지고 있었고, 그간의 경험으로 이산도 그것을 잘 알고 있었으니 그럴 수밖에 없었다.

"이산님! 제발 부탁드립니다!"

노린과 엘리아의 반응이 영 신통치 않자 대번에 화살을 이산에게로 돌리는 로미런이었다.

"부디 제게도 은혜를 베풀어, 컥."

말하다 말고 갑자기 로미런이 그대로 굳어버렸다.

마치 한순간에 돌이라도 된 것 같았다. 다름 아닌 노린의 작품으로 전신 경직 마법이었다. 석화 마법보다 아래이긴 하

지만 이것 역시 대상을 작은 터럭 하나조차도 옴짝달싹 못하
게 만드는 것은 똑같았다. 가만히 두면 어디까지 갈지 몰라
보다 못한 노린이 은밀히 마법을 시전한 것이다. 입만 봉하면
될 것을 이렇게까지 한 것은 부지불식간에 과거의 버릇이 튀
어나온 것이었고.

"이제야 조용하군요."

노린이 속 시원하다는 듯이 말했다.

"시끄러워서 원."

"그래도 이렇게까지……."

이산이 새어 나오는 웃음을 감추며 말했다.

"어쨌거나 50년 만에 돌아오신 분이 아니십니까. 노린님도
은근히 기다리기도 하셨고요. 그만 풀어드리시지요. 제가 몇
가지 물어보고 싶은 것도 있으니."

노린이 의아한 얼굴을 했다.

"로미런에게 말입니까?"

"바깥세상에 대한 것입니다."

이산의 대꾸에 노린의 눈이 둥그레졌다.

"아니! 세상에 나가기라도 하려고요?"

"그런 것은 아니고요."

"휴! 놀랬습니다."

이산의 말이 끝나기도 전에 노린이 과장된 몸짓과 함께 냉

큼 자르고 들어왔다. 그리고는 누가 끼어들기라도 할세라 제
심중을 와르르 쏟아냈다.

"이왕 말 나온 김에 미리 한 말씀 드리겠습니다. 혹시 나중
에라도 밖으로 나가서 인간들과 함께 살 생각을 염두에 두고
있다면 저는 말리고 싶습니다. 이산님은 바깥세상과 어울리
지 않습니다."

"……!"

"이산님 스스로도 몸이 멀쩡하게 움직이는 것만으로도 더
바랄 것이 없으며, 더불어 수련하고 연구하며 조용히 사는 것
이 제일 좋다고 하지 않았습니까. 추하고 더러운 아귀다툼뿐
인 세상입니다. 자신을 구렁텅이에 밀어 넣으려 하지 마십시
오. 깨끗하고 고귀한 성정만 버리기 십상입니다. 이산님은 차
라리 우리와 함께 이곳에서 사는 것이 낫습니다. 정 세상이
궁금하면 잠시간의 유희를 다녀오면 될 일입니다. 후계로 지
정되어 세상으로 나가는 우리 일족과 같이해도 좋고요. 어차
피 몇백 년은 족히 사실, 아니, 어쩌면 우리만큼이나 오랜 수
명을 가졌을지도 모를 이산님이 인간들과 어울려 평생 살 수
는 없는 노릇입니다. 물론 선택이야 어디까지나 이산님의 몫
입니다만, 그래도 제 말을 한 번쯤은 신중히 고려해 주시기
바랍니다."

"조언 감사합니다."

이산의 목례에 노린이 손을 내저었다.

"괜한 간섭이나 아니었는지 모르겠습니다."

"그럴 리가 있겠습니까. 새겨두겠습니다."

"그나저나 제가 엉뚱한 소리를 길게 늘어놓는 바람에 이야기가 다른 길로 새고 말았군요. 그렇다면 무엇 때문에 바깥세상 소식이 궁금한 것인지요?"

"저와 함께 있는 분 때문입니다."

"아……!"

탄성을 발하며 그제야 이해했다는 듯이 머리를 끄덕이는 노린이었지만, 그런 그의 안색은 별반 좋지 않았다.

이산이 말해준 적 있기에 그도 듀라노에 대해서 어느 정도는 알고 있었던 것이다. 더불어 그 사연도 충분히 이해를 하고, 동정도 가는 바였고.

하지만 흑마법사라는 부분이 문제였다.

하물며 과거 엘프의 숲과 그리 좋은 관계를 유지하지 못했던 샤이언의 전인이자 그의 던전을 이어받은 자라니. 만약 이산과 친구가 되고 좋은 이웃이 되기로 맹세하지 않은 상태에서 그런 사실과 더불어 유적의 위치를 정확히 알았더라면, 아무리 피해를 입지 않으면 먼저 움직이는 법이 없는 엘프라고 해도 당장 쳐들어갔을지도 몰랐다. 적어도 유적만큼은 없애버렸을 공산이 컸다.

하기야 이산도 그런 것을 염두에 두었기에 가급적 듀라노에 대한 언급을 피했던 것이고.

하여간 노린은 듀라노가 흑마법사인 것을 안 이후에는 조금도 관심을 두지 않았다. 그의 입장에서는 상종할 수 있는 부류가 아니었던 것이다. 또한 그 때문에 이산이 거처하는 유적에도 전혀 갈 생각을 하지 않았고, 그러니 자연 이산이 항상 엘프의 숲으로 오지 않으면 안 되었던 것이기도 했고.

하지만 그것은 잠시였고, 곧 노린은 로미런의 앞으로 가더니 엄중한 얼굴을 하고 말했다.

"이산님이 아니었으면 적어도 하루는 그대로 두었을 것입니다. 그러니 풀어주면 이산님이 묻는 것에만 대답해야 합니다. 아니면 다시 마법을 걸겠습니다."

그러고 나서야 마법을 해제했다.

"아니, 장로님! 아무리 제가 밉기로서니. 헙!"

제 버릇 개 못 준다고 풀어주자마자 노린의 경고는 까맣게 잊어버린 채 폭포수처럼 빠르게 말을 쏟아내던 로미런은 노린의 입에서 마법 주문을 외는 듯한 중얼거림이 새어 나오자 재빨리 손을 들어서는 제 입을 틀어막았다.

마법을 쓰는데 굳이 주문을 욀 필요가 없는 노린이었다. 자연 위협용으로 시늉만 한 것이었다. 그것을 모르지 않는 로미

런이지만 더 뻗대다가는 진짜가 날아온다는 것을 경험으로
알고 있기에 그럴 수밖에 없었다.

노린이 그런 로미런에게 인상을 쓰면서 말했다.

"그렇지. 그렇게 입 닫고 조용히 있으면서 묻는 말에 대답
이나 하세요."

이어 이산에게 말했다.

"이제 물어보시지요."

물론 이산에게는 미소를 지으면서였다.

그 일련의 장면에 이산은 내심의 고소를 감추지 못했지만
겉으로는 어디까지나 신중한 모습으로 질문을 꺼냈다. 사실
사안이 중요하기도 했고.

"혹시 보닌 왕국을 아십니까?"

로미런의 입이 제꺽 열리며 말이 청산유수처럼 흘러나왔
다.

"보닌 왕국이라면 산맥 바로 아래에 있는, 이곳에서 가장
가까운 인간의 나라가 아닙니까? 당연히 잘 알지요. 어차피
드나드는 길목인데다 처음 몇 달간은 거기서 살았고, 또 돌아
오기 전에도 반년을 머물렀으니까요. 아! 그러고 보니 이제
보닌이라는 이름은 역사 속으로 사라지고 없군요. 제국에 병
탄되어 버렸으니."

"그게 무슨 소리지요?"

이산이 아연한 얼굴을 했다.

"제국에 병탄되다니요?"

"말 그대로입니다. 삼 년 전엔가 벨리카 제국이 군사를 일으켜 병합했고, 그래서 지금은 라앙 공국으로 변했습니다. 당시 사령관이었던 라앙 대공이 공왕의 제위에 오르면서 그렇게 되었답니다."

"아! 그런 일이……!"

"말도 마십시오."

로미런이 진저리를 치더니 말했다.

"대대적인 피의 숙청이 이루어졌다고 들었습니다. 본래 인간들은 아무리 패했어도 귀족만큼은 어지간해서는 잘 죽이지 않는다고 들었는데, 꼭 그런 것만도 아닌 모양입니다. 보닌의 귀족 중 살아남은 자가 훨씬 적다더군요. 그 탓인지 아직도 반군이 여기저기에서 출몰하는 형편이고, 그래서 나라 자체가 어수선한 느낌이었고요."

"그, 그럼 왕보다 더 큰 힘을 가지고 국정을 휘둘렀다던 헤일리앙 공작 일파는 어떻게 되었는지 혹시 아십니까?"

헤일리앙 공작 일파가 바로 듀라노의 원수였다.

로미런이 얼굴색을 바꾸며 탄성을 발했다.

"오! 그들도 아시는군요. 그들이야말로 보닌의 진정한 충신들이라고 할 수 있을 것입니다. 아무리 제국이라도 나라를 그냥 바칠 수는 없다며 가장 먼저 나가서 용감하게 맞서 싸우고, 또 제일 먼저 참살당했으며, 나아가 지금 항쟁을 하는 것도 그들 중 간신히 도망쳐서 살아남은 하부 귀족들 몇몇이 주축이라고 하니까요.”

“……!”

이산은 잠시 말을 못했다.

뜻밖의 이야기였던 까닭이다. 듀라노에게 듣기로 그들은 간신이었고, 음모와 귀계로 정국을 어지럽히는 주범들이었다. 듀라노의 가문을 반역을 획책했다는 어이없는 누명으로 파멸시킨 천하에 다시없을 악당들이었고.

더불어 어쨌거나 간에 그토록 염원하던 듀라노의 복수가 이루어진 셈이었기에 또한 그러했다. 비록 남의 손에 의해서긴 하지만 원수들이 모두 죽었고, 그래서 더 이상 그에 연연하지 않아도 된다는 점에서는 똑같았다.

그 와중에도 로미런의 입은 쉴 틈이 없었다.

“헤일리앙 공작과 요직의 몇 명은 제국이 승전 직후 목을 잘라 장대에 걸어서는 수도의 광장에 나란히 세워두었다고 하더군요. 하지만 하루도 지나지 않아 부랴부랴 그것을 거두어야 했답니다. 왜냐하면 제국 병사들의 제지에도 불구하고 수만의 인파가 몰려 그들을 참배하면서 제국에 대한 울분을 토로했기 때문이랍니다. 더럭 겁이 났던 것이지요. 민란으로 발전되기라도 한다면 큰 문제였으니까요. 하기야 실지 그 이후 곳곳에서 항쟁이 일어나기도 했고.”

“그런데 제국이 움직인 이유는 무엇이랍니까?”

로미런이 말을 멈춘 사이 노린이 불쑥 질문을 던졌다.

“사이가 그리 나쁘지 않았다고 알고 있는데요?”

“아! 그 문제를 빼먹었군요.”

이런! 하는 표정으로 제 머리를 툭 치는 과장된 몸짓까지 취해 보이며 로미런이 대꾸했다.

“표면적인 이유는 제국의 위엄을 해쳤다는 것입니다. 보닌을 지나던 제국의 주요 인물이 암살을 당하는 사건이 일어났거든요. 그것을 빌미로 기나긴 내란을 겪으며 추락된 제국의 위상과 힘을 다시 보여주고, 또 주변국에 대한 영향력을 확대할 본보기로 삼았다는 것이 현자들의 대체적인 의견입니다. 더불어 좀 더 현실적으로는 내란으로 황폐해진 제국의 경제와 자본을 확충할 기회로 여겼다는 것이고.”

“그렇지만 실제 이유는 따로 있다?”

로미런이 크게 머리를 끄덕였다.

“재미있는 소문이 있습니다.”

노린이 미간을 찌푸렸다.

“겨우 소문이란 말입니까?”

“상당히 신빙성이 있습니다.”

로미런이 잽싸게 말을 낚아챘다.

"발단은 삼십여 년 전으로 거슬러 올라갑니다. 그 당시 보닌 왕국의 변방이긴 했지만 그래도 꽤 유력했던 세 가문이 역모를 획책하다가 사전에 발각되어 완전히 멸문을 당한 일이 있었는데, 이것은 아직도 세간에서는 미스터리한 사건으로 손꼽히고 있습니다만, 어떻든 간에 그중에서 구사일생의 생존자가 있었던 모양입니다. 여자이고, 최종적으로 도피한 것이 외가가 있는 제국이었고요. 제국에서도 십여 년간의 우여곡절을 겪은 끝에 내란이 한참 불붙던 시절 뜻밖에도 라앙 대공의 양녀로 입양되었다고 하고요."

노린이 고개를 갸웃했다.

"아무리 우리와 달리 감정에 따라 움직이는 인간이라지만 설마 하니 한갓 양녀의 원한을 갚아주기 위해 제국의 대공이 나서서 황제를 움직이고, 그리하여 하나의 왕국을 침략하고 병탄했다는 어린아이도 믿지 않을 법한 이야기를 하자는 것은 아니겠지요?"

"왜 아니겠습니까."

로미런이 노린의 애라도 태우겠다는 듯이 빙글빙글 웃으며 한참이나 뜸을 들이더니 말을 이었다.

"실은 그녀가 대단한 재녀(才女)이자 군사(軍師)라고 합니다. 당시 인간들의 나이로는 적지 않은 서른도 훨씬 넘은 그녀를 대공이 양녀로 삼은 까닭도 그것이고요. 오죽했으면 양녀로 삼는 자리에서 맹세까지 했겠습니까. 자신들이 추대하고 있는 황자(皇子)를 황제의 자리에 올려준다면 반드시 그녀의 원한을 갚아주겠다고 말입니다. 그것도 참석한 뭇 사람들이 다 보는 앞에서 했답니다. 그녀는 그 후 보란 듯이 가치를 입증했고요. 당사자들도 극심한 열세라고 인정해 마지않던 라앙 대공 측을 긴 내란의 틈바구니 속에서 끝내 승리하게 만들었으니까요. 내란에 참여했던 제국의 귀족 누구라도 인정하는 사실이랍니다. 그러니 내란이 끝나고 얼마 되지도 않은 시점에서, 또 그럴 만한 사건까지는 아니었는데도 기다렸다는 듯이 침략하지 않을 수가 없었다는 것이지요. 그녀와의 약속을 지키기 위해서 말입니다."

한 호흡 쉰 로미런이 말을 이었다.

"그러면 왜 제국이 항복을 받아내고도 적지 않은 출혈을 무릅쓰면서까지 기어이 보닌의 왕족과 귀족들을 갖은 구실로 모두 죽이려 들었는지, 특히나 헤일리앙 공작 일파에 대해서는 그토록 지독하게 대했는지에 대한 해답도 나옵니다. 그녀의 가문을 비롯한 세 가문의 반역을 밝혀내고, 또 별반 소문도 나지 않았을 정도로 일거에 지워 버린 것이 바로 헤일리앙 일파였으니까요."

노린이 트집을 잡았다.

“다른 이유가 있을 수도 있지 않을까요?”

“입증할 만한 결정적인 정황이 있습니다.”

“오호! 그래요? 그게 무엇인가요?”

짐짓 탄성까지 발하며 추궁하듯 묻는 노린이었지만, 로미런은 어디까지나 태연하고 목소리에 힘이 넘쳐났다.

“바로 공왕이 제위에 오른 지 얼마 지나지 않아 과거의 그 세 가문이 추악한 음모에 희생되었으며, 따라서 가문을 복권한다는 칙령이 발포된 것이 그것입니다. 또 칙령에는 없었지만 혹시라도 그들의 후손이나 피붙이가 나타난다면 정식으로 작위를 승계시키는 것은 물론이고 합당한 영지까지 내릴 것이라는 점을 공왕이 대신들 앞에서 분명히 언급했다고 하더군요.”

“허······!”

“물론 자신의 양녀에 대한 사항은 일절 밝히지 않았다고 하고요. 아마도 결혼도 하지 않은 나이 든 여인인데다 이미 왕가의 사람이 되어 있는지라 괜한 잡음을 만들 까닭이 없어서 그랬을 것이라고 짐작됩니다. 어쨌거나 수십 년 전의 일을, 그것도 제국과 직접적인 이해관계가 있었던 것도 아닌 사건인데 어째서 그렇게 전격적이면서도 파격적으로 조치를 취했겠습니까? 더구나 작위와 영지까지 보장하다니. 제가 아는 인간들에 대한 상식으로는 절대로 불가능한 일입니다. 소문이 사실이 아닌 한."

"흠……."

내내 트집을 잡으려고만 들던 노린도 더는 꼬투리를 잡지 못하고 옅은 콧소리와 함께 말없이 고갯짓을 하는 것으로 수긍의 표시를 했다.

『이사부전』 2권에서 계속…

무공을 익힐 수 없는 비운의 천재 제갈수.
공작가의 망나니 공자 슈.

운명을 벗어나려는 제갈수의 노력은 망나니 공자의 죽음과 만나 비상한다.

제갈수의 영혼과 슈의 신체를 이어받은 새로운 슈 부르셀라 폰 레비안또 가누비엔
그것은 하나의 위대한 기적!

홀로선별 퓨전 판타지의 신기원!
『기적!』

따뜻한 그의 이야기가 지금 시작된다.

KARMA MASTER 카르마 마스터

이상혁 게임 판타지 소설

살아 있다는 것이 무엇인가?

살아 있는 것과 살아 있지 않은 것. 자극을 받는 것과 받지 않는 것.
자극을 받는 그 무엇. 즉, 자아(自我).

형이 개발한 게임, 샹그릴라에서 만난 소녀. 사고로 깊은 잠에 빠진 형을 알고 있는 그녀로
인해 한규의 게임 인생이 180도 뒤바뀐다!

"한규, 티아메트 만나."

이상혁 작가의 새로운 도전! 〈카르마 마스터〉
샹그릴라를 둘러싼 비밀까지 한규로 날려 버린다!

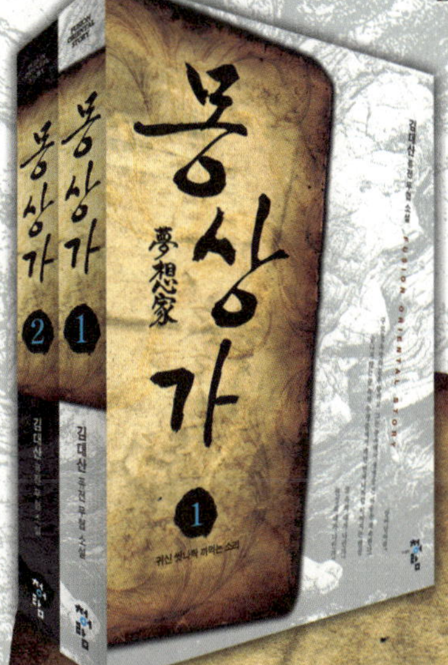